ZWEISCHNEIDIGE MAGIE

(LEGACY SERIE BUCH 1)

MCKENZIE HUNTER

Übersetzt von
ANNA DRAGO

McKenzie Hunter

Zweischneidige Magie

© 2016, McKenzie Hunter

Covergestaltung: Yocla Designs

Übersetzung: Anna Drago

Lektorat: Katrin Dolle

ISBN: 978-1-946457-25-7

DANKSAGUNG

Bei jedem Buch bin ich immer wieder beeindruckt von der Anzahl von Menschen, die sich die Zeit nehmen, um es möglich zu machen. Zunächst möchte ich meiner Mutter und meinen Freundinnen danken: Sheryl Cox-Weber, Stacy McCright, April Franklin, Marcia Snyder und Tiffany Dix, die mich immer unterstützen und Zeit finden, mir zu helfen, wann immer ich sie bitte. Umarmungen und tausend Dank an meine wunderbaren Beta-Leserinnen: Angie „Nana" Hatcher, Kathy Beard, Kylie Kniese, Marla Maslan, Misty Chancellor, Vanessa Jorgensen und Ryan Sundy.

Mein besonderer Dank gilt auch Luann Reed-Siegel, meiner Lektorin, und Orina Kafe, meiner wunderbaren und begabten Cover-Künstlerin.

Last but not least möchte ich mich bei meinen Leser*innen bedanken, dass sie meinem Buch eine Chance gegeben haben.

Ich dachte, er hätte mich nicht gesehen, doch als er hinter mir schneller wurde, wusste ich, dass es kein Zufall war. Er war mir zwei Tage lang gefolgt. *Tracker.* Ich fluchte leise und ging schneller, joggte an anderen Läufern auf dem Weg vorbei und bewegte mich in die entgegengesetzte Richtung. *Verdammter Tracker.* Mein Joggen wurde bald zu langsamem Rennen, schnell genug, um von der Menge wegzukommen, aber langsam genug, um niemanden zu beunruhigen, der auf einem Endorphin-Hoch surfte. Ich bog vom Pfad ab in den unebenen, dichten Wald. Der Geruch von Eichen und blühendem Hartriegel lag in der Luft, und Erde, die ich als Staub aufwirbelte, konnte meinen Geruch nicht überdecken. Wandler waren die besten Jäger. Ich lief weiter, rannte zwischen den Bäumen hindurch, nie in einer geraden Linie, falls er beschloss, eine Waffe zu benutzen. Mit pochendem Herzen hielt ich mein Tempo. Zu meinen typischen fünf Meilen kamen die zehn weiteren hinzu, die ich brauchte, um an die Stelle zu gelangen. Er wurde nicht müde – was gut war. Ich wollte, dass er weitermachte – ich wollte es beenden.

Er lief schneller hinter mir und verringerte den Abstand.

Geschickte, geschmeidige Schritte folgten mir, als ich ihn tiefer in den Sumpf führte, weg von Zeugen, die auf dem Pfad blieben. Und er war mehr als glücklich, der Einladung zu folgen und mich ohne Zeugen zu konfrontieren. Wir mussten beide vor neugierigen Blicken geschützt sein. Er brauchte es, um seinen Job zu erledigen und mich zu ermorden; Ich, um sicherzustellen, dass er scheiterte.

Wenn er in der Öffentlichkeit angriff, würde er als abtrünniger Gestaltwandler betrachtet werden, der eine hilflose Frau im Park angriff, während sie joggte. Und genau das war ich für den Rest der Welt, eine durchschnittliche Menschenfrau, die im Park lief. Ich spielte meine Rolle gut. Das musste ich auch, wenn ich am Leben bleiben wollte.

Der Rest der Welt betrachtete uns als ausgestorben, vernichtet – nichts weiter als eine Geschichte von mächtiger Magie, die schiefgelaufen war. Leute, die es verdient hatten zu sterben, ihre gerechte Strafe zu bekommen für das, was sie getan hatten, und ich konnte nicht sagen, dass dem nicht so war. Es gab keine Wiedergutmachung, und wir verdienten keine Gnade. Ich verstand das. All das Blutvergießen konnte nicht ungeschehen machen, was meine Art getan hatte. Wir waren die ausgeschmückten Geschichten darüber, wie starke Macht die Leute nach mehr hungern ließ. Unsere Geschichte war zu einem abschreckenden Beispiel geworden. Wir waren das Schreckgespenst; ein historischer Bericht darüber, wie zerstörerisch Magie sein konnte. Wie ihr Reiz verderben konnte, und dass es so etwas wie *zu viel Magie* gab. Ich war zu sehr magisch. Rohe Magie, starke Magie – tödliche Magie. Wenn man all das bedachte, schien es, als sollte ich der Jäger sein, nicht die Gejagte.

Magie war nicht nur schlecht; Feen, Wandler, Magier und Hexen waren nicht das Problem. Sie waren sicher. Ich und meinesgleichen – wir sollten „auf den ersten Blick getötet" werden. Und genau das haben sie meinen Eltern angetan. Da war ein anderer Schmerz in meinem Herzen, anders als der übliche, den ich empfand, wenn ich so lange und angestrengt rannte. Tränen stiegen in meine Augen; Ich blinzelte sie weg und atmete die klare, erfrischende Luft ein, schwer von Eiche und Pappel, und lief noch schneller. Ich hatte nur noch wenige Meilen vor mir.

Ich rannte weiter ins Dickicht, mir vollkommen bewusst, dass er mir folgen würde, egal wohin ich ging. Das war die Hartnäckigkeit der Tracker. Sie waren die Verschwörungstheoretiker der Welt, bestehend aus einer kleinen Gruppe von Magiern, Wandlern, Feen und Menschen. Alle anderen glaubten, wir seien ausgelöscht worden, und sie mussten es glauben – denn wenn nicht, würden sie in Angst leben. Tracker taten das nicht, und sie waren bereit, Abhilfe zu schaffen. Ich war mir nicht sicher, wie sie uns gefunden hatten. Ich vermutete, dass sie immer im Schatten waren, zynisch gegenüber meinesgleichen warteten sie nur darauf, dass wir einen Fehler machten und zeigten, dass wir zu gefährlich waren, um am Leben zu bleiben, damit sie es rechtfertigen konnten, uns zu eliminieren. Unser Verhalten hatte ihnen in der Vergangenheit sicherlich recht gegeben.

Ich wusste nicht, wie sie uns jetzt verfolgen konnten. Früher hatte ich mir ein kompliziertes System vorgestellt, doch ich war zu dem Schluss gekommen, dass sie eher eine Gruppe von Außenseitern waren, die sich in Kellern trafen, um Ordner mit Papieren zu teilen, die unsere Blutlinien nachvollzogen, Schriftrollen über unsere Abstammung und Post-ists mit möglichen Sichtungen. Sie waren wahrscheinlich Typen, die Märchen darüber erzählten, wie sie Bigfoot entdeckt hatten. Die Welt hielt sie für verrückt und harmlos. Wir hielten sie für tödlich – und das waren sie auch.

Es war ein Jahr her, seit einer mir nachgestellt hatte. Er war ein Magier gewesen, leichter zu fangen, schwerer zu bekämpfen. Dieser hier war ein Wandler – er wäre schwerer zu bekämpfen, aber leichter aufzuhalten, ein von Natur aus geschickter Jäger – und so, wie er sich bewegte, ein Wolf.

Ich hatte genug Abstand und erhaschte einen Blick auf die Stelle, an der das Gras fehlte, das auf eine Grube hindeutete, die von jemandem gegraben und glücklicherweise vergessen worden war. Es war ein Zugang zu einer Höhle, und sie war meine Zuflucht geworden, seit ich vor etwas mehr als zwei Jahren darüber gestolpert war. Ich sprintete darauf zu, öffnete die Abdeckung meines heimlichen Verstecks und sprang hinein, wohl wissend, dass er mir folgen würde.

Der Geruch von Erde, Stein und Holz der Stützen umgab mich, und ich kniff die Augen zusammen und versuchte, mich an die Dunkelheit zu gewöhnen. Der Hauch von Magie lag in der Luft wie der Duft der Erde und erinnerte mich daran, dass ich meine verbergen musste und dass hier mein einziger sicherer Ort war, an dem ich sie benutzen konnte. Ich hatte einen Schutzzauber darüber gelegt, dessen Magie oft von anderer Magie verdeckt wurde, die das Gebiet überschwemmte. Ich hatte sie ohne Probleme benutzt, also ging ich davon aus, dass es sicher war – oder so sicher, wie es nur sein konnte. Der Vorteil, als ausgestorben zu gelten, war, dass die meisten Menschen unsere Magie nicht identifizieren konnten, weil sie ihr nicht genug ausgesetzt waren. Wenn sie sie spürten, nahmen sie an, dass es ein Gebiet war, in dem Hexen, Feen und Magier ihre Magie eingesetzt hatten.

Ich wich weiter zurück; Licht strömte von oben, wo ich die Abdeckung offen gelassen hatte, herein. Als Raubtier hatte er den Vorteil eines starken Geruchs- und Sehsinns. Das war das erste Mal, dass mich ein Wandler verfolgte. Ich atmete mehrmals kontrolliert ein und wartete auf ihn, gegen die Stützwand gepresst, wo die harte Erde an meiner Haut kratzte. Der Geruch von Angst lag in der Luft. Es dauerte zu lange. Ich wusste, dass er wusste, wo ich war. Vielleicht würde er mir nicht folgen. Ich wartete. Ich hockte mich in die Ecke und wartete darauf, dass er heruntersprang. Einen Moment lang herrschte nichts als Stille, dann kam er.

Ich war unbewaffnet, aber hier konnte ich unentdeckt zaubern. Vor Menschen Magie zu nutzen war nicht das Problem. Für sie war ich nur eines der vielen magischen Wesen, die die Stadt bevölkerten. Es waren die Übernatürlichen, um die ich mir Sorgen machte, weil sie die „andere" Magie spüren konnten. Wenn sie geschickt genug waren, würden sie den Unterschied erkennen oder zumindest wissen, dass meine Magie nicht die der Feen, Hexen oder Magier war. Alles, was es brauchte, war ein Zauber. Sie würden es auf ihrer Haut spüren, das Aufwallen auf dem Körper, die Stärke der Macht, und ich könnte nicht leugnen, dass ich mehr war als eines der alltäglichen magischen Wesen. Sie konnten es in der Luft spüren, doch wenn an diesem Ort Magie praktiziert wurde oder ein anderes übernatürliches Wesen in der Nähe war, konnte es das verzerren. Wandler waren eine andere Geschichte. Es wurde gemunkelt, dass sie Magie riechen konnten. Ich war mir nicht sicher, wie sie Magie wahrnahmen, weshalb ich mich von ihnen fernhielt.

„Nur Schuldige laufen davon", sagte seine tiefe Stimme, als er sich in die Höhle fallen ließ. Ein Lichthof schien um ihn herum, als er sich in der dunklen Höhle umsah. Seine blassen Gesichtszüge wurden finster, doch seine lebhaften grünen Augen waren hell genug, um in der dunklen Umgebung zu sehen. Seine Nase blähte sich, als er meinen Geruch inhalierte, und seine zusammengekniffenen Augen suchten die Dunkelheit ab. Die Liste der Dinge, die einfacher waren, als gegen einen Wandler zu kämpfen, war ziemlich lang und umfasste unter anderem die Besteigung des Mount Everest. Ich würde Magie brauchen. Seine Finger waren fest um den Griff seines Messers gelegt, als er sich mir näherte.

„Anya." Er sagte meinen Namen mit der Vertrautheit eines Freundes. Und wenn er so gründlich und psychotisch war, wie Tracker es bekanntermaßen waren, kannte er mich wahrscheinlich so gut wie seine Freunde. Und er wusste auch, dass ich mich nicht Anya nannte. Für meine Eltern war ich Anya; Für die Welt, die mich als den Menschen kannte, der in dem malerischen kleinen Antiquitätenladen am Manor Square mit altem Kram handelte, war ich Olivia Michaels oder einfach Livy.

Der Schlag, der mich gegen die Wand der Höhle schickte, reichte aus, um mich in den Verteidigungsmodus zu versetzen. Für die meisten Übernatürlichen war der Kampf gegen einen Wandler ein Todesurteil, wenn man nicht in irgendeiner Form des Kampfes geübt war, weil sie gegen jegliche Magie immun waren. Was der Grund war, weswegen sie uns wirklich hassten – sie waren nicht immun gegen unsere. Seine Hand schoss wieder vor, doch ich wehrte den Schlag ab. Ich würde ihn nicht mit Geschwindigkeit und Stärke besiegen. In dieser Hinsicht war er mir überlegen. Ich ließ mich fallen und schlug nach seinem Bein. In dem Moment, als er auf dem Boden aufschlug, prallte mein Ellbogen gegen seine Luftröhre. Er röchelte und hinderte mich daran, es noch einmal zu tun. Er erholte sich etwas schneller als ich erwartet hatte. Ich sprang auf meine Füße, und ein seitlicher Tritt landete hart an seiner Nase. Das hätte den Bastard aufhalten sollen. Wölfe. Ich hatte nie verstanden, warum ausgerechnet sie vom Leben in Rudeln angezogen wurden. Sie waren widerstandsfähig und hartnäckig genug, um zu kämpfen, bis sie der letzte Überlebende waren.

Mit von unvergossenen Tränen glasigen Augen bewegte ich mich gerade noch rechtzeitig, um seinem Fuß auszuweichen, als er nach mir trat. Er traf mich nicht direkt an der Schulter, sondern streifte sie, und es tat höllisch weh. „Du wirst hier nicht lebend rauskommen", knurrte er. Bevor der zweite Tritt mich erneut gegen die Wand schleuderte, rammte ich meinen Kopf wieder gegen seinen. Eine Farbspirale blitzte vor meinen Augen auf; Der Schmerz entfaltete sich und baute sich zu etwas auf, das kaum noch zu ertragen war. Es war schwer, das abzuschütteln. Doch ich musste, weil er wieder auf mich losging. Ich bewegte mich im Takt, stieß meine Handfläche gegen die Seite seiner Schläfe und machte ihn benommen.

„Wenn du hinter mir her bist, dann weißt du, wer ich bin. Deine Sorge sollte sein, ob du hier lebend rauskommst oder nicht." Magie, die ich zur Ruhe gezwungen hatte, stieg langsam in mir auf, legte sich wie eine schwere Decke um mich, bot mir aber keinen Trost. Aus Angst, entdeckt zu werden, benutzte ich sie so selten, dass sie sich fremd für mich anfühlte. Doch ich brauchte sie zu mehr als nur zur Verteidigung, also nahm ich mir ein wenig Zeit, mich wieder damit vertraut zu machen. Sie so zu beherrschen, wie es meine Eltern mir beigebracht hatten. Eins mit ihr zu werden, bis das lebendige Leuchten von Bernstein, Blau und Weiß nur noch eine Erweiterung von mir war wie meine Gliedmaßen. Sie schoss heraus und stieß ihn gegen die Wand. Seine Arme und Beine pressten sich hart dagegen. Ich fing an, seine Waffen zu entfernen. Sein Körper war vielleicht nicht in der Lage, sich zu bewegen, doch der angespannte Kiefer und der Zorn in seinen Augen, als er mich anstarrte, reichten aus, um jemanden zu erschrecken, der nicht dieselben Dinge gesehen hatte wie ich. Als ich fertig war, betrachtete ich den Haufen aus Dolchen, Pistolen, Salzfläschchen und eine Iridiummanschette. Wir hatten nicht viele Schwächen, doch wie jedes magische Wesen hatten wir eine. Wandler hatten Silber. Feen, Hexen und Magier waren allergisch gegen Eisen. Es brauchte Iridium, um uns außer Gefecht zu setzen, unsere Magie auf etwas zu reduzieren, das von der schwächsten aller Hexen überwunden werden konnte. Ich warf einen Blick auf die Manschette: Sie war nicht dick genug. Es war nicht genug, um mich aufzuhalten.

„Ich werde dich wiederfinden, darauf kannst du wetten."

Und ich wusste, wenn er eine Chance hätte, würde er es

tun. Das war das zweite Mal, dass mich jemand in zwei Jahren gefunden hatte. War es Zeit, wieder umzuziehen? Ich war schon so lange hier. Das war mein Zuhause. Ich mochte meinen Job, meinen Arbeitgeber, meine Mitbewohnerin. Wie lange würde ich noch für die Sünden von Leuten bezahlen müssen, die ich nicht kannte? Deren Überzeugungen ich nicht teilte und deren Machthunger ich nicht besaß. Nur eines verband mich mit ihnen – meine magischen Fähigkeiten. Die Wut begann in mir aufzusteigen, zusammen mit der gleichen Frustration, die sich jedes Mal meldete, wenn ich darüber nachdachte. Ich brauchte keine Wut. Das musste mit ruhiger Hand und klarem Kopf gehandhabt werden.

„Du bist entweder wirklich arrogant oder wirklich dumm. Ich bin hier mit einem Haufen Dolchen, *deinen* Dolchen und nur einem Wesen, an dem ich ihre Schärfe testen kann, und du redest solchen Mist." Sein Blick blieb finster, seine scharfen Züge starrten mich an. Er öffnete seinen Mund, als wollte er Reißzähne entblößen. Ich nahm an, dass er jemand war, der sich in seiner Tiergestalt wohler fühlte.

Ich nahm ein Messer und untersuchte die Klinge, strich mit dem Finger darüber, während ich ihn anstarrte. Die Wut begann, wieder an die Oberfläche zu kriechen, bereit, sich zu einem Waldbrand auszubreiten. Es waren Leute wie er, die mich im Alter von fünfzehn zu einer Waise gemacht hatten, weil sie meine Eltern getötet hatten. Ich schloss meine Hand fester um den Griff. Die Wut brüllte in mir. Ich hatte Mühe, sie zu kontrollieren. Ich musste mich mehr denn je beherrschen. Ich tötete nicht. Ich war besser als das. *Ich töte nicht, ich bin besser als das.* Ich wiederholte dieses Mantra immer und immer wieder, bis es mir in Fleisch und Blut überging. Wenn ich tötete, wäre ich nicht besser als die Leute, die mich in dieses Leben gezwungen hatten, in dem ich lügen und mich verstecken musste, um zu *überleben*.

Der Anflug von Mitgefühl kehrte zurück. Er hatte jedes

Recht, meinen Tod zu wollen und dafür zu sorgen, dass ich aufhörte zu existieren. Die Taten einiger weniger rechtfertigten umfassende Anstrengungen, uns zu zerstören, damit wir niemals wieder das Ausmaß an Verwüstung wiederholen könnten, das wir in der Vergangenheit angerichtet hatten. Ich verstand das, doch ich konnte nicht ändern, wer und was ich war.

Ich flüsterte die Beschwörung. Die Worte flossen sanft aus mir heraus, als ob ich mit meiner Mutter in der geschützten Höhle wäre und unsere verbotene Magie übte, damit ich in einer Welt, die mich tot sehen wollte, nicht wehrlos war. Die Magie hüllte mich ein, wirbelte um meinen Arm und tanzte über meinen Finger.

„Fass mich nicht an", blaffte er. Die Magie würde seinen Stolz mehr als alles andere verletzen. Gegen alle andere Magie immun besaßen Wandler ein gewisses Maß an Arroganz.

„Es wird nur einen Moment lang wehtun."

Er knurrte und versuchte, sich zu befreien. Er war stark – jedes Mal, wenn er gegen den Halt ankämpfte, fühlte es sich an, als würde etwas gegen mich schlagen. Ich trat näher. Er knirschte mit den Zähnen und entblößte sie schweigend, als ich das Messer über seinen Arm zog. Ich bewegte meine Hand über das Blut, das aus dem Schnitt quoll. Er entspannte sich schließlich mit ruhiger Entschlossenheit, als sich die Magie mit seinem Blut vermischte, die ruhige Anziehung langsam übernahm und meine Magie eindrang, Teile seiner Erinnerung packte und sie durch falsche ersetzte. Er würde mich nicht mehr suchen. Ich schloss meine Augen, konzentrierte mich, zog die heraus, die ich brauchte, und ersetzte sie durch andere. Er bekam eine schöne, ordentliche zeitliche Abfolge, in der er mich in die Höhle verfolgte, einen lebhaften Kampf, bevor er seinen Dolch benutzte, um mich zu erstechen. Er würde sich daran erinnern, wie er mich nach Atem ringend beobachtete, wie er sich mit der Vorstellung auseinandersetzte, dass ich sterben würde. Und dann der Trost, zu wissen, dass er zusah, wie ich litt und starb. Er würde die sehr reale Befriedigung empfinden, einer *Legacy* beim Sterben zugesehen zu haben.

Ich ließ mich erschöpft gegen die Wand ihm gegenüber sinken. Es war leichter, meine Magie einzusetzen und Erinnerungen in einen Wandler zu implantieren, der keine Magie besaß, als sie bei denen anzuwenden, die welche besaßen. Menschen waren einfach, doch sie wurden nicht im Kampf eingesetzt, sondern nur zum Auskundschaften und Recherchieren. Während ich darauf wartete, dass die Erschöpfung verging, freute ich mich über kleine Dinge. Mit dem Magier, der hinter mir her war, würde ich nicht so weit kommen – seine Magie war zu stark, um mehr als einen Teil seiner Erinnerung zu beeinflussen, weshalb wahrscheinlich wieder jemand hinter mir her war.

Die Gegend war immer noch menschenleer, doch ich musste schnell verschwinden. Das Versteck lag nicht am Pfad, doch hin und wieder verirrte sich jemand hierher.

Das werde ich morgen spüren, dachte ich. Ich schleppte den Wandler die kleine Treppe hinauf, die aus der Höhle heraus führte. Er war ganz fester, dicker Muskel. Ich war zu erschöpft, um ihn mit Magie hochzuheben. Das war der Nachteil, Magie gegen ihn einzusetzen. Sogar ihn wie ein Feuerwehrmann über der Schulter zu tragen war schwer. Das Einpflanzen falscher Erinnerungen hatte mich viel Kraft gekostet, doch ich wollte nicht riskieren, ihn in der Höhle zu lassen und später zu bewegen. Ich ignorierte den Schmerz, der durch meine Schulter schoss, lehnte ihn gegen einen Baum und gab ihm seine Waffen zurück.

Vielleicht war das das letzte Mal, dass sie mir nachgestellt hatten.

. . .

Ich war froh, dass ich gerade meine Mitbewohnerin verpasst hatte. Erschöpft schaffte ich es kaum zurück in die Wohnung; Ich hätte es nicht auch noch geschafft, mir eine glaubwürdige Lüge auszudenken, um die Blutergüsse und die zerrissene und schmutzige Kleidung zu erklären. Anstatt zu duschen, stand ich in der Mitte des mit Dampf gefüllten Badezimmers und überlegte, was ich als Nächstes tun sollte. Zwei Tracker in einem Jahr. In den letzten zehn Jahren hatten mich nur drei verfolgt. Das war viel. Ich wollte nicht wieder umziehen und alles ändern. Ich mochte mein Zuhause – mein Leben.

KAPITEL 2

Kalens Lächeln stand im Kontrast zu meinem finsteren Blick, als sich die Magie um seine Fingerspitzen legte. Ich wartete ab. Er ignorierte meinen Blick, und als meine Hand sich an meiner Seite ballte, lachte er. Mein Boss amüsierte sich oft über meine Verärgerung.

Ich stand in der Mitte des Raums, den er in seinem Haus im georgianischen Kolonialstil zu unserem Büro umfunktioniert hatte, meine Augen fest auf seine Hand gerichtet, während Magie sie umkreiste. Die Sekunden der Stille zogen sich in die Länge, während sein Blick auf mich gerichtet blieb. Seine Lippen verzogen sich zu einem diabolischen Grinsen.

Kalen seufzte. „Ich verstehe nicht, warum du dich so aufregst. Du siehst wunderschön aus. Letzte Woche hast du dich darüber beschwert, dass du dich mit einer übellaunigen Fee auseinandersetzen musstest, vor fünf Tagen hast du dich beklagt, dass du durch die Kanalisation waten musstest, um einen Herdstein zu finden, und jetzt trägst du dieses atemberaubende Outfit und jammerst wieder. Livy, ich weiß einfach nicht, wie ich dich zufriedenstellen soll", neckte er, während seine Augen amüsiert tanzten. „Hast du wirklich geglaubt, ich lasse dich wie einen durchgeknallten Hipster gekleidet zur Auktion gehen?"

Ich verdrehte die Augen und seufzte. „Also sind eine rosa Bluse und eine blaue Stoffhose Hipster-Klamotten?"

Er betrachtete die rosa-blau karierten Schuhe, die ich gemäß seiner „Keine-Schuhe-auf-dem-Teppich"-Regel an der Tür gelassen hatte, und verzog das Gesicht. „Diese Auktion findet zweimal im Jahr statt. Wir haben das Glück, zu den wenigen Leuten zu gehören, die zu beiden eingeladen werden. Also, Missy, du wirst dort nicht wie ein Vagabund oder ein Hippie-Hipster hingehen."

„Ich glaube nicht, dass du weißt, was dieser Begriff bedeutet", schnaubte ich.

Er winkte ab. Ich starrte in den Spiegel. Ich mochte die Haare. Dunkle kastanienbraune Wellen fielen auf meine Schultern. Ich hätte meinen typischen losen Pferdeschwanz vorgezogen, doch es war eine exklusive Auktion, also war ich der Meinung gewesen, mich ein bisschen schick machen zu müssen. Das auberginefarbene Kleid betonte meine helle Haut und meine haselnussbraunen Augen. Doch wenn ich eine falsche Bewegung machte, jemanden versehentlich anrempelte oder mich einfach zu weit nach vorn beugte, würden meine „Mädels" definitiv rausfallen. Der Ausschnitt war zu tief. Ich war keineswegs verklemmt, doch Kalen stellte mich hin, als wäre ich prüde.

Er war in jeder Hinsicht übertrieben. Sein blondes Haar hatte einen Hauch von Silber, der fast seinen silbrigen Augen entsprach. Er fand, dass es gut aussah, und als Fee konnte er es ändern, wenn ihm nach etwas anderem zumute war. Es ließ ihn etwas älter als Ende dreißig aussehen, doch ziemlich majestätisch. Der schmal geschnittene dunkle Anzug betonte seinen sehnigen Körperbau, und selbst wenn ich acht Zentimeter hohe Absätze trug, überragte er meine eins siebzig um gut einen Kopf. Kalen war ein interessanter Anblick, und die orangefarbene Krawatte mit geometrischem Muster war noch aufdringlicher.

„Es ist eine Auktion. Wenn ich so da reingehe, bin ich mir ziemlich sicher, dass die Leute anfangen werden, auf mich zu bieten", knurrte ich. „Ändere es einfach." Eis lag in meiner Stimme, um meinen Standpunkt zu unterstreichen. Wir hatten schon fast zwanzig Minuten damit verschwendet.

„Du bist vielleicht die sturste Frau, die ich kenne", sagte er mit finsterem Blick.

Ich zuckte mit den Schultern und grinste. „Vor drei Jahren hast du mir einen Job gegeben, weil dir meine Hartnäckigkeit gefallen hat. Jetzt bin ich stur? Entscheide dich."

Es war nicht unbedingt Hartnäckigkeit, die mir den Job verschafft hat – eher ein Zufall. Unsere Nachbarin, eine Hexe, die von zu Hause aus arbeitete, hatte es mit einem verärgerten Feenmann zu tun, der überzeugt war, dass sie ihn hinhielt und einen Weg gefunden hatte, den Eisenring zu entfernen, den er als Strafe des Feenrates tragen musste. Er war mit einer milden Strafe davongekommen, doch anscheinend glaubte er das nicht. Wäre er jedoch vom Magischen Rat vor Gericht gestellt worden, wäre seine Bestrafung schlimmer ausgefallen.

Einer der Vorteile eines Feendaseins war die Fähigkeit, Gedanken zu lesen und sie zu manipulieren, um Menschen dazu zu bringen, zu tun, was die Feen wollten. Doch die diesbezüglichen Regeln waren genauso streng wie die Datenschutzgesetze der Menschen, und er hatte gegen eine verstoßen, indem er die Zustimmung der Person, die er manipuliert hatte, nicht eingeholt hatte. Anscheinend mochten die degenerierten Feen die „gute alte Zeit", als es akzeptabel gewesen war, in die Gedanken anderer einzudringen. Es war nicht wirklich akzeptabel gewesen – die Menschen damals hatten nicht gewusst, was ihnen angetan wurde, weil sie nicht gewusst hatten, dass Feen oder irgendwelche andere übernatürliche Wesen existierten. Feen waren extrem gefährlich, weil ihre Fähigkeiten keine Grenzen kannten, anders als Vampire, die Blickkontakt brauchten, um jemanden dazu zu zwingen, sich ihnen zu unterwerfen.

Obwohl die *Säuberung* die übernatürliche und menschliche Welt verwüstet hatte, hatte sie etwas Gutes hervorgebracht: nämlich, dass Magie jetzt reguliert war. Kein Verzaubern von Menschen mehr oder „Überzeugen". Vampire konnten es auch nicht mehr tun. Wenn sie von jemandem trinken wollten, mussten sie es auf altmodische Weise durch Verführung tun. Was erklärte, warum ich noch nie einen hässlichen Vampir gesehen hatte – sie würden wahrscheinlich verhungern. Feen durften ihr Aussehen auch nicht ändern, um jemanden zu täuschen; Sie mussten ihre Gesichtszüge auswählen und dabei bleiben. Die Strafe für das Ändern von Gesichtszügen war es nicht wert, und das galt auch für andere Zauber. Es gab mehr Nachsicht, wenn ein anderer Übernatürlicher manipuliert wurde, doch wenn man es einem Menschen antat, wurde einem der Gebrauch der Magie entzogen.

Ich war nur ein Zuschauer, als Kalen sich um die Situation gekümmert und ausgesehen hatte, als würde er den wütenden Feenmann bezwingen. Doch während des Kampfes gelang es dem anderen, die Oberhand zu gewinnen, also goss ich Kaffee über ihn – nichts Mutiges, ich hatte einfach den Deckel meines Bechers geöffnet und mein „schnelles Denken und meine Hartnäckigkeit" hatten mir einen Job eingebracht. Drei Jahre später wurde ich wegen meiner Sturheit gerügt.

„Nett. Das ist eine wunderbare Art, mit seinem Boss zu reden." Funken flogen aus seinen Fingern, blaue, graue, blaugrüne und fuchsiafarbene Blitze, und ich atmete ein und erlaubte mir einen Moment, die Magie zu genießen. Eins mit ihr zu sein, ihr zu erlauben, sich über mich zu legen. Ich konnte mir den Luxus nicht leisten, Magie einzusetzen, wann immer ich Lust dazu hatte. Doch die Sehnsucht war da. Wenn der Reiz stärker wurde, zwang ich mich, an die *Säuberung* zu denken. Wenn der drohende Tod nicht den Wunsch, Magie einzusetzen, abstellte, dann sicherlich das.

„Hmm. Solltest du als mein Boss nicht eine angemessene Kleiderordnung durchsetzen wollen?", scherzte ich und betrachtete das neue Kleid, in das er mich gesteckt hatte. Gleiche Auberginenfarbe, trägerlos, etwas länger als das andere, bis direkt unter meinen Knien. Er trat zurück, warf mir einen langen, abschätzenden Blick zu, schnippte mit den Fingern, und eine kleine silberne Halskette legte sich um meinen Hals, ein Göttinenarmband um meinen Arm.

„Du genießt das, nicht wahr?", fragte ich.

Er lächelte und entblößte perfekte weiße Zähne, die sich nicht von den lächerlichen Mengen an Kaffee, die er jeden Tag trank, verfärbt hatten. Es war sicher anzunehmen, dass sie das Ergebnis von Feenmagie waren. „Jedes Mal, wenn ich dich aus dieser schrecklichen karierten Bluse und der zerfetzten Jeans herausholen kann, ist es ein Gewinn für mich."

„Gut, wenn wir das nächste Mal in einer Höhle nach irgendwas graben müssen, werde ich dafür sorgen, dass ich High Heels und ein schickes Kleid trage. Dann kann ich mich vielleicht zurücklehnen und Befehle bellen, während ich eine Taschenlampe in der Hand halte und du die Drecksarbeit erledigst."

Kanalisation, Höhlen und verärgerte Übernatürliche waren in unserem Job selten. Im Allgemeinen gingen wir zu Nachlassverkäufen, Flohmärkten und Lagerraumauktionen und meldeten uns auf Anzeigen auf Craigslist, um Waren zu finden. Auktionen waren sehr selten, besonders eine wie diese. Durch Kalens Bestreben, sein Antiquitätengeschäft zu diversifizieren, waren wir auch zufällig auf magische Objekte gestoßen. Im vergangenen Jahr hatten wir dort das meiste Geld verdient. Eine antike Nähmaschine war nett, doch für ein Erdzauberbuch bekamen wir leicht doppelt so viel.

Ich nahm den großen Stoffbeutel, den ich als Handtasche benutzte, und überprüfte die Gegenstände darin: Lippenstift, Pinsel, meine Zwillinge – zwei Sai-Dolche – und einen kleinen Dolch. Wir sollten sicher sein.

Kalen schüttelte den Kopf. „Es ist eine Auktion, eine sehr exklusive. Ich bezweifle, dass Waffen nötig sind, nur Bargeld."

Er ging nicht weiter darauf ein, als ich sie in der Tasche ließ. Egal wie exklusiv es war, Auktionen mit magischen Antiquitäten neigten dazu, unerwünschte Gäste anzuziehen. Nur, dass sie diejenigen mit den obszön dicken Geldbörsen waren. Ganz gleich ob sie Menschen oder Übernatürliche waren, war ich ihren Absichten in Bezug auf das, was versteigert wurde, gegenüber immer misstrauisch. In den drei Jahren, in denen ich für Kalen gearbeitet hatte, besuchten wir alle sechs Monate die Mystic Auction. Als wir das erste Mal eingeladen worden waren, hatte mich der Einladungsprozess abgeschreckt: Es wurde nichts ausgetauscht; Ein Besucher kam, um uns einzuladen, und wir erhielten eine Nummer, die uns an der Veranstaltung teilnehmen ließ. Zum Zeitpunkt der Einladung war eine Antwort erforderlich, und wenn man annahm und nicht erschien – viel Glück dabei, nochmal eine zu bekommen.

Offiziell waren wir Akquisitionsspezialisten – eine schicke Beschreibung des Erwerbs von altem Kram. Wir kauften und verkauften Artefakte. Manchmal wurden wir von jemandem beauftragt, ein bestimmtes Objekt zu finden. Meistens waren diese Jobs gefährlich, doch sehr gut bezahlt. Bei Auktionen erwarben wir den größten Teil des Inventars, das Kalen für zu gefährlich für die allgemeine Bevölkerung hielt, und übergaben die Stücke dem Rat der Magie. Kalen war ihr Goldjunge geworden, und viele unserer Anschaffungen brachten ihm Schlagzeilen ein. Ja, das ist alles, was er brauchte, mehr Kameras und Leute, die ihn umschmeichelten. Doch es funktionierte für uns. Ich wollte oder brauchte die Publicity nicht. Ich half, sie in unseren Besitz zu bringen, und verzog mich leise in die Schatten, zufrieden in meiner Rolle als stille Partnerin. Diesmal versuchten wir, ein Objekt für einen Privatkunden zu erwerben.

Die Auktionen fanden immer am selben Ort statt. Es war ein palastartiges, zinngraues, neoklassizistisches Haus. Große Säulen zierten den Eingang, und wie üblich wurden wir von Männern im Smoking unter einem Kronleuchter begrüßt. Gedimmtes Licht bot eine sanfte Beleuchtung. An den Wänden hingen teure Kunstwerke, doch ich hatte keine Gelegenheit, sie oder eine der einzigartigen Skulpturen wirklich anzusehen, weil wir sofort zu unseren Plätzen eskortiert wurden. Vor den Auktionen boten Kellner ein oder zwei Gläser Wein an. Die meisten der gekauften Artikel lagen im hohen sechsstelligen Bereich, einige sogar im siebenstelligen, sodass ein Glas Wein das Mindeste war, was sie anbieten konnten. Ein Fünf-Gänge-Menü wäre für mich auch akzeptabel gewesen.

Ich nahm mir ein Glas und sah mich in dem Raum um, in dem nur zwanzig Gäste Platz fanden. Der größte „Andrang", den ich je erlebt hatte, waren fünfundzwanzig Gäste gewesen. Wir saßen hinter einem weiblichen Stammgast, Mrs. Big Hat, die immer vorne in der Mitte saß und einen Hut trug, der mich an etwas erinnerte, das jemand zum Kentucky Derby tragen würde. Sie war definitiv ein Mensch – von ihr ging kein Hauch von Magie aus. Wie so viele fühlte sie sich von der Mystik der Magie angezogen und wollte etwas davon für sich erwerben. Etwas Einzigartiges und Seltenes, das man nicht in der Coven Row kaufen konnte, einer Straße, die von Hexen und ihren verschiedenen Geschäften dominiert wurde, von Hexen, die Auren lasen oder Schutzzauber anboten.

Obwohl die meisten Dinge authentisch und einzigartig waren, waren sie es gelegentlich nicht. Wir hatten oft versucht, sie zu warnen, doch nach mehreren spitzen Bemerkungen und herablassenden Blicken waren wir zu dem Schluss gekommen, dass sie mehr Geld als Verstand hatte. Die große Brille und der Schal, die sie trug, würden es schwierig machen, sie zu identifizieren. Was mich nicht störte, weil die meisten Dinge, die sie kaufte, in ihrer magischen Fähigkeit nur eine Stufe über einem magischen 8-Ball waren.

Die meisten Gesichter waren vertraut, mit Ausnahme des Typen, der ganz in Schwarz gekleidet hinten saß, einschließlich einer dunklen Sonnenbrille, die er an seiner Adlernase herunterschob, um mich anzusehen, und dann schnell wieder an ihren Platz rückte. Nach ein paar Minuten begnügte er sich wieder damit, sich langsam im Raum umzusehen und die Anwesenden zu mustern. Unsere Blicke begegneten sich, ein Mensch – dachte ich. Doch er hatte etwas Abstoßendes an sich. Seine scharfen, kantigen Gesichtszüge waren ablenkend. Ich fand ihn nicht sonderlich attraktiv, doch der finstere Blick störte mich. Er sah aus, als würde er lieber sonst wo sein als hier. Als der Auktionator seinen Platz vor den geladenen Gästen einnahm, sah ich mich noch einmal nach dem Fremden um. Er hatte seine Brille abgenommen, seine Augen waren kühl und so dunkel wie die Kleidung, die er trug. Endlich sah ich etwas anderes als seinen bisherigen finsteren Blick; ein schwaches Lächeln umspielte seine Lippen.

„Wie ich sehe, fühlst du dich zum Fundamentalisten der Stadt hingezogen", flüsterte Kalen und lenkte meine Aufmerksamkeit von dem Fremden in Schwarz ab.

„Was?"

„Das ist Daniel. Der Gründer von *Humans First?*"

Das erklärte den finsteren Blick. Er hasste so ziemlich jeden in diesem Raum, mich eingeschlossen, weil er mich wahrscheinlich für einen Sympathisanten hielt. Umso merkwürdiger war seine Anwesenheit bei der Auktion. Seine Gruppe sprach sich lautstark für die Trennung von Menschen und Übernatürlichen einsetzte und hatte viele Male vorgeschlagen, die Stadt zu teilen, um das zu erreichen. Bisher hatte sie niemand mit irgendwelchen Verbrechen in Verbindung bringen können, sodass sie nicht als Hassgruppe galten, und die meisten betrachteten sie nicht als eine, doch die Welt war auch nicht bereit, ihre Ideen umzusetzen.

Die Übernatürlichen waren in das Gefüge der Gesellschaft eingewoben. Naturalisten und Anhänger des „Clean Eating" fühlten sich von den Erdhexen und ihrer magischen Nutzung der Natur angezogen. Und die meisten Leute bezahlten gut, um Häuser in der Nähe der „Natch", wie Übernatürliche auch genannt wurden, zu finden. Prepper und Naturliebhaber liebten es, in Forest Township zu leben, in der Nähe der Wandler in einem Gebiet, das aus üppigen Wäldern und Campingplätzen bestand. Und sie wurden von der Hoffnung angezogen, an einem bestimmten Tag einen Unterwerfungskampf zu sehen, der Gelegenheit, in Jagden mit echten Raubtieren konkurrieren zu dürfen, oder zum Spaß mit einem Bärenwandler in Tiergestalt zu kämpfen – wofür sie gerne bezahlten. Dann war da noch der Charme der Feen, ihre ätherische Schönheit und ihre Gaben von Glamour und Illusionen. Die Menschen waren fasziniert von der Unsterblichkeit der Vampire und fühlten sich von den Nachtlebewesen angezogen, weil sie die Dunkelheit mit Verführung und dem Versprechen von Vergnügen beherrschten. *Humans First,* oder HF, konnten die Menschen nicht gegen Magier und ihre Magie aufbringen, die stärker war als die der Hexen und viel beeindruckender anzusehen als die jedes Illusionisten.

Es gab nicht viele Leute, die bereit waren, sich auf die

Rhetorik von *Humans First* einzulassen, selbst wenn sie die *Säuberung* als Argument anführten. Und es war ein schlagendes Argument. Nach der *Säuberung* war die Welt anders gewesen. Es war ein Zauber mit dem Ziel, alle Übernatürlichen auszulöschen, doch er war aufgehalten worden, allerdings nicht, bevor er viele getötet hatte. Die Schwächsten waren die ersten, die ihm zum Opfer gefallen waren, viele von ihnen Menschen, die keine Ahnung hatten, dass ihre Tante, die über scharfe Sinne verfügte, nicht extrem aufmerksam war, sondern eine entfernte Nachfahrin einer Fee. Oder dass der Cousin, der unglaublich stark und schnell war, diese kleinen Vorzüge auf eine Liaison eines Vorfahrens mit einem Wandler zurückführen konnte. Menschen mit einem Hauch von Magie, die die meisten nur als besonderes Talent betrachteten, waren oft Nachkommen eines übernatürlichen Wesens. Sie hatten nicht genug Magie, um mehr zu bewirken oder als übernatürlich eingestuft zu werden. Sie wurden zusammen mit Tausenden von Übernatürlichen getötet.

Legacy war dafür verantwortlich. Die anderen waren von Schuld befreit, und das zu Recht – sie waren genauso Opfer wie Menschen.

Unabhängig von Daniels Rhetorik und Motiven war er gefährlich. Ich war mir sicher, dass er genau wie wir hier war, um auf den Nekrospeer zu bieten, eine Waffe, die gegen Wandler eingesetzt werden konnte, die in menschlicher und tierischer Form gegen die meisten Magien immun waren. Wenn ein Wandler damit getroffen wurde, hinderte ihn das nicht nur daran, sich zu wandeln, sondern während er in ihm steckte, war er anfällig für Magie. Er wurde von einem *Legacy* geschaffen und besaß ihre Magie – *meine Magie.*

Alles, was mit unserer Magie hergestellt wurde, war gefährlich. Wirklich gefährlich, weil wir magisch *waren*. Die reinste Form davon, die alles übertraf, was die Menschen jetzt sahen. Dass ich das sage, ist weder Hybris noch Arroganz, denn ich wünschte, dem wäre nicht so. Die Magie und die Gaben, die verschiedenen Übernatürlichen in Bruchteilen zuteilwurden, besaßen wir als Ganzes. Unsere Magie konnte Wandler und alle anderen Wesen beeinflussen. Sie war das Alpha und das Omega und all der Mist dazwischen, und letzten Endes war es das, was uns vernichtet hatte. Ich lebte mein Leben in Angst, dass die Leute herausfinden würden, was ich war, weil meine Art der Magie die *Säuberung* wirken konnte.

Ich saß in der Auktion und hoffte, dass der Nekrospeer nur ein Gerücht war und nicht wirklich zum Verkauf stand.

Diese Auktion war wie die anderen. Kalen wartete geduldig auf Artikel, auf die es sich zu bieten lohnte. Die meisten Leute kamen hierher in der Hoffnung, dass sie Dinge erwerben könnten, die nicht vom Magischen Rat reguliert oder eingeschränkt worden waren, und das traf auf etwa vierzig Prozent davon zu. Wir verzichteten auf ein Gemälde, das jedem Haus, in dem es sich befand, ein Vermögen bringen sollte, und wir boten auch nicht auf eine wunderschöne Liebesperlenkette, die Mrs. Big Hat erworben hatte. Wir hätten wahrscheinlich nicht auf sie geboten, selbst wenn wir nicht auf einen bestimmten Artikel gewartet hätten. Die Magie, die von diesen Stücken ausging, schien nicht sonderlich stark zu sein, und so seltsam, wie Kalen sie ansah, vermutete ich, dass er es auch spürte. Er konnte nicht nur die Magie spüren, er hatte auch ein umfassendes Wissen über magische Objekte. Übernatürliche hatten bei diesen Auktionen einen Vorteil, den Menschen nicht hatten, weshalb ich mich fragte, warum sie jemals in Betracht zogen, allein zu kommen. Es war wie ein Gebrauchtwagenkauf ohne Mechaniker, vielleicht sogar schlimmer. Zumindest konnte man eine Garantie auf ein Auto bekommen. Doch hier war es das, sobald man nach der Auktion das Auktionshaus verließ. Man könnte gerade einen sechsstelligen Betrag für eine Schrotthalskette, ein Malen-nach-Zahlen-Gemälde oder einen dekorativen Stein bezahlt haben, den man bei Target viel billiger hätten bekommen können.

Der Auktionator hielt einen Dolch hoch. „Und das, meine Damen und Herren, ist ein Nekrospeer. Es wird gemunkelt, dass es nur sechs auf der Welt gibt." Ein kollektives Keuchen ging durch den Raum.

Mein Herz zog sich zusammen und sackte mir in die Magengrube. Die Magie des Nekrospeers durchfuhr mich wie eine Welle. Ihre Vertrautheit streichelte meine Haut, und die Gefahr löste meinen Kampf-oder-Flucht-Instinkt aus. Ich schluckte mehrmals und atmete dann langsam ein, was nicht half. Es war tatsächlich ein Nekrospeer, eines der seltenen Dinge, die einen Wandler daran hindern konnten, sich zu wandeln. Doch das war nicht das Schlimmste. Er hatte unsere Magie in sich und konnte verwendet werden, um andere *Legacy* zu verfolgen. Etwas zu haben, das von jemandem gemacht worden war, war genauso schlimm, wie sein Blut zu haben. Wenn jemand geneigt war zu glauben, dass wir noch existierten, könnte er ihn verwenden, um es zu bestätigen oder zu entkräften. Ich versuchte mich zu erinnern, was Kalen über den Kunden gesagt hatte. Der Auftrag kam von einem Wandler, jemandem aus dem Wandlerrat. Das war gut; sie würden das Stück wahrscheinlich zerstören wollen. Im schlimmsten Fall würden sie den Speer behalten, und er würde wahrscheinlich als Unterwerfungswerkzeug verwendet, um Wandler festzunehmen, die sich nicht fügen wollten.

Ich war nicht glücklich darüber, dass jemand ihn hatte, doch da Wandler nicht zaubern konnten, war es nicht *so* schlimm. Ich wollte nur nicht, dass irgendjemand ihn benutzte, um mich zu finden und mich als *Legacy* bloßzustellen.

Die Gebote begannen mit einem niedrigen vierstelligen

Betrag und stieg schnell in den fünfstelligen Bereich, dann wurden sie langsamer, als sie sich einem hohen fünfstelligen Betrag näherten. Gegen Ende waren die einzigen Bieter Mrs. Big Hat, HF und Kalen.

Der Bieterkrieg um den Nekrospeer ging weiter, und ich versuchte, ein Gefühl für alle Beteiligten zu bekommen. Mr. HFs Kiefer war zu angespannt. Es war Wut – ich wusste, dass er draußen war. Mrs. Big Hat würde auch bald raus sein, weil sie gerade ein kleines Vermögen für etwas ausgegeben hatte, das sich als einfache Perlenkette oder schlimmer noch als Modeschmuck erweisen könnte. Fünf aggressive Gebote später war Kalen der neue Besitzer des Nekrospeers.

Bevor das Bieten für das nächste Objekt begann, verschwand Daniel mit zwei Leuten, die ihm folgten: Einer davon war ein massiger Gentleman, dessen üppiges blondes Haar ein bisschen zu lang war, um es hinter seinen Ohren zu bändigen. Sein struppiger Bart und wie unbehaglich er in einem Anzug aussah, ließen mich glauben, dass er sich mit einem Man Bun, Jeans und einem T-Shirt eher wohl fühlte. Die schöne Frau neben ihm war von Kopf bis Fuß in Weiß gekleidet. Die Art, wie sie das weiße, trägerlose Kleid trug, das sich um ihren gertenschlanken Körper schmiegte, und die fünfzehn Zentimeter hohen Absätze ließen mich für ihre Anmut schwärmen. Sowohl Daniel als auch die Frau in Weiß sahen mich an und warfen einen weiteren langen, neugierigen Blick in meine Richtung.

Der letzte Gegenstand, eine Schale, hatte einen ausgefallenen Namen und sollte den Menschen dabei helfen, durch andere Reiche zu navigieren. Doch nur, wenn diese Reiche zwischen zwei Restaurants waren, denn die Schüssel war so magisch wie die, aus der ich heute Morgen mein Müsli gegessen hatte.

. . .

Ich trug den schön verpackten Speer und hielt mit Kalen Schritt. „Wie gut kennst du den Kunden?" Ich wollte wissen, was er damit vorhatte.

„Gareth?", fragte er.

Ich hatte den Namen vergessen. „Ja, Gareth."

„Die bessere Frage ist, warum kennst du Gareth nicht?"

„Warum sollte ich ihn kennen?"

„Bei der himmlischen Nancy, er ist der neue Kommandant der Gilde der Übernatürlichen! Und war der Vorsitzende das Wandlerrats, bevor er diese Position übernommen hat."

„Wer ist Nancy und was um Himmels willen hat sie vor?", fragte ich und grinste, als ich den genervten Blick ignorierte, den er in meine Richtung warf.

Oft versuchte ich, mein Leben von der übernatürlichen Welt zu trennen. Mein einziger Freund darin war Kalen, und er war mein Boss. Mich über den Wandlerrat auf dem Laufenden zu halten, war mehr Mühe als es wert war. Die Räte der Magier, Feen und Hexen hatten jahrelang dieselben Vorsitzenden. Der Wandlerrat befand sich aufgrund von Dominanzkämpfen oft in einem Übergangszustand, mehr als jede der anderen Organisationen. Sie kämpften nicht mehr um Leben und Tod – nun, nicht mehr so oft wie früher. Doch sie kämpften immer noch bis zur Unterwerfung, und im Allgemeinen war derjenige, der verlor, so schwer verletzt, dass er keinen Beitrag mehr leisten konnte und oft gezwungen wurde, den Rat zu verlassen. Es war schwer, den Respekt seiner Kollegen zu wahren, nachdem man einen Kampf um die Vorherrschaft verloren hatte. Die Dynamik war auch anders als die der anderen Gruppen, weil sie immer noch kleine Rudel pflegten.

„Wurde er aufgefordert, von seiner Position im Rat zurückzutreten?", fragte ich.

„Nein, aber die Leute waren besorgt über mögliche

Voreingenommenheit und ein Nachlassen der Effizienz, wenn er beide Positionen bekleidet hätte."

„Weißt du, warum er das hier will und was er damit vorhat?"

„Wenn er ein bisschen Verstand hat, sollte er ihn zerstören. Wenn ich ein Wandler wäre, würde ich ihn auf keinen Fall existieren lassen, mit dem Potenzial, dass der Falsche ihn in die Finger bekommt. Doch jetzt gehört er ihm, also kann er damit machen, was er will. Es ist seine Entscheidung."

Ich hoffe wirklich, dass er ihn zerstören wird. Ich wünschte mir, er würde an den Wandlerrat gehen, anstatt an die Gilde der Übernatürlichen, die die Übernatürlichen überwachte. Im Gegensatz zum Wandlerrat hatte die Gilde ein Team aus starken Magiern und Hexen an Bord, die, falls sie sich jemals dazu entschließen sollte, den Behauptungen der Tracker zu glauben, den Nekrospeer verwenden könnten, um mich und andere *Legacy* zu finden. Ich bezweifelte, dass der Vorsitzende des Wandlerrats den Einfluss und den Zugriff auf das Maß an Magie hatte, das für solche Zaubersprüche erforderlich war.

In Gedanken versunken hörte ich die Schritte – geschmeidig, aber zielstrebig – Sekunden nach Kalen. Ich gab ihm den Nekrospeer, steckte meine Hand in die Tasche und schloss sie fest um den Griff eines Sai, bevor ich die Tasche zu Boden gleiten ließ.

„Bring ihn ins Auto", sagte ich zu Kalen und drehte mich gerade noch rechtzeitig um, um die beiden herannahenden Vampire zu konfrontieren, ihre Reißzähne entblößt, bereit zum Angriff. Vampire konnten nicht fliegen, doch mit der Geschwindigkeit und Anmut, mit der sie über uns herfielen, schien es, als bewegten sie sich mit Hilfe von Flügeln. Sie waren übermenschlich schnell. Ich rammte den Griff des Sai nur wenige Zentimeter von mir entfernt gegen die Nase eines der beiden. Blut spritzte, doch es schreckte ihn nicht ab. Vampire waren unsterblich, doch eine gebrochene Nase tat ihnen genauso weh wie jedem anderen auch; sie heilten nur schneller. Er griff erneut an, und einer der Zwillingsdolche traf ihn in den Bauch, was schmerzhaft genug hätte sein sollen, um ihn dazu zu bringen, sich zurückzuziehen – doch er tat es nicht. Seine Augen waren leer und schwarz wie ein Abgrund. Ohne Leben, doch nicht die für Vampire typische Art und Weise. Die Lichter waren an, doch er war definitiv nicht zu Hause. Er riss sich von der Klinge und wich zurück, und als er wieder angriff, flog er über meinen Kopf hinweg auf Kalen zu. Ich packte den Saum seines Hemds und riss ihn zurück. Er war nicht der Pilot seiner Handlungen. Ich konnte ihn nicht töten. Ich stieß den Dolch in ihn hinein und sicherte ihn am Boden, während ich mich um seinen Partner kümmerte, der doppelt so breit war wie er. Dicke Muskeln spannten sich wie eine Rüstung um seinen Körper. Er würde nicht so leicht zu überwältigen sein. In Zeiten wie diesen wünschte ich mir, ich könnte meine Magie einsetzen und ihn mit einer Handbewegung bezwingen. Doch so könnte ich den Kampf gewinnen und am Ende verlieren.

Trotz seiner Größe bewegte er sich mit der gleichen geschmeidigen Anmut, die alle Vampire besaßen. Als er auf mich losging, wünschte ich mir, ich hätte ein Schwert anstatt eines einzelnen Sai. Es war besser, Vampire aus der Ferne zu bekämpfen, denn sobald sie ihre Reißzähne in jemandes Haut gebohrt hatten, war es fast unmöglich, sie wieder loszuwerden. Ich wartete darauf, dass er nah genug herankam. Meine geringere Größe verschaffte mir einen Vorteil. Ich konnte seinen Körper als Hebel benutzen, um über ihn zu springen. Ich war schnell genug, um ihm auszuweichen, ihm einen kräftigen Tritt in den Rücken zu versetzen, ihn damit aus dem Gleichgewicht zu bringen und den Sai in seine Niere zu rammen. Sie lagen beide am Boden, jeweils einen Sai im Leib.

Ich hatte sie mir gerade zurückgeholt, als vier uniformierte Männer auftauchten. Wenn man ein schwarzes T-

Shirt und dunkle Jeans als Uniform bezeichnen konnte. Da alle dasselbe trugen, nahm ich an, dass es eine war. Die Abzeichen an ihren Hüften reichten aus, um jeden, der das Spektakel beobachtet hatte, dazu zu bringen, sich zurückzuziehen und sie durchzulassen. Sie waren Wächter der Gilde der Übernatürlichen. Wenn man ein Übernatürlicher war, der sich danebenbenommen hatte, waren sie die Letzten, die man sehen wollte. Da die Wächter Wandler waren, waren sie auch die Letzten, die ich sehen wollte. In Gegenwart eines Wandlers zu sein, war nie eine gute Idee für mich. Augenblicke später lagen die Vampire mit dem Gesicht nach unten gefesselt am Boden, und zwei Armbrüste waren auf sie gerichtet.

Ich ging zurück zum Auto. Übernatürliche konnten andere Übernatürliche spüren, doch um die meisten musste ich mir keine Sorgen machen. Meine Magie war gut getarnt; meine Mutter hatte dafür gesorgt. Doch Wandler mit ihren schärferen Sinnen reagierten empfindlicher darauf. Einige sagten, dass sie es riechen konnten, und ich bezweifelte es nicht. Seit der *Säuberung* waren nur noch die Stärksten am Leben. Wir hatten es nicht mit niedrigen Wandlern zu tun.

„Ich brauche eine Aussage", sagte einer der Männer. Ich fluchte mehrmals leise, stieg ins Auto und schnappte mir den Nekrospeer. Wenn sie Magie spürten, würden sie vermuten, dass sie davon oder von Kalen ausging, also fühlte ich mich jetzt ein wenig sicherer.

„Sie haben uns angegriffen", sagte ich, als sie nur noch wenige Meter entfernt waren. Vorsicht war für mich zu einem ständigen Begleiter geworden.

„Ohne Grund?", fragte der Größte der Wächter. Seine kühlen, rauchgrauen Augen starrten mich an.

„Nein, er hatte viele Gründe. Ich glaube, er wollte das hier", sagte ich und hielt den Nekrospeer hoch. Der breiteste Wandler schien nicht zu wissen, was es war, doch Grauauge wusste es.

„Gibt es einen Grund, warum Sie ihn wollen?"

Nun, er ist spitz und kann Wandler töten. Eine gute Waffe, findest du nicht? Doch das sagte ich nicht. Stattdessen sagte ich: „Wir treffen uns mit Gareth, um ihn ihm zu übergeben. Er wird unter seinen Schutz gestellt."

„Ich kann ihn Ihnen abnehmen und dafür sorgen, dass er ihn bekommt", bot er an.

„Nun, wenn Sie nicht auch einen Scheck dabei haben, würde ich ihn ihm lieber selbst geben", sagte Kalen. Ich hatte nicht die Absicht, an der Übergabe teilzunehmen; Kalen konnte das gut allein tun.

Die Lippen von Grauauge verzogen sich zu einer geraden Linie. „Ich kann Ihnen versichern, dass der Felidae-Clan mit allem mithalten kann, was die Gilde anbietet."

Großartig, jetzt bin ich auch noch in ein Weitpissen geraten. Die Clans kamen einigermaßen miteinander aus – nun, zumindest gut genug, um den Schein zu wahren. Wenn sie sich jemals uneins zu sein schienen, begannen die Menschen nervös zu werden, bereit, einzugreifen und einen Krieg zu verhindern, bevor er wirklich beginnen konnte. Es gab nur drei Wandler-Clans, was die Sache vereinfachte – Felidae, Canidae und Ursidae, wobei der letzte als Sammelbecken für Wandler diente, die nicht zur Gruppe der Felidae oder Canidae gehörten.

Der Wächter ließ seine Aufmerksamkeit zwischen mir und den mit Handschellen gefesselten Vampiren am Boden hin und her schweifen. Sie waren immer noch bewusstlos, in einem katatonischen Zustand. Das war nicht typisch, und ich konnte nicht anders, als an die großen, besessenen Augen zu denken. Bewegungen, die fremd für sie zu sein schienen und von jemand anderem kontrolliert wurden, was die Sache noch seltsamer machte. Die Einzigen, die neben ihrem Erzeuger den Geist eines Vampirs beherrschen konnten, waren Nekromanten. Wir würden eher das Ungeheuer von Loch Ness finden als einen Nekromanten. Es hatte seit

Jahren keinen mehr gegeben – sie waren wirklich ausgestorben. Oder vielleicht existierten sie und versteckten sich. Doch es gab keinen Grund, warum sie nicht existieren sollten; Solange sie nicht gerade Vampire kontrollierten, würde es ihnen gutgehen, und sie konnten mit den Toten sprechen, doch keine Wiedergänger erschaffen. Was ich ironisch fand, denn war das nicht, was ein Vampir war – ein Wiedergänger?

Ihre Vernichtung hatten sie sich selbst zuzuschreiben, zumindest wenn man den Geschichten darüber Glauben schenkt. Es war ein Kampf, bevor es die heute offensichtliche Verbindlichkeit zwischen den Übernatürlichen gab. Die Nekromanten waren ausgezogen, die Vampire zu kontrollieren und sie zu Dienern zu machen. Doch selbst der erfahrenste Nekromant konnte eine große Anzahl von ihnen nicht kontrollieren. Die Vampire beschlossen, die Sache selbst in die Hand zu nehmen und die Nekromanten zu töten. Anscheinend waren sie damit erfolgreich, lebten aber, für den größten Teil der übernatürlichen Welt mit dem Ruf, Wilde zu sein, was Spannungen verursachte.

Ich blickte zu den Vampiren hinüber. Ich hatte immer noch das nagende Gefühl, dass etwas nicht stimmte. Wer war wirklich das Ziel? Kalen? Ich? Der Nekrospeer? Die einzige Person, die den Speer mehr zu wollen schien als wir, war Daniel, und er war nicht in der Lage, Vampire zu kontrollieren, um ihn zu bekommen. Ein zweiter Gedanke schlich sich in meinen Kopf und war schwer zu verdrängen. War das ein weiterer Versuch eines Trackers? Ein Angriff vor aller Augen, und den Blutdurst der Vampire dafür verantwortlich machen?

Der Wächter konnte seine Augen nicht von dem Nekrospeer abwenden, um mich weiter zu befragen.

„Brauchen Sie noch irgendwas?", fragte ich und zog mich zurück, bereit, zum Auto zurückzukehren.

„Ihr Name?", fragte er.

Ich überlegte, ihm einen falschen Namen zu geben, doch warum? Es gab keinen falscheren Namen als den, den ich benutzte. „Livy … Olivia Michaels."

„Ich bitte Sie, für weitere Fragen zur Verfügung zu stehen", sagte er streng, bevor er sich den Speer noch einmal ansah und sich umdrehte, um zu gehen.

Ich nickte, hoffte aber wirklich, dass sie von den glotzenden Beobachtern, die sich versammelt hatten, bekommen würden, was sie brauchten. Als ich ins Auto einstieg, konnte ich nicht aufhören, an die Vampire und ihre leeren Augen zu denken und mich zu fragen, wer sie kontrollierte und warum.

Die Stille zwischen Kalen und mir war ein wenig unbehaglich. Ich war gefährlich mit den Zwillingsdolchen, und egal, wie oft er mich kämpfen gesehen hatte, er schien immer noch etwas Abstoßendes daran zu finden. Mir ging es manchmal auch so. Meine Eltern hatten mir beigebracht, zu überleben, mich zu schützen. Meine Mutter war eine Expertin im Umgang mit Sai. Das Schwert war die bevorzugte Waffe meines Vaters, doch im Alter von fünf Jahren, als sie anfingen, mir das Kämpfen beizubringen, konnte ich besser mit dem Sai umgehen und wechselte nie zum Schwert. Ich hatte gelernt, eins zu benutzen, und konnte es mit einem gewissen Geschick einsetzen, doch wenn ich jemals gegen einen wirklich erfahrenen Schwertkämpfer antreten müsste, war ich mir nicht sicher, ob ich gewinnen könnte. Bei meinen Sai war ich immer zuversichtlich.

Ein Ausdruck der Bewunderung und Trauer zeichnete immer Kalens Gesicht, wenn er mich kämpfen sah. Er sagte einmal, dass hinter jedem guten Kämpfer eine tragische Vergangenheit stecke. Ich kann nicht sagen, dass ich ihm zustimmte, doch in meinem Fall war es wahr.

. . .

Die Gebäude bewegten sich langsam vorbei, weil Kalen die Straßen hinunterschlich, wobei er sich hauptsächlich auf mich konzentrierte. „Hast du es bemerkt?"

„Ja." Ich seufzte meine Antwort. Vampire, die von einer externen Macht kontrolliert wurden, mussten jeden ein wenig misstrauisch machen. Wandler hatten die übernatürliche Lotterie gewonnen: Sie waren immun gegen Magie. Und der einzige Kompromiss war, dass sie sich bei Vollmond in Tiere verwandelten. Vampire kamen knapp an zweiter Stelle. Sie waren nicht immun, doch man musste erhebliche Macht besitzen. Ein simpler Zauber würde nicht reichen. Hexen und Feen hatten keine Chance, und nur hochrangige Magier konnten ihnen etwas anhaben. Doch einen Vampir zu kontrollieren war eine ganz andere Ebene der Magie – starke Magie. Nekromanten-Magie.

Meine Stimmung spiegelte seine wider: unbehagliche Sorge. „Was denkst du?"

„Nekromanten", platzte er heraus, bevor ich die Frage vollständig aussprechen konnte. „Wäre das so schwer zu glauben?"

„Möglich." Was nur eine Reihe weiterer Probleme aufwarf. Ich hasste es, Leute in Gruppen von „gut" oder „böse" zu sortieren, doch ich hatte kein Problem damit, sie in die Kategorie „verdammt gruselig" zu verweisen. Nekromanten wurden jetzt in der Folklore gefeiert. Kreative Geschichten über ihre „Todesberührung" und ihre Macht, ihre Feinde mit nicht mehr als einem Hauch ihres Atems gegen eine Wange zu schlagen. Ich konnte die Anzahl der Auktionen nicht zählen, bei denen angeblich von einem Nekromanten verfluchte Steine und Artefakte versteigert wurden. Ja, jeder wollte seinen Feind mit einem verzauberten Stein vernichten. Was Bullshit im Quadrat war. Sie hatten Kontrolle über die Toten und konnten dunkle Magie wirken, doch meines Wissens gab es so etwas wie eine Todesberührung nicht.

Doch *ich* konnte die Welt nicht mit einem Wimpernschlag zerstören, und das ist eine Geschichte, die ich über meinesgleichen gehört hatte. Ein *Legacy* – es klang so majestätisch, und irgendwann galten wir als übernatürliche Könige – bis zu unserem Sturz. Es war ein unglücklicher Spruch, aber er war wahr: Wir tragen die Sünden unserer Väter. Doch ich trug die Sünden einer ganzen Gruppe von Menschen, die ich nicht kannte, die ich nie getroffen hatte und die ich wahrscheinlich genauso hassen würde wie andere Leute auch. Ich würde für immer in Angst leben, ewig mit ihnen und ihrer Sünde verbunden, weil ich die gleiche Magie besitze. Ich war immer mit einer Gruppe von Leuten verbunden, die geglaubt hatten, dass sie die Einzigen waren, die der Magie würdig waren, und dachten, es sei eine gute Idee, einen Zauber zu wirken, um alle anderen zu töten, die nicht *Legacy* waren. Fast fünfundzwanzig Jahre später, nachdem die Menschen und andere Übernatürliche eine Allianz geschlossen und den *Legacy* einen wohlverdienten Schlag verpasst hatten, musste ich mich immer noch verstecken. Soweit die Welt wusste, waren sie alle getötet worden. Doch in Wirklichkeit hatten einige überlebt, einschließlich meiner Eltern, die mich fast fünf Jahre später bekamen.

Jahrelang verbrachten wir ein normales Leben, heimlich, existierten als die seltsame menschliche Familie nebenan, bis wir entdeckt wurden. Mein Vater wurde zuerst getötet, was uns Zeit zur Flucht gab, doch es dauerte nicht lange, bis meine Mutter gefunden wurde. Drei Jahre in Pflegefamilien machten den Tod meiner Eltern noch schwerer zu verarbeiten. Jetzt, mit dreiundzwanzig, fühlte ich mich, als hätte ich meine Schuld bezahlt, und war der Meinung, mir sollte vergeben werden. Ich wusste einfach nicht, wie ich es anstellen sollte.

. . .

Mit dem Nekrospeer in der Hand ging Kalen die Treppe hinauf, die zum Haus führte, doch ich blieb stehen, um zur Tür neben uns zu spähen und zu sehen, ob der Laden noch geöffnet war.

Die Gegend war für Gewerbe- und Wohnzwecke ausgewiesen. Kalen nutzte den größten Teil des Hauses als Wohnräume, doch zwei Zimmer waren in Büros umgewandelt worden. Rechts von uns waren ein Buchladen und ein Café. Links von uns war Molly's, und sie hatte oft viel zu tun. Sie war eine Hexe, die sich auf *effugium* oder Flucht spezialisiert hatte. Für eine Stunde ihrer Zeit konnte sie jeden mithilfe von Magie überall hin mitnehmen, wohin er wollte – in Gedanken. Den Nervenkitzel der afrikanischen Savannah genießen? Sie konnte einen dorthin bringen. Den Nervenkitzel, den Monaco Grand Prix zu fahren? Nicht nötig, dafür nach Monaco zu reisen. Sie war gut in ihrem Job, doch vor allem war sie eine sehr sachkundige Hexe und Historikerin. Kalen benutzte sie gelegentlich, benötigte ihr Fachwissen aber nicht oft.

Sein umfangreiches Wissen hatte ihm den liebevollen Titel KUI, King of Useless Information (König der nutzlosen Informationen), eingebracht. Es war kein besonders schöner Spitzname, doch an dem Tag, an dem ich ihn ihm gab, hatte ich mich nicht besonders gut gefühlt, als er beschlossen hatte, mir meinen Latte vorzuenthalten, bis ich mir die Geschichte der Kaffeepresse anhörte. Zwanzig Minuten Informationsflut ließen mich meinen Kaffee nicht mehr wirklich schätzen. Obwohl er eine schier unerschöpfliche Quelle nützlicher Informationen war, hatte er viele, deren Nützlichkeit ich stark anzweifelte.

Mollys Tür war zu und das „Geschlossen"-Schild hing im Fenster. So viel zu meiner Hoffnung, sie um weitere Informationen über Nekromanten bitten zu können. Ich eilte hinter Kalen die Treppe hinauf ins Haus.

Als ich am Spiegel vorbeiging, sah ich mich an und

runzelte die Stirn. Schmutzig, voller Vampirblut, mein Kleid zerrissen. Ich brauchte eine Dusche und saubere Kleidung. „Wann triffst du dich mit Gareth?", fragte ich.

Er warf einen Blick auf sein Handy und verzog das Gesicht, als er den Zustand seiner eigenen Kleidung betrachtete. „Ich muss ihn anrufen, um zu bestätigen, dass ich ihn habe. Er war sich bewusst, dass das möglicherweise nicht passiert. Es ist eines der wenigen Male, dass sich das Gerücht tatsächlich als wahr herausgestellt hat."

„Gib mir ein bisschen Zeit. Ich muss duschen und bin in einer Viertelstunde fertig." Ich wollte duschen und mich umziehen, weil ich den Fahrgästen im Bus kein Unbehagen bereiten wollte. An Tagen wie diesen hasste ich mein launisches Auto wirklich. Es hatte ganze drei Wochen lang funktioniert, ohne mich dann im Stich zu lassen, also brauchte es wahrscheinlich eine Auszeit. Ich konnte mir ein neueres Auto leisten, wollte aber immer nur ungern unnötig Geld ausgeben. Ich verdiente gut, aber nicht genug, um mir ein nagelneues Auto leisten zu können, ohne auf das Geld zurückzugreifen, das ich beiseitegelegt hatte, falls ich jemals schnell verschwinden musste.

„Livy, du musst nicht den Bus nehmen. Ich habe ein Auto, das du dir ausleihen kannst."

Kalen kam aus einer wohlhabenden Familie – sehr wohlhabend. Und obwohl er versuchte, unabhängig davon zu leben, war es offensichtlich, dass er sich die teuersten Unfälle leisten konnte. Er hielt nicht viel davon, jemandem ein Auto zu leihen, das mehr kostete als das, was derjenige in einem Jahr verdiente. Und für einen Moment dachte ich darüber nach. Ich hasste öffentliche Verkehrsmittel. Doch selbst wenn ich keine Zeit hätte zu duschen, um Kalens Haus zu verlassen, bevor der Commander der Gilde eintraf, konnte ich mit dem Blut und dem Schmutz frisch von meinem Kampf mit den Vampiren in den Bus steigen und trotzdem nicht die Schmutzigste sein. Ich beschloss, das Angebot nicht anzunehmen.

„Was ist das für ein Problem, das du mit Wandlern hast?", fragte er und ging in die Küche, um sich die Hände zu waschen.

„Ich habe kein Problem mit ihnen. Ich finde sie einfach seltsam. Ihre außergewöhnlichen Sinne und ihre Immunität gegen Magie stören dich nicht?"

Er zuckte mit den Schultern. „Meine Magie würde mir ohnehin nicht viel gegen sie helfen." Feen besaßen nicht viel Verteidigungsmagie, doch Illusionen, Verblendungen und die Manipulation von Geist und Gefühlen machten sie immer noch zu einer Kraft, mit der man rechnen musste, es sei denn, man war ein Wandler.

Er untersuchte den Speer und strich mit den Fingern über die Kanten der Klinge und dann über den Stahl. „Sieht aus wie ein normaler Dolch. Ich kann nicht glauben, dass er Wandlern so viel Schaden zufügen kann." Es dauerte einen Moment, bis er den Blick abwandte. Die große Klinge konnte einen nicht nur töten, sondern auch verhindern, dass man sich bewegte, ähnlich wie es einer meiner Sai tun konnte, wenn er in einem Wandler steckte. Es war eine verdammt gute Waffe. Doch andererseits machten meine Leute nichts halbherzig. Magie strahlte von ihr aus wie ein Strom. Ich wusste, dass Kalen es spürte. Er hielt den Dolch in der Hand, studierte ihn interessiert, mehr als alles, was wir im Laufe der Jahre erworben hatten, angezogen davon. Für einen kurzen Moment fragte ich mich, ob Gareth den Speer je bekommen würde.

„Wann rufst du ihn an?", fragte ich.

Die Frage schien ihn aus dem Traumzustand gerissen zu haben, in den ihn der Nekrospeer versetzt hatte. Ich war neugierig, was ihn zu ihm hinzog, und wollte gerade fragen, als sein Handy klingelte. Er ging ran und sagte ein paar

Atemzüge später: „Das war Gareth. Er wird in einer Stunde hier sein."

Ich ging schnell die Treppe hinauf ins Gästezimmer, wo ich für solche Gelegenheiten immer Wechselkleidung hatte. Es war besser als alles in meiner Wohnung und erinnerte mich an ein schickes Bed & Breakfast. Das monochrome Zimmer in verschiedenen Blautönen wirkte trotz des großen Doppelbetts in der Mitte immer noch geräumig. Der begehbare Kleiderschrank war größer als mein Schlafzimmer.

Die Dusche hatte nicht lange gedauert, vielleicht fünfzehn Minuten, also war ich äußerst überrascht, die tiefe Stimme eines Mannes zu hören, als ich die Treppe hinunterging. Gareth. Oder ich nahm zumindest an, dass es Gareth war. Ein Mann, der fast zehn Zentimeter größer war als Kalen, stand mit dem Rücken zu mir. Alles, was ich sehen konnte, war sein dunkles Hemd, das über seinen Rückenmuskeln spannte. Den Speer in der Hand war er in ein Gespräch mit Kalen verwickelt – ugh, Sport. Ich ging die Treppe hinunter, um leise durch die Hintertür zu verschwinden.

„Olivia Michaels", sagte eine samtige Baritonstimme. Für ein paar Sekunden überlegte ich, so zu tun, als hätte ich ihn nicht gehört, doch die tiefe, befehlende Stimme war schwer zu ignorieren, und ich war mir sicher, dass er sich dessen bewusst war. Als er sich umdrehte, war es auch sein Aussehen. Sein dunkles Haar und rasiermesserscharfe Gesichtszüge waren noch beeindruckender als sein Körperbau. Volle, sinnliche Lippen ließen sich nicht auf das Lächeln ein, das er versuchte. Seine Augen waren eindringlich und doch verführerisch von einem Blau, das so hell war, dass es aussah wie der Himmel, nachdem sich ein Sturm verzogen hatte. Augen, in denen man sich verlieren könnte, von denen man jedoch wusste, dass sie sich von einem auf den anderen Moment gegen einen wenden konnten. Er hielt meinen Blick länger fest als mir lieb war oder ich erwartete. Ich konnte mich nicht entscheiden, was mich mehr faszinierte: er, der tiefindigoblaue Wandler-Ring um seine Pupillen, der den Blick des in ihm lauernden Raubtiers widerspiegelte, oder seine Eindringlichkeit. Alles an ihm erinnerte mich daran, warum ich mich von Wandlern fernhalten musste.

„Macht es Ihnen etwas aus, mir zu erzählen, was vorhin passiert ist?"

Ja, es macht mir etwas aus, da ich gerade jemandem aus Ihrem Büro die Geschichte schon erzählt habe. Stattdessen sagte ich: „Ich glaube, ich habe dem Wächter alles gesagt, was es zu erzählen gibt."

Er runzelte die Stirn. „Das ist mir bewusst, aber ich würde gerne die Geschichte von Ihnen hören. Nach dem, was der Wächter und die Zeugen gesagt haben, besitzen Sie Fähigkeiten, die Sie nicht sollten, besonders als …" Er hielt inne und musterte mich langsam. „Hexe?", schlug er vor.

„Ich bin keine Hexe. Nur ein ganz normaler Mensch." Ich schenkte ihm ein schüchternes Lächeln. Ich hoffte, es war schüchtern – ich spielte nicht oft schüchtern, und es gelang mir selten, überzeugend rüberzukommen. Dem Blick, den er mir zuwarf, nach zu urteilen war es mir eben auch nicht gelungen.

„Natürlich habe ich das vermutet, was die Sache noch seltsamer macht. Wie kann eine menschliche Frau – wahrscheinlich nicht einmal alt genug, um legal Alkohol zu trinken – zwei Vampire überwältigen?"

Oh, das hatte ich vergessen. Die meisten Wandler neigen dazu, zur Sorte „selbstgefälliges Arschloch" zu gehören. Doch wenn sie in der Nähe waren, dauerte es nie lange, bis sie einen daran erinnerten.

„Nun, Gareth." Ich behielt das Lächeln, sagte seinen Namen jedoch durch zusammengebissene Zähne. „Ich bin alt genug und bin mir ziemlich sicher, dass ich nach diesem Treffen ein paar Kurze trinken werde."

„Erzählen Sie mir, wie Sie zwei Vampire überwältigt

haben…"

„Ich habe es nicht allein getan, Kalen hat geholfen." Sein Blick wanderte kurz zu Kalen, bevor er sich mir mit einer Neugier zuwandte, die mit jeder Sekunde zu wachsen schien. Ich konnte Kalens weit aufgerissene Augen angesichts meiner kreativen Nacherzählung des Vorfalls sehen. Ich mochte es nicht zu lügen und war nicht besonders glücklich darüber, dass ich nicht die volle Anerkennung dafür erhielt, dass ich die Vampire überwältigt hatte, doch Gareth machte mich nervös. Ich wollte die Flammen seiner Neugier nicht anheizen. „Haben Ihre Beamten Ihnen gesagt, dass sie möglicherweise von jemandem kontrolliert wurden? Ihre Augen waren seltsam. Die Lichter waren an, aber es war definitiv niemand zu Hause." Ich lenkte seine Aufmerksamkeit auf ein anderes Thema.

Er nickte kurz. „Ja, das wurde bestätigt. Doch die beiden stehen nicht mehr für Befragungen zur Verfügung", sagte er.

„Tot?"

Er nickte. „Sie haben Selbstmord begangen, bevor wir sie befragen konnten. Sie wurden definitiv von jemand anderem kontrolliert, denn Vampire halten ihre Existenz für zu kostbar, um sich das Leben zu nehmen." Er musterte mich schweigend und trat näher. Seine Nasenflügel bebten, als er meinen Duft einatmete.

Ich trat einen Schritt zurück und vergrößerte den Abstand zwischen uns, den er schnell verringerte, als er einen weiteren Schritt auf mich zu kam.

Ich packte die Tüte mit dem Kleid fester, das ich vorhin anhatte, und blickte zu Kalen hinüber, der unser Hin und Her wie eine Partie Tennis zu beobachten schien. Ich warf ihm einen Blick zu: *werd ihn los*. Doch er schien den Hinweis nicht zu verstehen und sah mich stattdessen erwartungsvoll an, wie ich den Ball auf Gareths Seite des Spielfeldes parieren würde.

„Halten Sie es für zu weit außerhalb des Bereichs der

Möglichkeiten zu vermuten, dass es ein Nekromant war?", fragte ich, in der Hoffnung, ihm etwas anderes, auf das er sich konzentrieren konnte, zu geben als mich, die viel zu viel von seiner Aufmerksamkeit bekam.

„Warum fragen Sie das?"

„Die meisten Menschen glauben, dass sie ausgestorben sind."

Er lächelte. „Normalerweise glaube ich nicht an Gerüchte über Aussterben, und ich bin mir ziemlich sicher, dass Sie es auch nicht tun." Er kniff die Augen zusammen, als er mich weiter mit einer Mischung aus Neugier und intensivem Interesse betrachtete. „Nicht wahr?"

„Ich neige dazu zu denken, dass gewisse Kreaturen ausgestorben sind, doch wenn Sie einen Dinosaurier finden, lassen Sie es mich unbedingt wissen." Ich versuchte, das als meinen Abschied zu benutzen, doch er trat mir in den Weg. Sein großer, breiter Körper blockierte mich. Kühle, blasse Augen ruhten weiter auf mir.

Er schmunzelte. „Ich habe letztes Jahr eine Nymphe getroffen. Vor zwei Jahren hat ein Kobold beschlossen, bei einem Freund einzuziehen. Vor einem Monat wurden wir gerufen, weil zwei Trolle eine Meinungsverschiedenheit hatten. Vor ein paar Nächten bin ich einem Sukkubus begegnet. Alle galten als ausgestorben oder als Folklore. Nichts ist für mich außerhalb des Bereichs des Möglichen."

Das machte die Sache noch schlimmer. *Ich* sollte ausgestorben sein. Seine Augenbrauen hoben sich, als ich zittrig einatmete.

Ich nickte nur. Es war Zeit für mich zu gehen. Ich fing langsam an, mich zurückzuziehen. „Ich wünschte, ich hätte Ihnen mehr zu bieten. Sie waren hinter dem Nekrospeer her, ich habe sie aufgehalten – das ist alles, was ich sagen kann. Ich denke, Sie sollten sich auf die Suche nach demjenigen machen, der ihn wollte. Ich bin mir ziemlich sicher, dass die

Liste ziemlich lang ist, doch Kalen kann Ihnen bestimmt sagen, wer versucht hat, ihn zu überbieten."

In dem Moment, als er den Blickkontakt zu mir abbrach, um in Kalens Richtung zu blicken, ging ich zur Tür hinaus, bevor er eine weitere Frage stellen konnte. Als er diesmal meinen Namen rief, ignorierte ich ihn.

KAPITEL 3

Als ich durch die Tür trat, fiel mein Blick natürlich auf den Po meiner Mitbewohnerin, der in die Luft gereckt war, da sie eine Downward Dog Position einnahm. Wenn sie könnte, würde sie den Tag mit Yoga und die Nächte mit Pilates-Kursen verbringen. Doch was Mitbewohner anging, hatte ich mit ihr Glück. Abgesehen von einem gelegentlichen Aufblitzen ihres Hinterteils während einer Yoga-Pose und ihrem schrecklichen Beharren darauf, dass ein Superfood Teil jeder unserer Mahlzeiten sein musste, konnte ich mir nicht vorstellen, eine bessere Mitbewohnerin zu finden.

„Livy, du bist sauber", sagte sie, stand auf und nahm ein Handtuch von der Sofalehne.

„Ich habe dir doch gesagt, dass ich zu einer Auktion gehen muss."

„Bei dir weiß man nie. Eine einfache Abholung bei einer älteren Lady könnte zu einem Faustkampf mit einem betrunkenen Feenmann führen."

Ich nahm mir meine Kleidertasche und warf sie ihr zu. Sie blickte hinein und schüttelte den Kopf.

„Ich habe im Büro geduscht", sagte ich, als ich in die

Küche ging. Mein Magen hatte geknurrt, seit ich in den Bus gestiegen war.

„Ich habe Abendessen gemacht." Sie wischte sich den Schweiß vom Gesicht, als sie mir in die Küche folgte. *Oh toll, jetzt wird sie sehen, wie ich ihr kalorienarmes/energiereiches Kuhweidefutter wegwerfe.* Ich bevorzugte Fleisch und Kartoffeln, und wenn ich einen Salat aß, verbrachte ich die meiste Zeit damit, darin nach Speck oder Hähnchen zu fischen. Gelegentlich kam mir eine Tomate oder Gurke in die Quere, und ich aß sie. Ich holte die Reste von gestern heraus: Hühnchen und Reis. Als sie finster dreinblickte, beugte ich mich wieder in den Kühlschrank und holte auch den Salat heraus, den sie gemacht hatte.

„Ich muss essen, nicht grasen. Ich habe heute gegen zwei Vampire kämpfen müssen."

„Wirklich? Was ist passiert?"

Ich ging die Details durch und gab ihr eine editierte Version. Ich sagte ihr nicht, dass sie möglicherweise von jemand anderem gesteuert wurden. Seit sich die Übernatürlichen geoutet hatten, waren die Menschen immer besorgt gewesen, und wer konnte es ihnen verübeln? Magie in jeder Form konnte gefährlich sein, und sie wurzelte in nichts Greifbarem. Warum wandelten Wandler sich? Keine Ahnung, sie taten es einfach. Warum konnten Feen einen zur Wahrheit zwingen und Magier nicht? Es ist alles Magie, oder? Ich wünschte, ich hätte eine Antwort. Warum sterben Übernatürliche, wenn ihnen ihre Magie genommen wird? Gute Frage, das ist eine Frage, auf die auch die meisten Übernatürlichen gerne eine Antwort hätten. Das war einer der Nachteile davon, ein übernatürliches Wesen zu sein. Magie war für ihre Existenz so wichtig wie die Luft zum Atmen. Sie war mit ihrer Essenz verwoben, und ihr Leben endete in dem Moment, in dem sie ihnen genommen wurde. Das war eine weitere Sache, die *Legacy* von anderen Übernatürlichen unterschied. Unsere Magie konnte uns nicht gestohlen werden. Viele hatten es versucht und waren gescheitert. Das Leben der meisten Übernatürlichen wurzelte in Magie, doch wir waren komplexer –Magie existierte unseretwegen.

Savannah hatte immer einen Blick, der eine Mischung aus Faszination und Ekel war, wenn ich über meinen Job sprach. Meistens war sie fasziniert. Ich wünschte, meine Tage bestünden nur aus dem Sortieren von Kisten mit altem Kram, um Antiquitäten zum Verkaufen zu finden. Doch es war nie so einfach, und mein Gespräch mit Gareth hatte das bestätigt. Mit Antiquitäten hatte es angefangen, bis ein seltsamer Fund zu einem größeren Profit geführt hatte als jemals zuvor. Man konnte immer noch in den Laden kommen und eine antike Uhr, eine Eisenbratpfanne, eine Feldflasche aus dem frühen 19. Jahrhundert oder eine Kaffeemühle finden. Doch wenn einige von ihnen verlorene Objekte waren, die für einen Zauber verwendet werden konnten, verwunschen oder verzaubert und von einer der übernatürlichen Sekten verehrt, machten wir gutes Geld.

„Ich schätze, du gehst heute Abend nicht mit mir ins Crimson?" Ein mürrischer Blick untermalte ihre Worte, auch wenn sie die Stirn nicht runzelte.

„Natürlich komme ich." Ich würde sie nicht allein in die Nähe dieses Vampirclubs lassen. Von allen Leuten, die ich in der Vergangenheit gekannt hatte, war sie die rationalste, und doch, wenn es um Vampire ging, flog jede Vernunft aus dem Fenster. Ihre Anziehung besiegte jeden sinnhaltigen Gedanken, und sie wurde zu einem Fangirl mit großen Augen.

Das Lächeln, das sich auf ihrem Gesicht ausbreitete, blieb dort, selbst als sie auf ihrer Banane herumkaute. Sie hatte nicht viele Wochenenden frei, und wenn, dann schien es ganz oben auf ihrer Liste zu stehen, im neuesten Vampir-Treffpunkt herumzuhängen.

Wir kamen früh genug an, dass wir nicht lange warten mussten, um in den Club zu kommen. Mesmerische Musik schlug uns entgegen, und Savannah konnte es kaum erwarten, sich zum Beat zu bewegen, bevor wir überhaupt hineingekommen waren. Trotz meines lautstarken Protests trug sie ein weißes Tanktop mit V-Ausschnitt, das mit Silber verziert war und die Aufmerksamkeit auf ihren Hals lenkte. Ihre Hose klebte an ihrem Körper und zeigte die vielen Stunden Arbeit, die sie jede Woche in Sport und Tanz steckte. Eine Fülle honigblonder Haare fiel ihr in losen Wellen über die Schultern, und ihre hellgrauen Augen glitzerten, wenn das Licht sie richtig traf. Ich blieb in der Nähe, als wir den Club betraten, und hoffte, dass sie nicht über die lächerlich hohen Absätze stolperte, die sie trug, um größer zu wirken. Wenn es möglich wäre, würde sie jeden Tag solche Absätze tragen, denn sie war kaum eins sechzig groß. Ihre Größe schien für sie eine Quelle von Unsicherheit zu sein. Ich mochte das Gefühl, auf Stelzen zu laufen, nicht und hatte mich für Absätze entschieden, die nur knapp drei Zentimeter hoch waren.

Sobald wir in der Mitte des Clubs waren, schoss Savannahs Aufmerksamkeit in die Ecke, wo eine Gruppe von Vampiren saß. Der Club hatte keinen VIP-Bereich, doch wenn es so gewesen wäre, wäre es diese Ecke gewesen. Ein ähnlicher Kreis aus Ledersesseln im hinteren Teil des Clubs bot einen Panoramablick auf den Raum. Die Musik war laut – ich konnte spüren, wie sie unter meinen Füßen vibrierte. Ein schwüler, verführerischer Beat, und Savannah bewegte sich weiter mit ihm. Obwohl ihr Hauptberuf als persönliche Assistentin die Rechnungen bezahlte, war sie eine klassisch ausgebildete Tänzerin. Tanzen war das, was sie liebte. Geschmeidige Bewegungen ihrer Hüften erregten die Aufmerksamkeit mehrerer Vampire im nicht ausgewiesenen VIP-Bereich. Ihre Blicke wanderten zwischen uns beiden hin und her. Wir hätten unterschiedlicher nicht sein können.

Mein kastanienbraunes Haar war zu einem glatten Pferdeschwanz zurückgebunden, und das einzige Make-up, das ich trug, war Wimperntusche. Eine dicke Schicht davon verschleierte meine haselnussbraunen Augen. Ich war nicht scharf darauf, meinen Hals in einem Raum voller betrunkener Vampire zu entblößen, doch Mitte Juli in Chicago in einem Rollkragenpullover aufzutauchen, kam nicht in Frage. Der Mittlere Westen wurde nicht von demselben heißen Wetter wie der Westen und der Süden heimgesucht, doch im Juli konnte ich keinen Unterschied zwischen deren Wetter und unserem feststellen. Darum hatte ich mich für dunkle Jeans und ein rosafarbenes ärmelloses Top mit Stehkragen entschieden.

Ich hatte die Rolle von Savannahs Hüterin übernommen, daher war es schwer, mich zu amüsieren, selbst als sie mich auf die Tanzfläche zog. Ich tanzte und war mir der dunklen Augen des scheinbar faszinierten rothaarigen Vampirs voll bewusst, der seine Augen nicht von ihr lassen konnte. Sie war genauso fasziniert. Ihr Körper stieß gegen andere, als sie sich im Takt wiegte, ohne sich der Menge bewusst zu sein, die den Raum zwischenzeitlich füllte, weil ihre Aufmerksamkeit auf den rothaarigen Vampir gerichtet war, der in der Ecke saß. Das einzigartige und verlockende Aussehen von Vampiren überschattete und lenkte die meisten immer noch von der Tatsache ab, dass sie seelenlose, verdammte Kreaturen waren, die Blut zum Überleben brauchten. Ich war mir dessen jederzeit sehr bewusst.

„Hör auf, sie anzustarren. Ich habe dir gesagt, was passiert, wenn du starrst", flüsterte ich ihr ins Ohr.

„Nein, warum sagst du es mir nicht zum hundertsten Mal?", schnaubte sie mit einem aufgesetzten Grinsen.

„Gut, dann werd' zum Vamp-Snack. Ich bin sicher, du schaffst das zwischen einer Million Stunden Training pro Woche und deinem Vollzeitjob", neckte ich.

Wir mussten einen Mittelweg finden. Ich war übermäßig

vorsichtig, wenn es um Vampire ging, und sie war zu sorglos. Genau die Gründe, warum ich an ihnen Anstoß nahm, waren die, die sie faszinierten. Sie waren wunderschöne Monster.

Savannah war auf die Gruppe auf der anderen Seite des Raums fixiert, die Augen auf sie gerichtet, Verlangen ein ungezügelter Ball, über den sie keine Kontrolle hatte. Ich zwickte sie. Sie wirbelte herum und funkelte mich an. „Hast du sie noch alle?"

„Hör auf zu starren."

Ich wusste, dass ich übervorsichtig war und wusste auch, dass Vampire Menschen nicht mehr gedanklich zwingen durften, weil es gegen das Gesetz verstieß, doch ich glaubte immer noch, dass in ihrem Aussehen etwas Suggestives lag. Die meisten von ihnen benahmen sich ganz gut, da nun auch ihr Erzeuger für sie verantwortlich gemacht wurde – im Gegensatz zu früher, als ein Vampir so viele Nachkommen erschaffen konnte, wie er wollte, und sie unkontrolliert herumlaufen lassen konnte, sodass sie zum Problem der Gesellschaft wurden. Jetzt mussten sie mindestens ein Jahr bei ihrem Erzeuger bleiben, ausgebildet und während ihres Übergangs beaufsichtigt werden. Es hielt die Zahl der neuen Vampire niedrig, weil niemand für Nachwuchs, der sich daneben benahm, verantwortlich gemacht werden wollte.

„Wirst du damit aufhören?", blaffte ich ihr ins Ohr, doch sie war zu weit weg, verzaubert von dem, was jetzt ihre Gabe, Menschen zu zwingen, ersetzt hatte – ihr Aussehen. Menschen wurden von ihnen angezogen und waren bereit, sich ihnen bereitwillig anzubieten. Die Tatsache, dass einige von der Blutlust gepackt wurden und töteten, was ich Savannah unzählige Male gesagt hatte, reichte nicht aus, um den Bann zu brechen, den die Vampire über sie hatten.

Sie war auf eine Weise verzaubert, die der Verstand nicht aufhalten konnte, und bevor ich etwas sagen konnte, schob sie sich durch den überfüllten Club, als der Rothaarige sie zu sich winkte. Ich folgte ihr sofort, als sie durch den Raum ging, und blieb am Ende des Tisches stehen; sie quetschte sich neben ihn. Als er rutschte, um Platz für uns beide zu machen, setzte ich mich widerwillig auf die andere Seite.

„Setz dich, Liebes."

Meine Augen flogen in Savannahs Richtung. Sein Akzent war ein tiefer australischer. Sie war nicht mehr hypnotisiert – sie war voll im Fangirl-Modus. Ich konnte nicht fassen, dass das dieselbe Frau war, die heute Morgen versucht hat, mir ein Eiweiß-Sandwich mit glutenfreiem Brot anzudrehen. Am Tag zuvor war sie in meinem Zimmer gewesen, Etikettendrucker in der Hand, packte meine Schuhe in Kartons und klebte ein Bild und ein Etikett darauf, weil ich anscheinend einfach nicht organisiert genug war. So hätte ich keine Entschuldigung mehr dafür, morgens ohne Frühstück aus dem Haus zu stürmen, weil ich zu spät dran war. „Alles hat seinen Platz" war ihr Mantra. Und sie hatte mein bisschen Kleidung entsprechend organisiert. In meinem Schrank gab es eine Abteilung, die sie mit „Jemand bekommt einen Tritt in den Arsch" beschriftet hatte, Klamotten, die zu abgefuckt waren, um sie in der Öffentlichkeit zu tragen, und die so oft geflickt worden waren, dass sie kaum noch ansehnlich waren. Normalerweise trug ich sie bei unseren zwielichtigen Jobs, bei denen wahrscheinlich jemand einen Tritt in den Hintern bekommen würde und ich sicherstellen musste, dass wir das nicht waren.

„Was trinkt ihr heute Abend?", fragte er und sah auf unsere leeren Hände.

„Nichts, ich bin der Fahrer", sagte ich.

„Oh, Unsinn, dafür gibt es Uber und Taxis. Trinkt was mit uns."

Der Rothaarige war eine so verlockende Erscheinung, dass ich die anderen Vampire, die bei ihm saßen, ignoriert hatte. Nicht viel älter als wir, vielleicht Mitte bis Ende zwanzig. Eine sorgfältig orchestrierte Gruppe – die Boyband-Besetzung einer PR-Maschine, entwickelt, um die

Vorlieben des Marktes anzusprechen. Der Rothaarige mit seinen breiten, sinnlichen Lippen und Grübchen, die sich zeigten, als er seine Reißzähne entblößte. Sanfte hellbraune Augen mit diesem verräterischen silbernen Ring, der Vampire verriet und ein geschmeidiger Körperbau unterstrichen seine Rolle als Charmeur der Gruppe. Der dunkle Grübler war genau das – ein dunkler Grübler, als er mit ausdrucksloser Miene am Tisch saß. Zerzaustes kakaobraunes Haar passte zu seinen Augen, in denen nur ein Hauch von Desinteresse lag. Von der Art, die weniger zynische Personen dazu brachte, sich etwas mehr um seine Aufmerksamkeit zu bemühen. Er war breiter als der Rothaarige, doch nicht viel, und sein T-Shirt hing lässig über seinen definierten Brust- und Bauchmuskeln. Es schien, als hätte er Zeit, zwischen seinen Grübeleien ein paar Crunches zu machen. Der nette Junge von nebenan spielte seine Rolle ziemlich gut, bis zu dem Punkt, dass er sie erfunden haben könnte. Er hatte dieses schiefe Lächeln, das es schaffte, einladend und schelmisch zugleich zu sein. Aschblondes Haar, markante Wangenknochen und grüne Augen. Ich war mir sicher, dass er nicht viel tun musste, um ein Mädchen davon zu überzeugen, dass sie seine Mahlzeit sein musste.

„Ich nehme nur eine Cola Light", sagte Savannah. Sie war genauso hypnotisiert und verzaubert wie ein Teenager bei einem Konzert der Boygroup.

Der Rothaarige grinste. „Du musst mir mehr als das geben", neckte er.

„Dann Cranberry-Wodka", sagte sie.

Er sah in meine Richtung und wartete auf meine Antwort. „Ich nehme ihre Cola, aber kein Light. Ich kann das Zeug nicht ausstehen."

Der Junge von nebenan lachte, als er sich gegen den Tisch lehnte. „Eine Frau nach meinem Geschmack. Wenn du was tust, dann richtig. Nicht wahr?"

Zwei Drinks später tanzte die Boygroup abwechselnd mit
Savannah und mir. Ich war immer noch vorsichtig. Die Cola
hatte mir ein Koffein-High gegeben, doch meine
Hemmungen waren intakt und mein Zynismus auch – so wie
es sein musste – und sorgte dafür, dass ich in höchster
Alarmbereitschaft war. Deshalb konnte ich meine Augen
nicht von den drei Wandlern und dem Magier abwenden, die
gerade hereingekommen waren; eine seltsame Gruppe.
Magier waren nicht so anspruchsvoll und besuchten oft
Vampirläden, aber Wandler waren eine andere Geschichte.
Sie zogen es vor, auf ihrer Seite der Stadt zu bleiben und ihre
Clubs zu besuchen, die langsam von College-Kids überrannt
wurden, die sich zu ihnen hingezogen fühlten, weil ihre
Drinks stärker waren. Angesichts des Metabolismus' von
Wandlern brauchte es viel mehr, um sie betrunken zu
machen, und nach anderthalb Drinks in einem ihrer Clubs
war man dicht.

Die Wandlerin musste eine Katze sein, ihre Bewegungen
anmutig und geschmeidig, als sie sich an der Bar niederließ,
sich umsah und an ihrem Drink nippte. Ganz in Blau –
Tanktop, Jeans und High Heels, mit denen sie die Männer
neben sich überragte – war sie so gekleidet, als wäre sie
bereit für eine Nacht, doch der strenge Ausdruck auf ihrem
Gesicht war ganz und gar Business. Der Mann neben ihr war
auch ein Wandler, doch von dem anderen Mann ging eine
andere Magie aus. Er war kein voller Wandler, doch vielleicht ein halber oder vielleicht sogar zu einem Viertel, weil
er meinem Wandlerradar auffiel.

Die Musik pulsierte durch die großen Räume, Körper
rieben sich aneinander, und die Leute wanderten kaum
herum im zwischenzeitlich überfüllten Club. Ich hatte mich

in dem Meer von Menschen verloren und tanzte mit einem dunkelhaarigen Typen, der für meinen Geschmack ein wenig zu handgreiflich wurde. Es schien, als betrachtete er das Tanzen als Auftakt zum Vorspiel für einen möglichen One-Night-Stand. Ich versuchte, Savannah im Auge zu behalten, als die Boygroup sie umringte. Sie war im Vampirhimmel. Ich in einem Zustand übervorsichtigen Sorge, dass meine Mitbewohner nicht Vamp-Futter wurden.

Der Junge von nebenan lehnte sich an Savannah, seine Nase streifte ihr Gesicht, als er mit ihr sprach, und sie schenkte ihm ein Lächeln, als würde er das schönste Sonett flüstern. *Okay, mach, was du willst.* Sie mochte Vampire. Ich musste mich damit abfinden. Irgendwann würde sie ihrer Neugier nachgeben. Vielleicht würde ein Biss sie von ihrer Besessenheit heilen. Ich hatte es erlebt und würde es sicher so schnell nicht nochmal passieren lassen.

Auch, wenn ich mir eingestanden hatte, dass sie ein Vampir-Groupie war, würde ich meine Meinung nicht ändern, und hoffentlich würde ich morgen nicht mit dem Rothaarigen, dem Jungen von nebenan oder dem Grübler in unserer Wohnung aufwachen, als Savannahs Schrei die Musik übertönte. Ich wirbelte herum und rannte in ihre Richtung, wobei ich mich durch die Menge schob, die nicht aufhörten zu tanzen, weil sie zu betrunken waren oder sich nicht darum scherten, was passierte. *Was erwartete sie in einem Vamp-Club? Sie mussten essen.*

Ich bahnte mir einen Weg durch die Tänzer und fand den Jungen von nebenan mit leeren Augen an ihrem Hals. Seine Finger waren in ihr Haar gegraben, während er sie an sich drückte. Wie ein wildes Tier nagte er an ihrem Hals, während sie schrie. Dann hörte sie auf und erschlaffte in seinen Armen. Ich schob mich durch eine kleine Lücke in der Menge und packte sein Kinn. Ich legte genug Kraft in meinen Griff, um ihm Schmerzen zuzufügen. Er musste sie loslassen, ohne, dass sie sich losriss und sich weiter verletzte.

Sein Blick schoss in meine Richtung, dann ließ er sie los und packte meinen Arm. Blut floss. Meine Hand schoss sofort zu meinem Rücken. Ich war es gewohnt, die Zwillinge dort in ihrer Scheide zu tragen. Ich hämmerte Schläge gegen die Seite seines Kopfes, aber er ließ nicht los. Ein weiterer Schlag, und sein Biss lockerte sich. Ich schlug weiter auf ihn ein, bis er endlich losließ. Blut spritzte aus der Bissstelle, und er stürzte sich erneut auf mich, seine großen Augen unfokussiert. Bevor ich etwas tun konnte, hatte die Katzenwandlerin ihn zu Boden geschleudert. Die Männer, die mit ihr in den Club gekommen waren, mischten sich ein und versuchten, den wildgewordenen Vampir zu überwältigen. Die Menge kam näher, und jemand drückte ein Handtuch auf meinen Arm, das schnell durchblutete. Ich versuchte, es zu fassen, bevor jemand es wegnahm, doch es wurde durch ein neues Handtuch ersetzt und verschwand in der Menge. Es war nie eine gute Idee, sein Blut irgendwo in der Welt zu haben, besonders für jemanden wie mich, doch es war zu spät. Die Aufregung machte es schwer, irgendetwas zu sehen. Ich drängte mich durch die Menge, die sich um Savannah versammelt hatte, die am Boden lag, ihren Hals hielt, ihre Hand blutüberströmt, ihren Mund immer noch geschockt aufgerissen. Jemand reichte mir ein weiteres Handtuch und ich presste es an ihren Hals. *Was zur Hölle ist passiert?*

Vampire waren nicht wild. Sogar neue Vampire drehten nicht so durch. Der Junge von nebenan lag mit geschlossenen Augen am Boden, die Arme hinter dem Rücken gefesselt. Da Vampire nicht atmeten, hatte ich keine Ahnung, ob er tot war oder nicht. Die Wandlerin von vorhin stand über ihm. Der Rest seiner Freunde näherte sich ihm, doch mit einem Blick hielt sie sie zurück. Ihre haselnussbraunen Augen hatten den dunklen Ring eines Wandlers. Ihre Begleiter traten langsam zurück und versuchten, dabei zu helfen, die Menge zu zerstreuen, doch die Leute hörten nicht, waren zu beschäftigt, Fotos mit ihren Handys zu machen und sich das Spektakel anzusehen. Das kam nicht oft vor, zumindest, soweit ich wusste. Die übernatürliche Gemeinschaft gab sich große Mühe, die meisten Vorfälle vor der Außenwelt – den Menschen – geheim zu halten. Soweit die Menschen jemals wissen würden, waren sie deine freundlichen Feen, Vampire, Wandler, Magier und Hexen aus der Nachbarschaft.

Plötzlich begann sich die Menge zu verteilen, und durch das Meer von Körpern tauchte Gareth auf. Musste schön sein, diese Art von Schlagkraft zu haben. Er kniete sich neben Savannah und nahm das Handtuch von ihrem Hals. Angesichts der tiefen Stichwunden runzelte er die Stirn, sah den Jungen von nebenan an und dann zurück zu ihr, dann legte er ihr das Handtuch wieder auf den Hals. Ich war mir sicher, dass er dasselbe gesehen hatte wie ich – nichts. Sein Gesicht war uns zugewandt, doch die Augen des Vampirs waren leer. Genau wie die Vampire bei der Auktion. Jemand hatte seinen Verstand übernommen, ihn benutzt und ihn wie Müll weggeworfen.

„Wir müssen sie zum *Isles* bringen", sagte er. Ich ging zu Savannah, um ihr aufzuhelfen, doch er hatte sie bereits hochgehoben und trug sie zur Tür.

Wenn der Vampir ihr nicht gerade ein Stück aus dem Hals gerissen hätte und sie nicht halb bewusstlos gewesen wäre, hätte Gareth sich damit eine Ohrfeige eingehandelt. Sie hatte vielleicht ein schlechtes Urteilsvermögen, wenn es um Vampire ging, doch sie war kein Mädchen in Not – ganz gleich, wie sehr sie in diesem Moment in Not war. Als ich mich in dem Raum voller Frauen mit glasigen, sehnsüchtigen Augen umsah, war es sehr offensichtlich, dass die meisten von ihnen bereit gewesen wären, Opfer eines Vampirangriffs zu werden, um an Savannahs Stelle zu sein. *Geht's noch erbärmlicher?*

Ich stürmte vor ihnen hinaus. „Das Auto ist hier drüben." Er zögerte einen Moment und betrachtete einen schwarzen

Lotus, bevor er mir zum Auto folgte und sie auf den Beifahrersitz setzte.

Sobald ich sie angeschnallt hatte, fing ich an, diese Panik zu spüren. Ich ignorierte das Pochen in meinem Arm und begann zu fahren, während ich ihr immer wieder Blicke zuwarf. Das Handtuch war immer noch um ihren Hals befestigt, doch es war blutgetränkt. Das war schlimm – so schlimm. Der Anflug von Schuldgefühlen, Frustration und Wut war schwer zu ignorieren, als ich die Straße hinunterschoss.

Das *Isles* waren nicht weit, und bei meiner Geschwindigkeit würden wir in weniger als einer Viertelstunde dort sein. Ich stellte alles in Frage. Hätte ich einen Krankenwagen rufen sollen? Warum bin ich nicht die ganze Zeit bei ihr geblieben? Hatte ich ihre Verletzung schlimmer gemacht?

Als ich vorfuhr, plagten mich Schuldgefühle, doch nur um von der Überraschung übertrumpft zu werden, als Gareth am Eingang stand und auf mich wartete. Dadurch fühlte ich mich nicht besser. Er hätte sie schneller hierherbringen können als ich. *Verdammt.*

Die bewusstlose Savannah wurde weggebracht, sobald wir durch die Tür kamen. Es herrschte Aufregung genug, als Gareth sie darüber informierte, was passiert war, dass ich mich wegschleichen konnte. Ich hielt meinen Arm gut genug versteckt, um niemanden zu beunruhigen. Ich war tausendmal am *Isles* vorbeigefahren und hätte nie gedacht, dass ich jemals hineingehen müsste. Hier kamen Übernatürliche her, wenn sie ärztliche Hilfe brauchten. Sie waren in jedem Krankenhaus willkommen, doch sie kamen lieber hierher. Es war wahrscheinlich das am wenigsten genutzte Krankenhaus der Stadt. Die Wandler hatten ihre eigenen Ärzte. Magier und Feen waren normalerweise in der Lage, sich selbst zu heilen, und Vampire waren fast so unverletzlich wie Wandler. Wenn sie verletzt wurden, war es meistens schlimm, Verletzungen, an denen die meisten sterben würden. Das *Isles* war hauptsächlich für Menschen gedacht, die unter Verletzungen durch Übernatürliche litten: ein schiefgelaufener Zauber, ein Zusammenstoß mit einem Wandler, oder wie jetzt ein Vampirbiss. Ich war mir nicht sicher, wie viele Verletzungen sie hier behandelten, weil sie sehr diskret waren. Der Angriff auf Savannah würde das Gespräch unter den Leuten im Club sein, doch ich war neugierig, ob er es in die Nachrichten schaffen würde. Ich war mir ziemlich sicher, dass eine sehr mächtige Fee den Club besuchen und alle Erinnerungen an diesen Abend *versehentlich* verändert werden würden.

Ich ging in eines der Zimmer und hielt mein Handy hoch, um der Krankenschwester, die mich von der Station aus anstarrte, anzuzeigen, dass ich einen privaten Anruf tätigen musste. Ich warf ihr einen finsteren Blick zu. Es funktionierte nicht. Sie war es wahrscheinlich so gewohnt, mit knallharten Übernatürlichen umzugehen, dass ein scharfer Blick von mir sie nicht störte.

Ich hielt meinen angewinkelten Arm vorsichtig vor meine Brust. Der Schmerz war fast unerträglich und ich musste einen Zauber wirken, um ihn zu beseitigen. Es gab keinen besseren Ort als das *Isles*, wo Magie in großen Mengen benutzt wurde und den Gebrauch meiner eigenen verschleiern würde. Ich konnte spüren, wie sie durch die Gänge pulsierte, die Variationen der verschiedenen Arten, die in der Luft lagen. Das war das erste Mal, dass ich einen guten Blick auf meinen Arm werfen konnte. Er war stark gerötet mit langen Kratzern, die von den Einstichstellen wegführten, wo der Vampir seine Fangzähne über meine Haut gekratzt hatte. Es war schlimmer, als ich dachte. Vampire hatten die Fähigkeit, die Wunde zu schließen, zu heilen und zu versiegeln, wenn sie sich strichen. Was in Ordnung war, wenn man ein bereitwilliger Spender war. Ein Vampirbiss war keine typische Verletzung und blieb lange offen. Es erlaubte dem Vampir, so lange zu trinken, wie er wollte. Doch wenn die Bissstelle nicht behandelt wurde, konnte ein Mensch leicht ausbluten.

Ich konnte sie nicht vollständig heilen, nur für den Fall, dass ich Gareth noch einmal begegnen würde, doch ich musste den Schmerzen stoppen und zumindest die Blutung verringern. Ich näherte mich dem Fenster in der Ecke, und wirkte einen kleinen Zauber. Das Pochen in meinem Arm ließ nach, und die Bissstellen begannen sich an den Rändern zu schließen, was verhindern würde, dass ich verblutete. Dazu hatte ich immer noch ein paar blaue Flecken, doch das war okay. Bevor ich ganz durch die Tür gekommen war, traf ich auf Gareth.

„Livy, lass mich deinen Arm sehen", bat er mit leiser, steifer Stimme.

„Schon gut." Ich zog meinen Arm näher an mich heran. „Wie geht es Savannah?"

Er trat näher, einen entschlossenen Ausdruck auf seinem Gesicht. Es war offensichtlich, dass er es nicht gewohnt war, dass ihm jemand nein sagte. „Livy, lassen Sie mich Ihren Arm sehen." Diesmal war es keine Bitte. Es war ein Befehl von einem Mann, der es gewohnt war, dass seinen Anordnungen Folge geleistet wurde. Ich war allerdings kein Mitglied der Gilde; Ich war ihm keinen Gehorsam schuldig. Doch ich wusste, dass es in meinem besten Interesse war mitzuspielen.

Ich war bereit, genau das zu tun. Bereit, die Schüchterne zu spielen: große Augen, leicht geöffneter Mund und ein sanftes Timbre in meiner Stimme. Ich wollte daran arbeiten. Ich hatte mich dafür entschieden, und doch etwas anderes kam heraus: „Danke für Ihre Sorge, aber ich kann Ihnen versichern, dass alles okay ist. Ich verspreche, wenn ich das nächste Mal verletzt bin und Sie in der Nähe sind, werde ich die Jungfrau in Nöten für Sie spielen. Und Sie können der Ritter in glänzender Rüstung sein. Wie wäre es damit?"

Der strenge Blick und seine aufeinander gepressten Lippen blieben, als er seine Arme vor der Brust verschränkte und seinen Blick auf mich richtete. Doch dann verzogen sich seine Lippen zu einem leicht amüsierten Grinsen.

„Savannah kommt wieder in Ordnung. Wenn sie hier rauskommt, sollte es keine Spuren eines Vampirangriffs mehr geben", antwortete er mit ruhiger Stimme.

Obwohl ich es mir zur Gewohnheit gemacht hatte , mich von Wandlern fernzuhalten, war es allgemein bekannt, dass Wandler dominant und kontrollsüchtig waren, und die Verärgerung in seinen Augen bestätigte es. *Ist das ein Kampf, den ich gewinnen muss?* Ich streckte den Arm vor mir aus, damit er die Spuren sehen konnte. Ich war mir sicher, er hätte auf mein Augenrollen verzichten können, doch ich konnte nicht anders.

Ich war überrascht, wie sanft seine Berührung war, als er mit den Fingern über die Bissstelle strich. Wärme prickelte auf meiner Haut, und ich trat näher an ihn heran. Ein einfaches Streichen seiner Finger über meinen Arm erschien mir viel zu sinnlich, roh und fleischlich. Als er die Bissspur studierte, betrachtete ich ihn, mir seiner starken gemeißelten Gesichtszüge, sinnlichen Lippen und leuchtenden Augen, die mich an blaue Diamanten erinnerten, wieder einmal sehr bewusst. Als er in meine sah, war ich mir des Raubtiers, das hinter ihnen lauerte, jedoch nur vage bewusst. Und er war jemand, der Magie nicht nur spüren, sondern auch riechen konnte. Reichte mein Schild aus, das zu verhindern? Diesmal betrachtete ich ihn aus anderen Gründen und suchte nach Hinweisen darauf, ob er etwas gespürt hatte.

Ich zog langsam meinen Arm weg.

„Es ist nicht so schlimm, wie ich erwartet hatte. Sie sollten das trotzdem von einem der Ärzte ansehen lassen."

Ich winkte den Vorschlag ab. Ich hatte noch irgendwo ein

blutgetränktes Papiertuch. Ich war schon genug Risiken eingegangen.

Wieder flammte dieser Funke der Verärgerung auf, doch er verdrängte ihn und sah dann wieder meinen verletzten Arm an. „Was verbergen Sie?"

„Ich mag keine Ärzte", gab ich zu.

Nach langem Nachdenken sagte er: „Okay." Dann drehte er sich um, ging zur Tür hinaus und ich wartete allein auf Savannah.

Fast zwei Stunden später betraten wir die Wohnung, und Gareth hatte recht gehabt – Savannah hatte keine Spuren davongetragen. Sogar die Blutergüsse waren weg. Doch sie schien ein wenig aufgewühlt zu sein und sprach weder auf der Heimfahrt noch in der Wohnung viel. Nach ein paar Minuten Smalltalk und sehr wenigen Details über die Behandlung entschuldigte sie sich und ging ins Bett. Ich fühlte mich beschissen, ging noch einmal alles in meinem Kopf durch und überlegte, was ich hätte tun können, um den Angriff zu verhindern. Widerstrebend musste ich zugeben, dass ich nichts hätte tun können, und doch fühlte ich mich dadurch nicht weniger schuldig.

Ich lenkte meine Gedanken in eine andere Richtung. Wer kontrollierte die Vampire und warum?

KAPITEL 4

Ich versuchte, dem Befehl der rauen Stimme zu folgen, die mich aufforderte aufzustehen. Doch ich konnte meine Hände nicht bewegen, weil sie unter einem Leichnam steckten. Als ich sie unter dem toten Gewicht hervorzog, sah ich, dass meine Arme rot von Blut waren. Als ich mich schließlich aufrappelte, sah ich einen anderen Leichnam zu meinen Füßen. Strähnen seines langen blonden Haares waren über meine nackten Füße ausgebreitet. Mein Kopf dröhnte, als ich nur wenige Zentimeter entfernt einen weiteren Leichnam sah. Ein stämmiger Mann mit raspelkurzem Haar. Starke magische Wellen schwebten durch die Luft und verzauberten alles um sich herum.

„Zeigen Sie mir Ihre Hände", forderte ein Polizist, seine Waffe auf mich gerichtet, ebenso wie die Waffe des anderen Polizisten, der neben ihm stand. Ich hob sie, wie sie es verlangten, und verschränkte sie hinter meinem Kopf. Als sie sich mir langsam näherten, bemerkte ich dasselbe, was auch ihnen ins Auge fiel – einen weiteren Leichnam. Ein Wandler. Und er war auch tot. Scheiße. Drei Tote.

Mein Kopf dröhnte schlimmer, die Magie brannte in meiner Nase und prickelte auf meiner Haut. Der Geruch des

Todes lag in der Luft. Meine Gedanken rasten zu meinen Erinnerungen – oder versuchten es, doch da war nichts. *Ich bin Anya Kismet, nein, Olivia „Livy" Michaels.* Ich kannte meine Adresse und die Namen meiner Eltern und den des Bastards, der sie umgebracht hatte. Ich konnte mich an den Tag erinnern, an dem ich ihn getötet hatte. Ich erinnerte mich an Kalen und Savannah. Ich erinnerte mich an alles, bis – ich es nicht tat.

„Nennen Sie Ihren Namen", verlangte der Beamte.

Ich nannte meinen Namen: Olivia Michaels. Ich sah mich um und hoffte, dass meine Umgebung meine Erinnerungen aufrütteln würde. Savannah war ins Krankenhaus gegangen. Daran erinnerte ich mich. Ich sah mich um. Freie Fläche, hohe Bäume in der Ferne, eine Bank ein paar Meter entfernt, ein Wanderweg davor. Das waren die einzigen Dinge, die ich im Dunkeln erkennen konnte. Ich war in einem Park, doch ich wusste nicht in welchem. Er kam mir nicht bekannt vor.

Leichen. Das Mondlicht warf einen seltsamen Schein über sie. Ein Hauch von Feen- und Magiermagie lag in der Luft. Ich konnte nur einen flüchtigen Blick auf die leblosen Körper erhaschen, als sie mich wegbrachten. Eine spindeldürre Frau mit Engelsgesicht und jungenhafter Statur war diejenige, die zu meinen Füßen gelegen hatte. Ihre Augen waren offen, und ein leerer Ausdruck, der eine Mischung aus Überraschung und Entsetzen war, war in ihr Gesicht eingraviert. Ich bezweifle, dass dem Polizisten klar war, dass der Diebstahl ihrer Magie sie getötet hatte und nicht die Messerwunde an ihrem Hals. Ich konnte nicht genau sagen, was sie war, Fee oder Magierin, doch ich war mir ziemlich sicher, dass sie eine Fee war. Der Mann, den sie neben mir gefunden hatten, war doppelt so groß wie sie und breiter. Er hatte die kräftige Muskulatur eines Wandlers – wahrscheinlich ein Bär oder so etwas. Bei Wandlern war das schwer zu sagen; Manchmal konnte man es anhand ihres Verhaltens erraten, wenn sie viele Ähnlichkeiten mit ihrem Tier hatten, doch bis sie sich wandelten, konnte man nicht sicher sein. Seine menschliche Gestalt ließ mich glauben, dass er zur Familie der Ursidae gehörte, doch er hätte genauso gut eine Katze sein können. Sein Kopf war in eine unnatürliche Position verdreht, die dicken Muskelstränge seines dicken Halses deutlich sichtbar. Wie konnten diese Leute glauben, dass ich diejenige war, die ihm das Genick gebrochen hatte? Ein verächtlicher, finsterer Blick verzerrte sein Gesicht.

Die dritte Leiche war die einzige, deren Augen geschlossen waren, in einem friedlichen Zustand, und ich wollte glauben, dass er ruhig gegangen war, doch auch er hatte Stichwunden in seiner Brust. Wie bei der Frau war auch seine Magie gestohlen worden. Der Wandler war der Einzige, bei dem ich noch eine Spur Magie spüren konnte.

„Was für ein Tag ist heute?", fragte ich den Beamten, als er mich hinten in den Streifenwagen setzte.

„Samstag."

Savannah war am Freitag ins Krankenhaus gegangen. Ich hatte einen Tag verloren. Ich konzentrierte mich auf die Rückenlehne des Sitzes vor mir und versuchte angestrengt, meine verlorenen Erinnerungen wiederzufinden. Wir waren aus dem Krankenhaus zurückgekommen, daran erinnerte ich mich. Savannah war okay gewesen, keine blauen Flecken, keine Spuren – so gut wie neu. Und das war das Letzte, woran ich mich erinnern konnte. War ich schlafen gegangen? Oder hatte ich das Haus verlassen?

Alles geschah wie im Nebel. Ich versuchte immer noch zu begreifen, was vor sich ging. Mein Kopf fühlte sich schwer an, und das ständige Pochen in meiner Schläfe machte den Nebel nur noch schlimmer. Die Leute stellten mir Fragen, und ich gab ihnen die kürzeste Antwort, die ich konnte. Es fühlte sich nicht echt an, bis sie mein Foto für die Akte machten, und dann holte mich die Realität abrupt ein, wie ein Schlag in die Brust, und riss mich fast um. Mord. Ich wurde wegen Mordes angeklagt – nein, nicht wegen *eines* Mordes, es waren drei Morde.

Die Handschellen fühlten sich unangenehm auf meiner Haut an, doch sie waren nicht zu eng – alles fühlte sich einfach erstickend an. Das große Büro schien zu klein, und der Geruch von Rauch und verschiedenen Körpergerüchen, Essen und Fett wehte durch die Luft. Der Mann, der mir gegenüber saß, ein bisschen vom Tisch entfernt, weil er Platz für seinen Bauch brauchte, täuschte kein Interesse an der Situation oder mir vor, als hätte er bereits entschieden, dass ich schuldig war. Dunkelbraune Augen zeigten sein Urteil. Doch als er sprach, war seine Stimme ausdruckslos. Er schlüpfte mühelos in seine professionelle Maske, rückte seine Krawatte zurecht, schaltete das Aufnahmegerät ein und setzte ein schwaches, aber freundliches Lächeln auf.

„Nennen Sie Ihren vollen Namen", sagte er.

„Olivia Michaels", sagte ich. Der Nebel hatte sich immer noch nicht gelichtet. Meine Sicht war immer noch verschwommen von dem grellen Licht, das sie mir im Park ins Gesicht geleuchtet hatten. Und das Licht auf seinem Tisch, das er auf mich gerichtet hatte, war genauso unangenehm.

„Wissen Sie warum Sie hier sind?" Wieder sprach er in einem ruhigen, gleichmäßigen Ton.

„Nein", sagte ich, und seine Augen weiteten sich.

„Können Sie das näher erläutern?"

„Ich weiß, dass Sie mich mit drei Toten im Park gefunden haben. Aber ich weiß nicht, wie ich dorthin gekommen bin." Ich war verwirrt und versuchte verzweifelt, die verlorenen Erinnerungen zu finden.

Er lehnte sich in seinem Stuhl zurück und betrachtete mich lange. Seine durchdringenden Augen bohrten sich in mich, die leichte Krümmung seines Mundes, die ein

Lächeln andeutete, war verschwunden, und er runzelte die Stirn.

„Nicht nur drei Tote", sagte er. Er lehnte sich an den Tisch und senkte die Stimme; leise und heiser. „Ein Wandler, Magier und eine Fee. Ich glaube nicht, dass ich Ihnen sagen muss, wie schlimm das ist." Er rieb sich mit den Händen übers Gesicht, doch das Stirnrunzeln blieb. Ich denke, die Frustration hatte mehr mit dem potenziellen Medienzirkus und dem Papierkram zu tun, mit dem er sich würde herumschlagen müssen.

Ich schloss meine Augen und kämpfte um die verlorenen Erinnerungen, um etwas Vertrautes zu finden, doch das Letzte, woran ich mich erinnern konnte, war, dass Savannah ins Krankenhaus gegangen war. Ich erzählte ihm von dem Vorfall im Crimson, eine entschärfte Version. Der Beamte schien nicht allzu besorgt über den Vorfall im Club zu sein, stellte aber dennoch ein paar Fragen: Ob es ihr gut ging? Ob ich die Vampire vor dieser Nacht gekannt hatte? Wer hatte geholfen, den Angriff aufzuhalten?

Ich beantwortete sie alle so detailliert, wie ich aus meinen fragmentierten Erinnerungen herauskratzen konnte.

Seine Lippen verzogen sich, dann blickte er auf seine Unterlagen. „Das ist eine Standardfrage, die wir stellen müssen, wenn es um Übernatürliches geht: Besitzen Sie Magie in irgendeiner Form?"

Dass ich Leute anlog, war der Grund, warum ich noch am Leben war, doch ich hasste es, das zu tun. Ich hatte das Gefühl, jedes Mal, wenn ich verleugnen musste, wer ich war, einen Teil von mir zu verlieren.

„Nein." Es wurde jedes Mal leichter, doch ich hasste es, weil es das Kennzeichen eines Soziopathen war, ein guter Lügner zu sein. In meinem Fall war es das einer Überlebenden.

„Haben Sie die Opfer gekannt?"

Ich schüttelte den Kopf. Er presste seine Lippen zu einer

dünnen Linie zusammen, und ich fragte mich, was er dachte, wenn er mich in dem schäbigen blauen Tanktop ansah, das mit getrocknetem Blut befleckt war. Auf der schwarzen Yogahose waren keine auffälligen Flecken, doch ich konnte die verkrusteten Stellen jedes Mal spüren, wenn ich mein Bein bewegte.

Sein Gesicht entspannte sich, als er ausatmete, und zum ersten Mal zeigten seine Züge etwas, das ich seit Beginn der Vernehmung nicht mehr gesehen hatte. Zweifel. Er hielt mich vielleicht nicht mehr für einen Mörder, doch ich bezweifelte auch, dass er für meine Unschuld bürgen würde.

Nachdem ich in eine Zelle gebracht worden war, nahm ich mir einen Moment Zeit, bevor ich mich schließlich in dem kleinen engen Raum auf die Pritsche setzte und auf mein Schicksal wartete. Ich wurde wegen Mordes angeklagt; Ich wäre überrascht gewesen, wenn sie mich auf Kaution rausgelassen hätten. Und ich war mir sicher, dass mein Gesicht zusammen mit endlosen Spekulationen durch die Nachrichten ging. Ich fragte mich, welchen einprägsamen Namen sie mir gaben, um Publikum anzulocken. Ich sah mich in der Zelle um, einer menschlichen Zelle. Einer, von der ich hoffte, dass ich in ihr bleiben würde. Das war ein abscheuliches Verbrechen gegen Übernatürliche. Würde ich hier bleiben oder nach *The Haven* verlegt werden, wo sie die Übernatürlichen und gelegentlich auch Menschen gefangen hielten, die so ungeheuerliche Verbrechen gegen die Gemeinschaft der Übernatürlichen begangen hatten, dass die Menschen sie vom Magischen Rat vor Gericht stellen ließen? Bei dem Gedanken daran begann mein Herz in meiner Brust zu hämmern. Wenn es hier zu schlimm wurde, konnte ich mit Magie entkommen. Doch wenn ich auch nur in die Nähe von *The Haven* kam, wäre das unmöglich. Für Leute mit Magie eingerichtet, waren ihre Zellen wahrscheinlich mit Runen markiert und mit Abwehrzaubern versehen, um Magie zu schwächen oder unwirksam zu machen, und ich würde mich mit anderen messen müssen, die Magie beherrschten und möglicherweise erfahrener waren.

Es waren etwas mehr als fünf Stunden vergangen, und ich hatte mir eine Reihe von Fluchtmöglichkeiten ausgedacht, doch alle nutzten irgendeine Form von Magie. Einige machten es nötig, starke Magie einzusetzen. Meine Finger wurden taub vom Umklammern der Stäbe. Der Beamte, der mich zuvor verhört hatte, kam vorbei, und sagte mir mit einem resignierten Ausdruck auf dem Gesicht, dass er keinen Einfluss hatte. Das Einzige, was er wusste, war, dass der Magische Rat meine Übergabe an sie beantragt hatte, doch das Einzige, was das verhinderte, war der Widerstand von zwei Personen. Ich hatte keine Ahnung, wer sie waren. Kalen? Seine Verbindung zu einigen Mitgliedern des Magischen Rates aufgrund seiner Arbeit für sie in der Vergangenheit könnte ihm vielleicht etwas Beachtung einbringen. Doch wie viel Einfluss konnte er in dieser Situation haben?

Ich nahm an, dass meine Situation kompliziert war. Wenn jemand beweisen könnte, dass ich Magie besaß oder eine Übernatürliche war, würde es keine Debatte geben, ich würde automatisch an den Magischen Rat übergeben. Doch wenn ein Mensch einen Übernatürlichen tötete, beantragte der Magische Rat, dass dieser Mensch vor ihr Gericht gestellt wurde. Sie glaubten, dass es immer noch Vorurteile gegen sie gab und dass ein Mensch im menschlichen Justizsystem niemals wegen irgendwelcher Verbrechen gegen sie verurteilt werden würde.

Nach sechs Stunden hatte ich Flucht in Betracht gezogen und den Gedanken schnell wieder verworfen. Wenn ich es täte, würden die Leute wissen, dass ich Magie besaß, und alles würde nur schlimmer werden. Ich wäre als Nutzer von Magie bekannt, und es wäre möglich, dass ich eine Rolle im Tod der drei Opfer aus dem Park gespielt hatte. Oder noch schlimmer, sie würden erkennen, was ich war. Ich wäre eine Flüchtige und mehr als nur Tracker würden mich verfolgen. Ich konnte nicht zu Kalen gehen, weil ich dadurch sein Leben in Gefahr bringen würde. Sie würden annehmen, dass er über mich Bescheid wusste und mich all die Jahre versteckt hatte. Ich konnte nicht nach Hause gehen, weil das Gleiche für Savannah gelten würde. Die einzige Möglichkeit, dass das nicht zu einer Katastrophe ausarten würde, war, für unschuldig befunden zu werden. Ich war unschuldig. *Denke ich.*

Der Magische Rat musste sich nicht an dieselben Regeln halten, und das taten sie auch nicht. Ich hatte bessere Chancen auf einen Prozess im fehlerbehafteten System der menschlichen Gerichte und den Vorurteilen, die eine Jury haben konnte. Das würde beim Magischen Gericht nicht passieren. Es würde keinen Geschworenen geben, der dachte, ich erinnere ihn an die Nachbarin der Tante seiner Schwester oder seine Cousine und konnte daher nicht des Verbrechens schuldig sein. Mein Schicksal würde von den fünf Mitgliedern des Rates bestimmt werden. Ich würde mich selbst verteidigen müssen, und ihre Fähigkeit, Lügen zu erkennen, sowie der Einsatz von Magie machten es schwer, mit viel davonzukommen.

Das Warten machte mir zu schaffen; alles, woran ich denken konnte, waren die Gerüchte darüber, wie Menschen behandelt wurden. Übernatürliche hatten die Möglichkeit der *Trials*, die sie als milde Strafe betrachteten. Wenn man sie überlebte, war die Strafe verbüßt. Ich war mir nicht sicher, was genau das bedeutete, doch den Menschen wurde diese Wahl nie gegeben, weil sie einem Todesurteil gleichkam. Die

Vereinbarung war, dass Menschen nicht zum Tode verurteilt wurden, doch Gerüchten zufolge hätten die meisten Menschen es vorgezogen. Die Stadt kämpfte normalerweise hart dafür, die Menschen im menschlichen Gerichtssystem zu halten, doch mir wurden die Morde an drei Übernatürlichen vorgeworfen, und ich bezweifelte, dass ich diese Option bekommen würde.

KAPITEL 5

Ich legte mich auf die Pritsche. Dreiundzwanzig Jahre lang hatte ich es geschafft, mich zu verstecken, und so sollte alles enden? – verurteilt wegen Mordes in der übernatürlichen Welt an einem Tag, an den ich mich nicht einmal erinnern konnte. Ich sah auf die Uhr. Sie hatten in weniger als acht Stunden eine Entscheidung getroffen. Das musste ein Rekord sein. Normalerweise dauerten diese Entscheidungen Tage. Sobald die Anklage erhoben wurde, wurde ein Monat lang darüber debattiert, und jetzt hatten sie in weniger als einem halben Tag eine Entscheidung getroffen. Hatten sie sich überhaupt getroffen oder hatten sie nur eine verdammte Münze geworfen und ihre Entscheidung per SMS geschickt?

Ich schloss meine Augen, lauschte, wie Schritte näherkamen, und fragte mich, ob meine Entscheidung, mich nach *The Haven* schicken zu lassen und mich dem Gericht zu stellen, anstatt zu fliehen, eine dumme Entscheidung war. An diesem Punkt hatte ich sowieso meine Chance verpasst. Wen auch immer sie schicken würden, um mich zu holen, würde Magie benutzen.

Augenblicke später standen drei Leute vor meiner Zelle.

Wie ironisch, sie hatten einen Magier, eine Fee und einen Wandler geschickt, um mich abzuholen.

Ich erkannte den Wandler als einen der Wächter, die die Vampire nach dem Angriff nach der Auktion weggebracht hatten. Aus der Nähe hatte ich einen besseren Blick auf den dunkelgoldenen Wandlerring, der sich um seine haselnussbraunen Pupillen wand. Er ging vorn neben der Wache, während der Magier und der Feenmann in dunkelbraunen Anzügen hinten standen. Wenigstens versuchte der Wandler ein Lächeln, doch es war schwach. Ein mitfühlendes, das man jemandem zuwarf, den man in Schwierigkeiten sah und für den man nichts tun konnte.

Die Mienen des Magiers und des Feenmannes blieben ausdruckslos, als die Wache versuchte, mir Handschellen anzulegen. Der Wandler hielt ihn auf. Meine neuen Wachen waren stark: Magie ging von ihnen aus, durchdrang die Luft und tränkte den engen Raum mit der Macht, die sie besaßen. Es war nicht so, dass sie mir vertrauten – sie waren zuversichtlich, dass sie mich aufhalten könnten, sollte ich irgendetwas versuchen. Der Magier warf mir einen Blick zu, als wollte er mich herausfordern.

Wenn sie mich für eine gefährliche Mörderin hielten, die beschuldigt wurde, einem Wandler, einer Fee und einem Magier das Leben genommen zu haben, stand der Feenmann schrecklich nahe. Seine dünnen Lippen verzogen sich, als er mich mit seinem jaspisblauen Blick musterte. Dicke, lange Wimpern machten es schwer, in seinen Augen zu lesen, als er mich ansah. Er brauchte dringend Sonne oder zumindest einen Ausflug ins Solarium, und seine flachsblonden Haare taten ihm auch keinen Gefallen.

Als wir das Gebäude verließen, hielt der Feenmann dicke, mit Sigillen verzierte Arm- und Beinfesseln hoch.

„Glaubst du, wir brauchen das wirklich?", fragte der Wandler, mit einem niedergeschlagenen Blick in meine

Richtung. Es war sehr offensichtlich, dass er von dem, was er sah, nicht beeindruckt war.

Sowohl der Feenmann als auch der Magier traten näher und musterten mich langsam, wobei ihre Mienen mit jedem Moment finsterer wurden. Sie trafen gleichzeitig ihre Entscheidung. Ich war mir nicht sicher, was ich erwartet hatte – ein Polizeiauto, ein gepanzertes Fahrzeug, eine Limousine ohne Kennzeichen –, doch als ich zu einem schwarzen Suburban geleitet wurde, empfand ich nicht das gleiche Gefühl verzweifelter Trostlosigkeit, als ich mich neben dem Wandler auf meinem weichen Sitz zurücklehnte. Er hatte mich nicht mehr angesehen, seit sie beschlossen hatten, meine Beine nicht zu fesseln, und die Mienen der anderen waren nicht zu lesen und professionell stoisch. Ich hatte keine Ahnung, ob sie überhaupt ein Urteil gefällt hatten. Soweit sie wussten, war ich ein Mensch und hatte nicht die Fähigkeit, jemandem Magie zu stehlen. Tatsächlich konnten das nicht viele. Es erforderte nicht nur viel Kraft, sondern auch unglaubliches Geschick. Die Stille hielt an, als wir aus der Stadt nach *The Haven* fuhren.

Die Stadt zog an meinen Augen vorbei, und alles wurde so fern, obwohl es nah war. Häufig besuchte Cafés, Restaurants und Geschäfte machten mir das Herz schwer. Es war nicht so, dass ich keine anderen Freunde und einen Arbeitsplatz finden würde, wo auch immer ich landen würde, doch das war jetzt mein Zuhause. Nach dem Tod meiner Mutter hatte ich in einer Reihe von Kinderheimen gelebt, und mit achtzehn hatte ich mich hier niedergelassen, ein Stück außerhalb von Chicago. Ein Schmerz reichte bis in meine Fingerspitzen, und ich holte tief Luft, weil ich wusste, dass es kein Schmerz war, sondern Magie, die drängte, losgelassen zu werden. Mein Körper reagierte auf die Stresssituation, und alles, was ich tun musste, war, sie freizulassen und meinen Instinkten nachzugeben, um zu zaubern und mich zu schützen. Doch was dann?

Je näher wir *The Haven* kamen, desto mehr hinterfragte ich meine Entscheidung, mich dem Gericht zu stellen, anstatt zu fliehen. Ungefähr zwanzig Meilen von der Stadt und wenige Minuten von *The Haven* entfernt war ich mehr als nervös und ignorierte die bösen Blicke, als ich auf dem Sitz herumrutschte. Der Wagen bog ab, Gebäude wurden spärlich, und gelegentlich kamen wir an einem leerstehenden vorbei. Eine weitere Kurve, und wir fuhren eine zweispurige Straße in einer verlassenen Gegend entlang. Der SUV war das einzige Auto auf der Straße, und das einzige, das am Straßenrand zu sehen war, war freies Feld. Schließlich bogen wir auf einen Weg ein, an dessen Ende ein weit zurückversetztes Gebäude lag, drum herum gepflegte Büsche. Ein Beet mit blühenden exotischen Blumen erstreckte sich entlang der Auffahrt, die zu dem großen weißen Gebäude und drum herum führte. Ich sah Dornen in den Büschen und war mir sicher, dass sie magisch verstärkt und giftig waren. Es sah überhaupt nicht wie ein Gefängnis aus, doch genau das war es. Ein Gefängnis. *The Haven.* Was glaubten sie, wem sie etwas vorzumachen versuchten?

Wäre da nicht das mit Runen verzierte Stahltor am Eingang gewesen, hätte es problemlos als Geschäftsgebäude in der Stadt durchgehen können. Wir fuhren um das Gebäude herum nach hinten, und der Schmerz wurde zu einem Pochen. Ich faltete die Magie, die drohte, in mir freigesetzt zu werden.

Nur drei Meter von dem Gebäude entfernt begann mein Herz zu rasen. Ich könnte jetzt zuschlagen und entkommen. Die Debatte ging in meinem Kopf weiter, doch ich wollte sehen, was der Rat entschieden hatte. Wenn sie mich für unschuldig befunden hatten, dann könnte ich weggehen, in mein Leben und zu meinen Freunden zurückkehren und den verdammten Hurensohn finden, der mir das angetan hatte. Der Zweifel stachelte mich an, die Angst, die ich verleugnete, wog schwer, als ich über die anderen Konsequenzen nachdachte. Was, wenn sie hinter den Schild blicken konnten, der meine Magie verbarg? Er hatte jahrelang für mich und meine Eltern funktioniert. Niemand konnte meine Magie spüren, und solange sie das Mal nicht auf mir sahen, wussten sie nicht, dass ich etwas versteckte.

Doch was, wenn sie das Mal fanden? Adrenalin, Angst und Magie waren keine gute Mischung, und alles durchströmte mich, machte mich ängstlich und nervös. Als der Wandler meinen Arm ergriff, hätte ich ihm beinahe meinen Ellbogen ins Gesicht gerammt. Ich zog meinen Arm zurück an meine Seite, doch er hatte es gespürt. Seine Augen wurden zu kleinen Schlitzen, und er zog seine Lippen zurück, fletschte seine Zähne, seine Stimme streng, aber sanft. „Das willst du definitiv nicht versuchen."

Es ging keine Gefahr von ihm aus, und ich folgte seinem Blick. Die Hand des Magiers glühte vor Magie, mit der er bereit war, mich zu überwältigen. Die Augen des Feenmannes senkten sich, und die Funken der Wut, die in ihnen aufblitzten, zeigten ziemlich deutlich, dass er bereit war, mir unsägliche Schmerzen zuzufügen.

The Haven war nicht wie das Gefängnis, das ich gerade verlassen hatte, noch war es wie eines, das ich im Fernsehen gesehen hatte. Ein kleiner Raum, der mich an ein Zimmer in einem Studentenwohnheim erinnerte, mit einer kleinen geschlossenen Durchreiche auf der linken Seite, von der ich annahm, dass sie das Essen durch sie servierten. Die Dusche war eine Stufe besser als die der Gefängniszelle, in der ich gewesen war. Nachdem ich geduscht und den schwarzen Overall angezogen hatte, den sie mir zur Verfügung gestellt hatten, fühlte ich mich müde, was angesichts des Schlafmangels natürlich war. Ich legte mich auf das Bett – eine weitere Verbesserung. Es war tatsächlich weich, und die Kissen schienen etwas Flauschiges zu enthalten, anstatt einer Ansammlung von Steinen. Der Schlaf kam nicht, denn jedes Mal, wenn ich meine Augen schloss, sah ich nichts – *nichts*.

Ein ganzer Teil meines Gedächtnisses war gelöscht worden, und ich wollte ihn so dringend zurück und den Arsch finden, der glaubte, ich würde für sein Verbrechen büßen.

Wer hatte die Macht, Erinnerungen auszulöschen – *meine Erinnerungen?* Ein hochrangiger Magier, eine Fee oder eine Hexe hätte die Fähigkeit dazu gehabt, doch es hätte einer Menge Magie bedurft.

Rachepläne gegen den unbekannten Angreifer ließen die Zeit vergehen, doch ich war mir nicht sicher, wie lange ich hier gewesen war, bis zwei uniformierte Wachen kamen und mich aus der Zelle holten, oder meinem *Zimmer*, wie sie es nannten. Sie waren Wandler und nicht allzu sanft, als sie mich den Flur entlang zu etwas führten. *Super, noch mehr Fragen.*

Flankiert von den beiden Wandlern bemühte ich mich angestrengt, meine Atmung zu kontrollieren, meinen Herzschlag zu beruhigen und meine Angst zu zügeln. Raubtiere, sie konnten nicht anders. Sie fühlten sich davon angezogen und dem Lächeln auf dem Gesicht des dunkelhaarigen Wandlers nach zu urteilen, genossen sie es.

„Wem werde ich vorgeführt?"

„Wir sind gleich da."

Ich blieb stehen. Ich war es leid, Befehle zu befolgen, und wollte, dass jemand mir endlich etwas sagte. Nichts an dieser Situation entsprach einem fairen Verfahren oder dem üblichen gerichtlichen Prozess, und mir war klar gewesen, dass dem nicht der Fall sein würde, sobald ich aus dem menschlichen Gerichtssystem herausgenommen worden war. Ich hatte keinen Anruf, nicht einmal eine Kautionsanhörung bekommen. Und jetzt war ich kurz davor, irgendeinem dahergelaufenen Typen vorgeführt zu werden. War es wenigstens ein Anwalt?

Der andere Wandler packte meinen Arm und versuchte, mich weiterzuziehen, doch ich stemmte mich dagegen und riss meine Arme zurück. Als er mich wieder packte, hielt er mich in einem schmerzhaft festen Griff und begann, mich zur Tür zu zerren. Er hatte es nicht kommen sehen, und ehrlich gesagt hatte ich nicht geplant, dass es so laufen würde, doch ich riss meinen Arm aus seinem blutabschnürenden Griff, versetzte ihm einen Tritt und erwischte ihn mit meinem Fuß am Kiefer. Ein harter Schlag mit meiner linken Hand ließ ihn noch weiter zurück taumeln. Der andere Wandler fegte mir das Bein weg. Ich stolperte gegen ihn und brachte ihn ebenfalls zu Fall, sodass er mit einem dumpfen Schlag auf dem Boden aufschlug. Ein schneller Stoß meines Ellbogens landete hart genug an seiner Schulter, doch ich verfehlte mein Ziel – seine Kehle. Bevor ich erneut zuschlagen konnte, warf er sich auf mich und presste mich mit dem Gesicht nach unten auf den Boden, mein Handgelenk hinter meinem Rücken, während er mir Handschellen anlegte.

Er keuchte, als er an meinem Ohr zischte. „Dumme Idee."

Er riss mich auf die Füße. Es war mir egal. Ich ging nirgendwo hin, bis mir gesagt wurde, was hier vor sich ging. Sich hängenzulassen hätte bei einigen Menschen vielleicht funktioniert, doch aufgrund der Stärke der Wandler war das keine Option. Doch ich wollte es ihnen auch nicht leicht machen und schweigend in die Dunkelheit gehen, eingesperrt in einem Gefängnis.

Sie zerrten mich zur Tür, und als sie sich öffnete, spannten sie sich an, als sie den sehr wütenden Gareth sahen. „Was zum Teufel soll das?", fragte er, als er meine mitgenommene Erscheinung betrachtete, meine Beine hinter mir, als sie mich grob hinter sich her zerrten. Ich war mir sicher, dass er zum richtigen Schluss kam.

„Was ist passiert?"

„Sie hat uns angegriffen", sagte der blonde Wandler, und seine Stimme vibrierte vor Wut, als er die Worte durch zusammengebissene Zähne presste.

„Aber sie war die ganze Zeit friedlich. Was hat sie dazu gebracht?"

„Ich weiß nicht. Ich rieche die Angst", sagte der andere Wandler.

„Sie hat auch nichts gegessen. Das Essen ist immer noch da, wo es serviert wurde."

Hey, ich bin auch hier. „Sie", sagte ich betont, „hat eine einfache Frage darüber gestellt, was vor sich geht, und niemand wollte *ihr* eine Antwort geben. *Sie* hat sich geweigert, noch ein Zimmer zu betreten, ohne einen Anruf zu bekommen oder zumindest zu erfahren, zu wem *sie* gebracht werde." Ich durchbohrte ihn mit meinem Blick und bemühte mich, selbstbewusst zu klingen.

Er nickte langsam, als er wieder die Wandler ansah und dann zurück zu mir. „Sie bringen Sie zu mir", sagte er. Seine Stimme war tief und rau, und mir wurde klar, dass es mitten in der Nacht war. Ich war aus dem Bett gezerrt worden und er wahrscheinlich auch. Doch das hätte man ihm nicht angemerkt. Sein kastanienbraunes Haar war ein wenig zerzaust, doch es sah so aus, als wäre er sich gerade mit den Fingern hindurchgefahren.

Ich nickte. „Ich will telefonieren."

Er deutete mit dem Kopf auf die beiden Wandler und schickte sie weg, dann öffnete er die Tür weiter. Ich rührte mich nicht, fest verwurzelt mitten im Flur, stur und mit der Kontrolle über die Situation fest in meiner Hand. „Telefon. Ich will ein Telefon benutzen."

„Mein Gehör ist gut, ich habe Sie beim ersten Mal gehört. Kommen Sie rein", sagte er in kühlem, aber sanftem Ton.

Jegliche Sanftheit, die er zeigte, wurde durch den strengen Blick in seinen Augen Lügen gestraft. Er schien die gleichen beschissenen Tage gehabt zu haben wie ich, doch ich bezweifelte, dass er an einem Ort lebte, der so beengt war wie mein *Zimmer*.

Er wartete geduldig darauf, dass ich hereinkam und auf

dem Metallstuhl gegenüber dem großen Holztisch Platz nahm. Das Bezirksgefängnis verblasste im Vergleich zu *The Haven*. Die Wände waren zartgelb und ein Laie hätte angenommen, dass die Muster an den Wänden Kunst waren, doch es waren Zaubersprüche, die dazu dienten, Magie zu verhindern. Sie waren so stark, dass sie über meine Haut kratzten und sich die winzigen Haare an meinen Armen aufrichteten. Sie mussten mir keine mit Runen verzierten Manschetten anlegen, um mich am Zaubern zu hindern – der Raum hatte genug magische Schutzzauber, um den durchschnittlichen Magieanwender daran zu hindern, welche zu wirken. Wenn ich ein typischer Magieanwender wäre, hätten diese Zauber mich auch aufgehalten.

Gareth bewegte sich schweigend, als er hinter mich trat und die Handschellen öffnete.

Sanft rieb ich die roten Abdrücke, die sich gebildet hatten, weil der Wandler sie zu fest geschlossen hatte. Als er sie auf den Tisch warf, fragte ich: „Ich schätze, Sie halten mich nicht für gefährlich?"

Seine Lippen verzogen sich zu einem halben Grinsen und zeigten nur eine Spur von perfekt ausgerichteten weißen Zähnen. „Ich bin mir ziemlich sicher, dass Sie gefährlich sind, aber ich fürchte nicht, dass Sie es für mich sind. Ich bin nicht so leicht zu überwältigen. Doch das wissen Sie sicher."

Arroganz und Selbstvertrauen wurden so oft miteinander verwechselt, doch er schien von beidem reichlich zu besitzen. Er rutschte mit einer solchen Leichtigkeit auf dem Stuhl, dass ich daran erinnert wurde, dass ich es mit einem Raubtier zu tun hatte, einem geschickten und wahrscheinlich tödlichen Jäger.

Er verschränkte die Arme und lehnte sich im Stuhl zurück. „Was ist im Park passiert?"

„Ich will zuerst telefonieren."

Er wiederholte seine Frage, seine Stimme härter als zuvor, seine stürmischen, zusammengekniffenen Augen auf mich gerichtet. „Sie werden Ihren Anruf bekommen, doch Sie werden zuerst meine Fragen beantworten." Es war eine Erinnerung, genau wie bei unserem letzten Gespräch – dass man ihm gehorchte. Oder zumindest schien er das zu erwarten.

Ich schloss meine Augen und versuchte, Erinnerungen abzurufen, die ich nicht hatte. Wo dieser Tag hätte sein sollen, war nichts als Leere. „Das Einzige, woran ich mich wirklich erinnern kann, ist die Nacht im Crimson."

Er beugte sich vor, musterte mich genau, und seine silberblauen Augen hielten mich fest, bis ich meinen Blick senkte und auf meine Hände blickte. Als ich meine Augen hob, waren seine immer noch auf mich gerichtet. „Weiter."

„Ich habe Savannah nach Hause gebracht, und wir haben uns eine Weile unterhalten und sind dann ins Bett gegangen."

„Sie schlafen in Straßenkleidung? Sie wurden vollständig bekleidet gefunden."

Ich würde wie eine Verrückte klingen, wenn ich ihm sagte, dass ich in Kleidung zu schlafen pflege, die notfalls als Straßenkleidung durchgehen könnte. Es war eine Gewohnheit, Yogahosen und T-Shirt. Ein kleiner Rucksack mit Klamotten und all das Geld, das ich über die Jahre angespart hatte, neben dem Bett. Ich war jederzeit bereit zu fliehen, wenn mir jemals jemand zu nahe kam. Es gab einen Unterschied zwischen einem Tracker, der von meiner Existenz wusste, und jemandem wie Gareth, dem Commander der Gilde der Übernatürlichen. Gegen einen Haufen von erfahrenen, ausgebildeten Wandlern, Hochmagiern und Elite-Feen konnte ich nicht antreten und überleben. Ich musterte Gareth. Seine Unterarme waren dicke Muskelbündel. Über seiner breiten Brust spannte sein T-Shirt, und sein Sixpack ließ sich unter besagtem T-Shirt kaum verstecken. Er war muskulös genug, um stark zu sein, und schlank genug, um schnell zu sein. Seine Lippen verzogen sich zu einem schelmischen Lächeln. „Was denken Sie gerade?"

Ich wandte meine Augen ruckartig ab, stand auf und begann, im Raum auf und ab zu gehen, mir sehr bewusst, dass er mich beobachtete. „Ich versuche nur, mich zu erinnern … aber ich kann nicht. Ich kann Ihnen nichts mehr sagen."

„Hexe, niedrige Magierin oder Fee?", fragte er.

„Was?"

„Was sind Sie? Es fällt mir schwer, es zu sagen. Ihre Magie riecht anders."

„Sie haben diese Frage schon einmal gestellt, erinnern Sie sich?"

Er runzelte die Stirn als Neugier in seinen Augen aufblitzte und schnell wieder verschwand. „Ich weiß, aber ich irre mich selten."

„Glauben Sie, meine Antwort würde sich zwischen dem letzten Mal, als Sie gefragt haben, und jetzt ändern?"

Er zuckte mit den Schultern. „Ich stelle nur eine Standardfrage." Hinter seinen Augen lauerte etwas, das ich nicht genau zuordnen konnte. Seine Neugier war definitiv geweckt. „Ich glaube, ich habe mich noch nie geirrt."

Ich zuckte ebenfalls mit den Schultern. „Es gibt für alles ein erstes Mal."

Er versuchte ein Lächeln, doch es hielt nicht lange, angesichts seiner offensichtlichen Zweifel. „Vielleicht."

„Darf ich jetzt ein Telefon benutzen?"

Er nahm sein Handy und schob es über den Tisch. Ich sah es mir kurz an, bevor ich es nahm. Wollte ich von seinem Handy aus telefonieren und ihm Zugriff auf die von mir angerufenen Nummern geben?

Er schmunzelte vor sich hin. „Glauben Sie etwa, dass ich nicht alle Nummern derjenigen bekommen kann, die Sie je angerufen haben?"

„Ich bin sicher, das können Sie, aber warum es Ihnen leicht machen?"

Das Grinsen blieb, als er die Tür hinter sich schloss.

Savannah war die Erste, die ich anrief, und ihre Stimme klang besorgt und ängstlich, als sie ans Telefon ging.

„Es ist so schön, von dir zu hören. Als ich hörte, dass du nach *The Haven* verlegt werden sollst ..." Sie hielt inne und seufzte ins Handy. Sorge ließ ihre Stimme zittern.

„Es geht mir gut. Es ist wie ein verdammtes Studentenwohnheim hier. Es ist nicht so, als wäre ich im Gefängnis." Ich hielt meinen Ton unbeschwert und lebhaft. Sie würde sich stressen, doch ich wollte nicht noch mehr dazu beitragen. Das *Zimmer* war nicht so schlimm. Doch ich war im Gefängnis, einem übernatürlichen, aber trotzdem einem Gefängnis.

„Was ist mit Kaution?"

„Ich bin eine Verdächtige in einem Dreifachmord. Ich bezweifle, dass sie mich Kaution stellen lassen."

„Ich habe mit meinem Vater gesprochen, und er hat gesagt, dir steht eine Kautionsanhörung zu." Sie klang, als wäre sie bereit, im Alleingang gegen das System zu protestieren.

„Savannah, du kannst Farben und Plakatwand weglegen, mir geht's gut. In *The Haven* und mit den übernatürlichen Gesetzen läuft es nicht so. Ist aber nicht schlimm. Ich telefoniere mit einem Handy, und wenn ich in mein Zimmer zurückkomme – und ja, ich habe *Zimmer* gesagt –, esse ich was Ähnliches, was ich zuvor hatte, nämlich Cheeseburger und Pommes."

„Siehst du, so kriegen sie dich, einen langsamen Tod durch Herzverfettung." Es tat gut, ihr melodisches Lachen zu hören. Ihre Stimme entspannte sich, obwohl ich wusste, dass sie es um meinetwillen erzwang. „Also, was passiert jetzt?"

„Sie können mir das nicht anhängen. Diese Leute sind von etwas Übernatürlichem ermordet worden. Ich kann es nicht gewesen sein, und sie werden das herausfinden und mich gehen lassen", beteuerte ich mit einer Ruhe, die ich nicht wirklich fühlte. Da kam mir der beunruhigende

Gedanke. Ich *könnte* es getan haben. Ich hatte es in mir. Die Fähigkeit, jemandem die Magie zu entreißen und ihm das Leben zu nehmen, war etwas, wofür ich genug magische Kraft hatte – doch ich würde es nie tun.

Sie hatten mich auf Schilde untersucht, irgendetwas, das dazu diente, die Erkennung von Magie zu blockieren. Nur wenige Hexen konnten den Zauber wirken, und er war verdammt teuer. Doch wenn man versuchen wollte zu verbergen, dass man Magie besaß, bezahlte man, was immer es kostete. Die beste Freundin meiner Mutter war eine mächtige Hexe gewesen und hatte meinen Schild gewirkt. Ich blinzelte die Tränen zurück und erinnerte mich daran, dass sie gestorben war, weil sie meine Familie kannte und gewusst hatte, wer wir waren.

Ich verdrängte die Erinnerungen. Eins nach dem anderen. Erst einmal aus *The Haven* rauskommen und finden, wer auch immer mir das anhängen wollte, und ihn dazu bringen, sich zu wünschen, er hätte bessere Lebensentscheidungen getroffen.

„Ich werde in Nullkommanichts zu Hause sein, meine Arterien verstopfen und eine Million Ausreden finden, um es zu vermeiden, mit dir zum Yoga zu gehen", neckte ich.

Ich klang zuversichtlich genug, um glaubhaft zu klingen, und sie war am anderen Ende der Leitung ein Sonnenschein. Wir machten einander was vor. Doch darüber zu weinen, deprimiert zu sein und über die Alternativen nachzudenken, hätte nichts an der Situation geändert.

„Habe ich es in die Nachrichten geschafft?"

„Nein." Sie klang genauso überrascht wie ich. Doch andererseits, war ich wirklich überrascht? Um den Frieden und die Ruhe zu wahren, wurden übernatürliche Verbrechen mit einer Diskretion gehandhabt, die ich noch nie zuvor gesehen hatte. Nachdem die Übernatürlichen geoutet worden waren, war *Humans First* gegründet worden, eine kleine, aber laute Gruppe, die sie nicht mochte. Sie mochten keine Magie,

Punkt. Getrennt zu leben war eine der vernünftigeren Forderungen, weniger radikal als zu Anfang. Sie waren zu klein, um mehr als ein Ärgernis zu sein, doch wenn Übernatürliche als Bedrohung angesehen würden, würde das ihren Ansichten mehr Legitimität verleihen. Die meisten Menschen mochten den Status Quo, und die Vorstellung eines Krieges zwischen den Übernatürlichen und den Menschen wäre verheerend. Der Grund, warum sie als Sieger gegen die *Legacy* hervorgegangen waren und die *Säuberung* gestoppt hatten, war, dass sie zusammengearbeitet hatten. Von der Allianz profitierten beide.

KAPITEL 6

Nach dem Frühstück, das ich nicht heruntergebracht hatte, wurde ich von zwei anderen Wachen – zwei Magiern – nach oben geführt. Sie mussten von dem Vorfall am Vortag gehört haben, denn ihre Mienen waren versteinert, als sie mich aus meinem Zimmer holten. Und die Blicke wurden nicht weicher, selbst nachdem sie mich in den großen Raum geführt hatten, der mindestens ein Viertel des obersten Stockwerks einnahm; weiße Wände mit Runen, die mit einer Beschwörung aktiviert oder deaktiviert werden konnten, und heilige Passagen, die ihre Verpflichtung zum Ausdruck brachten, ihre Gesetze aufrechtzuerhalten, das Menschliche und Übernatürliche zu schützen und Verbrechen angemessen zu bestrafen, neben all den anderen Dingen, die sie definierten und ihnen das Gefühl gaben, überlegen zu sein und würdig, über andere zu urteilen. Die großen dunklen Holzstühle mit kunstvollen Schnitzereien, dunkelroten Samtkissen und kristallbesetzten Armlehnen sahen eher wie Throne als wie Stühle aus. Tatsächlich gab mir der Raum das Gefühl, in einer Kathedrale zu sein. Große Milchglasfenster zierten die Hälfte der Wand, dicke Vorhänge in gedämpften Farben

waren zurückgezogen, um verzerrte Sonnenstrahlen herein-
zulassen.

Ich stand vor der überdimensionalen Bank. Alle waren in
schwarze Anzüge gekleidet. Ständig von Schwarz umgeben
zu sein gab mir das Gefühl, als wollten sie mich behutsam
dazu bringen, den Tod zu akzeptieren; mir unterschwellige
Botschaften senden, um mich darauf vorzubereiten, weil mir
genau das bevorstand.

Fünf Leute, darunter Gareth, beobachteten mich mit
Faszination und Abneigung: ein Magier, eine Fee, eine Hexe,
ein Vampir und ein Wandler. Alle Sekten vertreten. Ich
wusste nicht, warum der Vampir da war; Was war so
verdammt magisch an ihnen? *Sie waren wandelnde Tote. Große
Sache, sie hätten seinen Platz genauso gut einem heißen Zombie
geben können.* Doch es war eine große Sache. Ich kannte ihn
nicht persönlich, doch ich hatte es mit den Stärksten und
Angesehensten jeder Art zu tun.

Die Fee, Harrah, war die erste, die sprach, wie ich es
erwartet hatte. Sie war das Gesicht des Magischen Rates und
neben Gareth die Einzige, die ich beim Namen kannte. *Sollte
es nicht eine Art Vorstellung geben?* Ich sollte die Namen der
Leute kennen, die mein Leben in der Hand hatten. Ich
kannte Harrah Siels nur, weil ihr Name immer unten auf
dem Fernsehbildschirm stand. Sie war die beste PR-Frau, die
sich die magische Gemeinschaft hätte wünschen können. Ein
abtrünniger Wandler tickte in einer Bar aus und tötete ein
paar Leute – Harrah war vor der Kamera. Ihre sanften, beru-
higenden bernsteinfarbenen Augen, ihr rundes Engelsgesicht, ihre sinnlichen, geschwungenen Lippen und ihre
zierliche Statur verliehen ihr ein engelsgleiches Aussehen.
Ihre zarte Stimme und ihr vornehmes Auftreten weckten
Vertrauen. Magie war nicht beängstigend, bedrohlich oder
gefährlich, wenn sie ihr Gesicht war. Und das schien ihr Job
zu sein. Harrah war gut darin.

Und immer umgeben von einer Gruppe von Vertretern

des Magischen Rates, die oft so aussahen, als könnten sie mit jeder Situation fertig werden. Ob es ein Zauber war, der gestoppt, ein Fluch, der aufgehoben, ein Wandler, der unter Kontrolle gebracht, ein Magier, der entwaffnet werden musste, oder ein dummes Kätzchen, das nur Hilfe brauchte, um von einem Baum zu kommen, sie konnten mit allem fertig werden, und so fühlte sich die Menschenwelt sicher.

„Würden Sie mir bitte Ihren vollen Namen nennen?", bat Harrah, und ich spürte die Wärme ihrer Magie, die mich einhüllte, und versuchte, mich zur Wahrheit zu zwingen. Es war illegal, das irgendwo außerhalb des Gerichts zu tun. Doch ihr Gericht, ihre Regeln. Sie fanden die Wahrheit mit allen Mitteln.

Ihre Magie war stark, doch es brauchte nicht viel, um ein *apotrepaion* eine magische Wand, zu errichten, um sie zu abzuwehren. Doch ich beobachtete alle Gesichter, um sicherzustellen, dass sie es nicht spürten. Magie funktionierte bei meiner Art nicht sehr gut. Sie funktionierte, doch sie musste sehr stark sein. Wenn eine andere Fee da gewesen wäre, um zu helfen, eine, die stark genug war, wäre ich vielleicht tatsächlich gezwungen gewesen, mich zu verraten. So sagte ich ihr meine Wahrheit. Ich war Olivia Michaels. Ich war länger sie als Anya Kismet. In dem Moment, als ich meine charakteristische rotblonde Mähne, das typische Merkmal der *Legacy*, gegen dunkelbraune Haare getauscht hatte und mir den Schild hatte tätowieren lassen, um meine Magie zu verbergen, war ich zu Olivia geworden.

Ich sagte meinen Namen „Olivia Michaels" im Vertrauen auf meine Lüge und versuchte, Harrah fest im Blick zu behalten, doch wie der Blick aller anderen im Raum glitt er in Gareths Richtung. Er lehnte sich in seinem Stuhl zurück und musterte mich.

Mein Herz fing an, stärker zu schlagen, je länger er mich ansah, und sein Grinsen half nicht. *Sag was!*

„Würden Sie den Namen bitte noch einmal wiederholen."

Seine Stimme war leise, doch sein Befehl hatte die nötige Wirkung.

Machte er sich lustig über mich?

Ich wiederholte meinen Namen mit zusammengebissenen Zähne.

Er zuckte mit den Schultern. „Sie sagt die Wahrheit."

Die Spannung im Raum löste sich, und alle Blicke richteten sich sofort wieder auf mich.

Meine Lügen und Einschränkungen waren zu meinem persönlichen Gefängnis geworden. Mein Leben verwandelte mich langsam in das eines Betrügers, und mir wurde klar, dass ich einer sein musste, um zu überleben, doch es wurde immer schwieriger.

Die Hexe war die erste, die mich befragte. „Können Sie zaubern?"

Ich schüttelte den Kopf. Sie musterte mich mit der gleichen Intensität wie Gareth, bevor sie in seine Richtung blickte.

Er nickte, um zu signalisieren, dass ich die Wahrheit sagte. Ihre angespannten Lippen entspannten sich. Weitere Fragen wurden gestellt, eine Wiederholung der Fragen, die mir schon im Gefängnis und von Gareth gestellt worden waren.

Der Magier befragte mich als Nächstes. Er schien sich in seiner Rolle als Richter und Henker am wohlsten zu fühlen. Er lehnte sich in seinem Stuhl zurück und legte die Finger aneinander. Sein maßgeschneiderter schwarzer Anzug umspielte seinen Körper perfekt und unterstrich seinen schlanken Körperbau. Das weiße Hemd war frisch und strahlend. Scharf geschnittene Gesichtszüge gingen weiter als das, was manche als „gemeißelt" bezeichnen würden. Sie waren messerscharf, als er seine bernsteinfarbenen Augen auf mich richtete.

„Sie bringen zur Verteidigung vor, dass Sie sich nicht an neulich Nacht erinnern. Dass Sie einfach neben den Leichen aufgewacht sind. Wollen Sie uns das allen Ernstes glauben machen?"

„Ich bringe es nicht nur zur Verteidigung vor, es ist die Wahrheit", sagte ich.

Nichts hätte mich auf den Schmerz vorbereiten können, der meinen Körper packte und mich auf die Knie zwang. Es war, als hätte jemand meine Eingeweide genommen und sie in einen glühenden Schraubstock gespannt. Meine Nägel gruben sich in meine Haut, und ich kämpfte gegen den Drang an, die Magie zu absorbieren und sie stärker auf ihn zurückzuschleudern. Ich blickte nicht auf, sondern hielt stattdessen meinen Kopf gesenkt, denn wenn auf seinem Gesicht ein selbstgefälliger Ausdruck der Zufriedenheit gewesen wäre, hätte ich mich vielleicht nicht beherrschen können. Ich keuchte, und es dauerte ein paar Minuten, bis ich meine Atmung unter Kontrolle hatte und den Schmerz verarbeitet hatte. Ein Hauch von Magie flackerte immer noch in mir auf, ein sanftes Pochen.

„Jonathan, das war unnötig", sagte Gareth und behielt mich im Auge, während er sich dem Magier zuwandte.

„Ich habe nicht das Gefühl, dass es unnötig war. Vielleicht musste ihre Erinnerung ein wenig angekurbelt werden. Sie weiß jetzt, dass es Konsequenzen hat, wenn sie unehrlich ist."

Einen Moment später richtete Gareth seine Aufmerksamkeit auf Jonathan. Mit einer Hand an seinem Kinn betrachtete er Jonathan schweigend. Er war aufgebracht, seine Wut dicht geballt, bereit zu explodieren. Wenn sie aufgrund seiner früheren düsteren Stimmung vergessen hatten, dass er ein Wandler war, waren sie sich dessen jetzt sehr bewusst. Er dominierte den Raum. „Ich habe sie vernommen und euch gesagt, dass ich nicht glaube, dass sie sich der Verbrechen schuldig gemacht hat, und wenn ich das Gefühl hätte, dass sie unehrlich ist, hätte ich es gesagt." Sein Blick wurde scharf und fixierte den Magier. Er beugte sich vor, und sein Ton wurde zu einem leisen Knurren, während er sprach. „Tu das nicht noch einmal."

Obwohl er einer der beiden Anwesenden war, die keine Magie besaßen, war er der furchteinflößendste Richter am Tisch.

Jonathan setzte sich auf und blickte schnell in meine Richtung. „Miss Michaels, berichten Sie uns alles, woran Sie sich erinnern."

Und das tat ich. Ich erzählte ihnen alles. Sie hörten schweigend zu, während Gareth und Harrah die meisten Fragen stellten. Erst als die Befragung sich den Ereignissen bei der Auktion und im Club zuwandte, schien das Interesse des Vampirs zu erwachen.

„Was lässt Sie glauben, dass sie von jemandem oder etwas kontrolliert wurden und nicht nur in einem Blutrausch waren?"

„Ich habe Vampire im Blutrausch gesehen", erklärte ich. Ich hatte zwei gesehen, was mich nicht zu einem Experten machte, doch wie sie aussahen, wenn sie angriffen, war etwas, das man nicht vergaß. „Das sieht anders aus, mehr Verlangen, mehr Gier … als wären sie …"

„Geil?", schlug er vor, während ein lüsterner Blick über seine Züge glitt. Ich war mir sicher, dass er schon öfter gehört hatte, dass er gut aussah, als er je hören musste. Als seine Finger durch sein goldblondes Haar strichen, ein seltsamer Kontrast zu seinen dunklen Augen, sah er mich an, wie die meisten Vampire jede halbwegs attraktive Frau ansahen, als Nahrung und möglicherweise mehr. Und wenn man keinem dieser Zwecke diente, verloren sie schnell das Interesse.

„Nein. Hungrig. Ein unstillbarer Hunger."

Er nickte langsam, und obwohl er mich weiter ansah, stand ich anscheinend immer noch auf der Speisekarte. Er wandte sich an die anderen. „Wenn meine Vampire kontrolliert werden, dann von einem Nekromanten. Wie ist das möglich?"

Und das war noch nicht einmal die dringendste Frage. Warum würden Nekromanten riskieren, entdeckt zu werden?

Der Vampir wandte sich Gareth zu. „Glaubst du, es könnte das Werk eines Nekromanten sein?"

Alle blickten in Gareths Richtung. Er dachte lange über die Frage nach und runzelte dann die Stirn. „Ich weiß es nicht, doch es ist definitiv nichts, was wir ausschließen sollten."

Jonathan räusperte sich, eindeutig verärgert darüber, dass das Gespräch abgeschweift war, oder vielleicht wollte er, dass die Verhandlung vorbei war, weil ihm vom Sitzen auf seinem hohen Ross ein wenig schwindelig wurde.

Die Anhörung dauerte weitere vierzig Minuten, und beschränkte sich darauf die gleichen Fragen auf unterschiedliche Weise zu stellen. Mit jeder Frage wirkten sie angespannter. Kalt. Und dann entließen sie mich mitten in einer Frage. Harrah erklärte, sie hätten genug und rief jemanden, der mich zurückbegleiten sollte.

Als die Wandler von vorhin in den Raum kamen, um mich zu holen, zögerte ich, bevor ich mit ihnen ging. Ich blickte über meine Schulter zum Magischen Rat und versuchte, ihre Mienen zu lesen, und nicht einmal Gareth sah in meine Richtung. Stattdessen hielt er den Kopf gesenkt. Vielleicht hielten sie mich nicht für schuldig an den Morden, glaubten jedoch an meine Schuld in einer anderen Sache. Panik breitete sich schnell in den dunkelsten Teilen meines Geistes aus, und die Angst verwandelte sich in Entsetzen. Wussten sie es? Könnten sie das Aufsteigen von Magie in mir gespürt haben, als Jonathan mich angegriffen hatte, und gewusst haben, dass sie anders war als bei ihnen? Es war keine Magier-, Feen- oder Hexenmagie. Es war etwas Eigenes, unverdünnt und stark, uralte Stärke, bevor Magie als solche benannt und kontrolliert, bevor sie sortiert und aufgeteilt worden war. Ich war nicht etwas Unheimliches und Falsches, doch meine Magie war es verdammt nochmal. Ich atmete zittrig ein, und als ich wieder ausatmete, versuchte ich, meine Atmung zu kontrollieren. Der Wandler zu meiner Rechten sah mich immer wieder an, und ich war mir sicher, dass er meinen beschleunigten Puls und die Veränderung meiner Atmung hören konnte.

Zurück in meinem Zimmer wartete ich, ging auf und ab und blieb jedes Mal stehen, wenn ich glaubte, Schritte zu hören. Zweimal war ich an das kleine Fenster getreten. Es war groß genug, um hindurchzupassen, doch ich dachte an die wunderschönen Blumen, die an der Seite des Gebäudes empor rankten und von denen ich sicher war, dass sie dazu verflucht waren, großen Schaden anzurichten, wenn jemand auch nur daran dachte, in ihrer Nähe zu klettern. Und es gab keine Möglichkeit, aus dem Fenster zu fliehen und ihnen auszuweichen. In der zweiten Stunde des Wartens schob ich das Bett zum Fenster, um die Blumen an der Wand besser sehen zu können. Es war ein so starker Duft, dass mir schon schwindelig wurde, wenn ich mich nur dem Fenster näherte – ein Beruhigungsmittel. Pläne gingen mir durch den Kopf, und jeder endete mit mir auf der Flucht. Ich musste einfach warten.

In der dritten Stunde hörte ich Schritte. Die Tür wurde geöffnet, und Gareth kam herein. „Sie können gehen", sagte er.

„Das war's?"

Er nickte und reichte mir eine Tasche mit meinen Habseligkeiten. Die Kleider waren gewaschen, doch nicht gut genug, um das Blut herauszubekommen. Der schwarzen Yogahose war es nicht anzusehen, doch auf dem Top waren

Schatten geblieben. Ich ging ins Badezimmer und zog mich schnell um. Als ich zurückkam, lehnte er an der Wand.

„Ich kann Sie nach Hause fahren", bot er an.

Warum akzeptierte ich das nicht? Wem versuchte ich etwas vorzumachen? Ich wusste warum. Ich hatte Glück gehabt, dass er die Magie nicht gespürt hatte. Doch je länger ich in seiner Nähe war, desto größer war die Wahrscheinlichkeit, dass er sie bemerkte. Ich durfte in seiner Gegenwart nicht unvorsichtig werden.

Kalen zerquetschte mich fast, als er mich umarmte. Er war drahtig, doch stärker als die meisten Menschen. „Wie bist du in dieses Schlamassel geraten?", fragte er, als ich mich auf den Sitz seines Audi fallen ließ.

„Ich habe keine Ahnung, doch wenn ich herausfinde, wer mir das angetan hat, werde ich demjenigen etwas herausreißen, das er wirklich vermissen wird." Doch ich wusste nicht, wo ich anfangen sollte.

Es machte mir nichts aus, Kalen zu erzählen, was passiert war, doch er schien seltsam fasziniert von *The Haven* und Harrah zu sein. Sie war ein Enigma, gehasst und geliebt. Wenn die Übernatürlichen eine Reality-Show-Königin hatten, dann war sie es. Das sanfte Gesicht der übernatürlichen Welt, das sie vor die Kameras brachten, um die Menschen daran zu erinnern, dass Magie harmlos war, obwohl wir alle wussten, dass sie eine dunkle Seite hatte, die oft durch Gesetze reguliert wurde.

Als er mich absetzte, hatte er alles gehört, einschließlich dessen, was Jonathan mir angetan hatte.

Als Reaktion auf die Wut in meiner Stimme sagte er: „Livy, manchmal muss man Dinge auf sich beruhen lassen, einschließlich der Frage, was passiert ist. Lass die Gilde das regeln. Jemand, der stark genug ist, deine Erinnerungen auszulöschen, ist nicht jemand, dem du alleine nachgehen willst." Es war mehr als ein Flehen seinerseits. Es war ein brüderlicher Befehl.

„Aber, warum ich? Bist du nicht neugierig?"

„Nicht genug, um dein Leben zu riskieren", sagte er. Jetzt spielte er auch noch die Schuldgefühlekarte, und „nein" war keine Option.

Als er zum Haus fuhr, versuchte ich auszusteigen, bevor er ein Versprechen aus mir pressen konnte. Als das Auto anhielt, sprang ich heraus und winkte, als ich zur Tür rannte. Ich dachte nicht an den harten Blick, von dem ich wusste, dass er mir den Rücken zuwarf, als ich nach meinen Schlüsseln suchte. Und als ich die Tür öffnete, winkte ich ihm noch einmal zu, ging schnell hinein und schloss die Tür hinter mir. Ich lehnte meinen Kopf gegen die Wand und blickte auf, um Savannah mit Cupcakes am Küchentisch sitzen zu sehen. Echte Cupcakes – Schokolade – und nicht der fettarme, zuckerreduzierte Mist, der mit Apfelmus gesüßt war und eine unheilige Version von ungesüßter Kunstmilch enthielt, die sie normalerweise versuchte, mir aufzudrängen. Ich konnte den Zucker, die Schokolade und die köstlichen Vollfettzutaten riechen, sobald ich in Reichweite war. Ja, köstliche, kalorienreiche Güte, die mindestens eines Zehn-Meilen-Laufs bedurfte, um sie zu verbrennen. Doch es war mir egal, und obwohl sich ihre Lippen zu einem etwas missbilligenden Lächeln verzogen, inhalierte ich einen und machte mich über den nächsten her, bevor ich mich überhaupt gesetzt hatte.

„Also ist alles vorbei, oder?"

Ich sprach zwischen den Bissen. „Ich bin keine Verdächtige mehr in diesem Dreifachmord. Doch es gibt immer noch jemanden da draußen, der Magie stiehlt und mir die Schuld dafür in die Schuhe schieben wollte. Nein, es ist nicht vorbei. Ich muss herausfinden, wer dahintersteckt und warum."

Obwohl sie ihren Einwand nicht in Worte fasste, runzelte

sie die Stirn und presste ihre Lippen zu einer dünnen Linie aufeinander. Zwischen ihrer Missbilligung und Kalens Sorge musste ich mich schuldig fühlen, wenn ich das weiterverfolgte, doch was sollte ich tun? Irgendetwas an dieser Situation nagte an mir. Es schien, als steckte mehr dahinter – viel mehr.

Wir unterhielten uns stundenlang, während sie mich über alles ausfragte, was mit der Kleidung passiert war, die ich im *The Haven* getragen hatte. Wir unterhielten uns weiter, während sie Geschichten über ihren Job und ihre Familie aufwärmte, die ich schon tausendmal zuvor gehört hatte. Sie tat alles, um mich im Auge zu behalten. Als ältestes von drei Kindern hatte sie einen Beschützerinstinkt, der auf Hochtouren arbeitete. Soweit es sie betraf, war sie schlafen gegangen und ich ins Gefängnis, und in ihrem verrückten Verstand stand das irgendwie miteinander in Zusammenhang. Ich würde unter ihrer Aufsicht nicht zurück ins Gefängnis oder nach *The Haven* gehen.

Die Fragen und das Reden wären noch viel länger weitergegangen, doch am Abend holte ich eine Flasche Wein heraus. Sie lehnte ab, bis ich sie dazu nötigte, zur Feier des Tages mit mir anzustoßen. Anderthalb Gläser später fiel sie in einen Weißwein-induzierten Schlummer. Ich hasste es, das zu tun, doch ich wusste, dass ich ihr sonst nie entkommen wäre, und ich hatte zu tun.

Für eine Weile nagten Schuldgefühle an mir, als ich meine Freundin auf dem Sofa schlafend beobachtete.

KAPITEL 7

Als ich überzeugt war, dass Savannah weiterschlafen würde, schnappte ich mir die Zwillinge, steckte sie in ihre Scheide und ging zur Tür hinaus, um das Verbrechen zu untersuchen, dessen ich angeklagt worden war.

Der Park war leer und dunkel, wie ich vermutete, dass er es um vier Uhr morgens sein würde, doch die Straßenlaternen und meine Taschenlampe boten genügend Licht. Ich ging ein paar Schritte auf den Tatort zu. Obwohl ich vermutete, dass alle Beweise für einen Mord längst beseitigt waren, hoffte ich, dass etwas übersehen worden sein könnte.

Wogende Bäume umgaben den Park, die Laternen warfen ein stimmungsvolles Licht auf die Bänke, und ich konnte in der Ferne das Geräusch dämmerungsaktiver Tiere hören.

Ich kniete in der Nähe der Stelle nieder, wo sie mich gefunden hatten, und überlegte ein paar Minuten lang, ob ich es mit einem Nachspiel-Zauber versuchen sollte, entschied mich aber schnell dagegen. Ich war verzweifelt, aber nicht verzweifelt genug, um etwas so Mächtiges im Freien auszuprobieren. Meine Entscheidung wurde schnell bestätigt, als ich die leisen Schritte hinter mir hörte. Ein Paar

Stiefel von rechts, die anderen von links. Ich packte meine Sai hinter meinem Rücken, und als die Störenfriede in Reichweite waren, riss ich sie hervor und hielt sie nur wenige Zentimeter von ihren Kehlen entfernt.

Die Straßenlaternen warfen unattraktive Schatten auf ihre Gesichtszüge. Sie waren vielleicht geschmeidig in ihren Bewegungen und erweckten den Anschein, als wären sie Profis darin, doch das waren sie nicht. Leute, die Begegnungen mit dem Tod gehabt hatten, wurden nicht so blass wie sie. Sie waren beide in dunkle Jeans und schwarze T-Shirts gekleidet, die von zu viel Zeit im Fitnessstudio an ihren breiten, definierten Körpern klebten. Doch sie gingen nicht nur zum Gewichtheben dorthin – sie bewegten sich mit der Raffinesse eines Kämpfers, definitiv leichtfüßig und trainiert, jemanden auszuschalten, doch ich bezweifelte, dass sie diese Fähigkeit oft einsetzten. Sie wären die Idealbesetzung für jeden Agentenfilm, den ich gesehen hatte. Zerzauste Haare, gerade genug, um jeden wissen zu lassen, dass sie nicht dem Klischee der hübschen Jungs entsprachen. Ihre Gesichter streng, aber nicht grausam. Jeder war bereit, jederzeit vom guten Bullen zum bösen Bullen zu wechseln. Der große Agent sprach zuerst, als er ein paar Zentimeter zurückwich, bevor er meine Hand wegzog. Der kleinere Agent schien zu verängstigt zu sein, um etwas zu sagen. Ich ließ die Sai sinken und trat ein paar Schritte zurück, wobei ich meine Verteidigungshaltung beibehielt und bereit war, anzugreifen, falls es nötig sein sollte.

„Mit denen bist du gefährlich", sagte er lächelnd. Vielleicht hatte ich mich in ihm getäuscht. Die Gefahr machte ihm nichts aus, doch sein kleinerer Partner sah immer noch so aus, als würde er sein Abendessen und vielleicht alles ausspucken wollen, was er in der vergangenen Woche gegessen hatte.

„Sind das nicht alle, die scharfe Klingen in ihren Händen halten?"

Er lächelte, so schief und sündig, dass ich in jeder anderen Situation rot geworden wäre. „Nicht unbedingt. Wenn du nicht weißt, was du tust, dann ist es nur unterhaltsam zuzusehen. Ich bin Clive." Er streckte seine Hand aus und strahlte mehr Selbstvertrauen aus, als ich von einem unbewaffneten Mann erwartet hätte.

Clive. Natürlich ist das wahrscheinlich die Nummer fünf auf der Liste der akzeptablen Namen eines Agenten. Ich starrte auf seine Hand. „Ich bin Mitglied von *Humans First*", sagte er stolz.

Dieser Typ ein wandelndes Klischee.

Ich entspannte mich. Es würde keine Gewalt geben, nur einen Haufen Geschwätz. Sie erzählten mir, dass die menschliche Rasse besondere kleine Schneeflocken seien, die nicht nur vor den Dingen geschützt werden müssten, die die Nacht unsicher machten, sondern auch vor denen, die den Tag heimsuchten. Seine Miene war interessiert und in seinen bernsteinfarbenen Augen zeigte sich vorsichtige Neugier.

„Wie hast du das gemacht?"

„Was meinst du? Dich fast mit den Zwillingen zu erstechen?"

„Zwillinge?" Seine Antwort klang anzüglich.

Mann, hol deine Gedanken aus der Gosse.

Ich hob die Sai hoch, behielt sie fest im Griff und ließ sie in einem kleinen Kreis herumwirbeln, bevor ich sie in die Scheiden auf meinem Rücken steckte.

„Nein, wie hast du den Magier, die Fee und den Wandler getötet?"

Ich starrte ihn einen Moment lang an. *Machst du Witze?* „Ich bin unschuldig."

Seine Worte hatten einen diabolischen Unterton, als er mir ein schelmisches Lächeln zuwarf, das seine Augen leuchten ließ, und sagte: „Wir sind alle unschuldig, bis jemand beweisen kann, dass wir es nicht sind."

Bei dieser Anspielung runzelte ich die Stirn, und meine

Hand zuckte und sehnte sich nach Gewalt. *Vielleicht habe ich ihn unterschätzt.*

„Nun, ich *bin* unschuldig", beharrte ich.

„Nehmen wir an, du bist unschuldig, aber du hast gelernt, dich mit den Übernatürlichen auseinanderzusetzen und ihre Kräfte gegen sie zu benutzen. Kannst du uns das beibringen, oder hast du ein magisches Objekt, das das kann? Ich habe die Gerüchte gehört, dass diese Dinger existieren."

Humans First hielt mich also für schuldig und war bereit, mich für ihre Legion Fehlgeleiteter zu rekrutieren, die bereit waren, ihre Stadt zurückzuerobern. „Ein magisches Objekt mit der Fähigkeit, jemandem Magie zu entziehen, ohne dass der Benutzer über Magie verfügt, ist ein Gerücht. So etwas gibt es nicht." Wenn doch, wusste ich nichts davon, und ich wollte wirklich nicht, dass sie glaubten, dass es so etwas gab. Sie waren die letzten Menschen, die Zugang zu so etwas haben sollten.

„Und ich kann euch versichern, dass ich, wenn irgendjemand auch nur vermuten würde, dass ich schuldig bin, nicht hier wäre, um dieses ausgesprochen unangenehme Gespräch mit dir und diesem Typen zu führen" – ich deutete mit dem Kopf auf den nervösen Agenten – „der mich mit etwas ansieht, wovon ich annehme, dass es ein bedrohlicher Blick sein soll." Ich richtete meine Aufmerksamkeit auf ihn und sagte: „Daran solltest du arbeiten. Verschränk' deine Arme. Kinn runter, Stirn runzeln und saug die Wangen ein. Grübchen sind nicht bedrohlich. Deine Brauen sind dick genug, zieh sie ein bisschen zusammen. Gib mir ein Brodeln, wie ein feuerspeiender Drache. Versuch meine kleinen Vorschläge, und …"

Bevor ich den Satz beenden konnte, hatte er genau das getan. Die Augen leicht zusammengekniffen, um mich aus kleinen Schlitzen anzufunkeln, der Atem durch zusammengebissene Zähne gepresst, die Muskeln um den Hals gespannt. *Wusste ich doch, dass du das kannst.*

„Ja, so", sagte ich, als sein Blick intensiver wurde.

Ich richtete meine Aufmerksamkeit wieder auf Clive, der sehr amüsiert zu sein schien. „Danke, Clive, aber ich bin nicht interessiert. Im Ernst, wenn irgendjemand mich für schuldig halten würde, glaubst du wirklich, dass ich dann hier wäre?"

„Ja, wir haben uns ziemlich aggressiv für deine Freilassung eingesetzt. Wir wollten dich in unserem Gerichtssystem haben, nicht in ihrem."

„Wie nett, aber es hat nicht funktioniert", erklärte ich. Ich musste dieses Gespräch wirklich beenden und ihn unmissverständlich wissen lassen, dass ich nicht interessiert war. Wenn sie mich für schuldig hielten, war ich mir sicher, dass die Leute in der übernatürlichen Gemeinschaft das auch taten. Das Letzte, was ich brauchte, war, mit ihnen gesehen zu werden. „Ich bin nicht interessiert, also schlage ich vor, dass ihr nicht länger eure Zeit oder die anderer verschwendet, indem ihr mich nochmal kontaktiert. Es ist ein Nein – und daran wird sich nichts ändern. Verstanden? Wenn ihr also bei einem Meeting rumhängt und denkt: ‚Hey, lass uns diese Livy-Frau bitten, bei uns mitzumachen', denkt daran, dass ich dankend abgelehnt habe, und vergesst es einfach. Okay?"

Ich lächelte und versuchte, meine Worte abzufedern, obwohl ich ihm eigentlich nur sagen wollte, dass er sich verpissen und aufhören sollte, mich zu nerven, doch offensichtlich – wie Kalen mehrmals betont hatte – hielten die Leute das für unhöflich.

Ich drehte mich um und begann, mich umzusehen, hauptsächlich um mein Desinteresse zu demonstrieren, doch ich musste auch sehen, mit was für einer Person ich es zu tun hatte. Ich blickte über meine Schulter. Er war immer noch da, und ich dachte nicht, dass er angreifen würde, doch es schien, als hätte er kein Problem damit, mir ein Messer in den Rücken zu stoßen, wenn er die Gelegenheit dazu hätte.

Das machte ihn sehr gefährlich. Ich nutzte die Gelegenheit, um mich zu vergewissern, dass keine weiteren *Humans First*-Mitglieder herumschlichen. Rechts sah ich das gelbe Leuchten von Tieraugen, die hinter einer großen Baumgruppe lauerten. Als ich sie bemerkte, wichen sie zurück. *Wandler – verdammt. Das ist nicht gut – gar nicht gut.*

„Ob du es getan hast oder nicht, du hast was an dir, das *HF* auf dich aufmerksam gemacht hat. Wir wollen dich in unserem Team."

„Nun, wenn ihr Jungs in eurem Job gut wäret, wüsstet ihr, dass ich kein Teamplayer bin. Ich glaube, ich war ganz nett, als ich abgelehnt habe. Jetzt bist du nur noch ein aufdringlicher Verkäufer. Ihr interessiert mich nicht. Um ehrlich zu sein, ich mag es, wie es ist, also versuche ich nicht, etwas zu ändern. Und nur fürs Protokoll: *Humans First* klingt wie eine Bank. Nur komisch und irgendwie kitschig. Ihr hättet euch genauso gut Justice League nennen können." Ich grinste und sah mich um. „Wo ist Hawkeye, euer Bogenschütze?"

„Das sind die Avengers", korrigierte der kleine Agent und hörte auf, mich grimmig anzustarren. Sein Gesicht war gerötet vor Wut.

„Oh, die bringe ich immer durcheinander. Aber ein Punkt für dich, da du dich mit Superhelden-Franchises auskennst. Gut für dich." Ich grinste. Sie blieben und hatten scheinbar nicht vor zu gehen.

Ich seufzte. „Danke, aber nein danke."

Clive würde nicht gehen, und der andere Agent hatte seinen finsteren Blick und sein bedrohliches Aussehen perfektioniert und trug jetzt ein bisschen dick auf. Ich ließ sie stehen und ging weiter; vielleicht würden sie dann verstehen, dass ich nicht interessiert war. Ich schaffte es etwa einen Meter von ihnen weg.

„Entweder du bist für uns oder gegen uns", sagte Clive mit scharfer und kühler Stimme. Ich drehte mich um, und sein Blick hatte sich verändert. Die ruhige Maske, die er zuvor gezeigt hatte, war durch etwas Unheilvolles, Dunkles und Grausames ersetzt worden. Bei jemand anderem hätte es vielleicht funktioniert, doch nachdem man durchgemacht hatte, was ich hinter mir hatte, gab es nicht mehr viele Dinge, die einem Angst machten – besonders der Blick eines Möchtegern-Agenten einer Gruppe mit einem albernen Namen.

Obwohl sich seine Gesichtszüge entspannten, betonten seine verschränkten Arme seinen Bizeps und zeigten gut entwickelte Muskeln und ein Tattoo, das ich nicht ganz erkennen konnte.

Ich kicherte. „Wenn du so eine Drohung aussprichst, solltest du dann nicht dabei eine Katze streicheln und wahnsinnig lachen?"

Sein tiefes, schallendes Lachen erfüllte die Luft, und seine Arme entspannten sich an seiner Seite. „Ich denke, dieses Gespräch ist schnell den Bach runtergegangen. Bitte nimm meine Entschuldigung an. Denk darüber nach, und wenn du Fragen hast, ruf mich an." Er kam auf mich zu und gab mir seine Karte. Das gelassene Lächeln kehrte so schnell wieder zurück, wie es verschwunden war. Clive war ein situatives Chamäleon. Er war weder ein guter noch ein böser Cop, sondern wer auch immer er sein musste, um die Ergebnisse zu erzielen, die er wollte. Das machte ihn nicht nur gefährlich, sondern auch nicht vertrauenswürdig.

Mein Lächeln passte zu seinem und war wahrscheinlich genauso unaufrichtig. „Natürlich. Danke."

Als ich ging, sah ich mich in der Gegend um und versuchte, so schnell wie möglich zu erkennen, was ich vielleicht verpasst hatte. Abgesehen von den Resten eines Blutflecks im Gras gab es nichts, was ich bei meiner Ankunft nicht gesehen hatte. Da war nichts. Sogar das dichte Netz aus Magie, das in der Nacht, in der ich festgenommen worden war, in der Luft gehangen hatte, war verschwunden. Es war nicht so, als hätte ich erwartet, dass sie noch hier war, doch es war eine Magie, mit der ich nicht vertraut war und der ich noch nie zuvor ausgesetzt gewesen war.

KAPITEL 8

Ich schob mich mit der Schulter durch die Tür, zwei Becher Kaffee in der Hand. Kalen lehnte an meinem Schreibtisch und wartete ungeduldig auf seine Morgendosis Koffein. Doch bevor er seinen Kaffee, einen Caramel Macchiato mit einem zusätzlichen Espresso, aus meiner Hand nehmen konnte, rümpfte er die Nase und warf mir einen verächtlichen Blick zu. Es sah nicht so aus, als würden wir am selben Ort arbeiten. Er trug eine maßgeschneiderte Hose und ein elegantes, beiges, hochgekrempeltes Hemd mit zwei am Kragen offenen Knöpfen. Über meinem Stuhl lag eine braune Jacke, daneben ein großer Karton, ich vermutete, aus einem Nachlass. Das waren die Schlimmsten. Die Leute waren einfach faul. Meistens warfen sie einfach ein paar Dinge in einen Karton, von denen sie keine Ahnung hatten, was sie waren, und verkauften alles als Paket. Wir waren zur ersten Anlaufstelle dafür geworden, und manchmal war es profitabel, doch die meiste Zeit mussten wir uns durch eine Menge Dinge wühlen, die wenig bis gar keinen Wert hatten.

Seine Miene wurde finsterer, und er warf mir einen weiteren abschätzenden Blick zu. Über meine Jeans, die ein bisschen ausgebleicht war, und mein rot-schwarz kariertes Hemd schweifte sein Blick hinunter zu den Converse-Sneakers, und dann schoss er hoch zu dem lockeren Knoten auf meinem Kopf. Er verdrehte die Augen, und dann schoss sein Finger nach oben.

„Wenn du mein Outfit änderst, wandert der Kaffee in den Müll", zischte ich und hielt seine Morgendroge über den Eimer.

„Okay, Miss", sagte er mit der leisen, ruhigen Stimme, die Verhandlungsführer in Fernsehsendungen verwendeten. „Hier müssen keine Drinks verletzt werden. Stell sie auf den Tisch und tritt zurück. Niemand muss verletzt werden, keine Getränke müssen sterben."

Ich schob ihm den Becher entgegen. Er trank einen langen Schluck daraus. „Ich hätte nicht gedacht, dass du heute kommst."

„Warum?", fragte ich und spähte in den Karton. Der Inhalt sah etwas interessanter aus als der der meisten anderen, und ich hatte es eilig, ihn durchzusehen, weil es einen subtilen Hauch von Magie gab. Es konnte nichts wirklich Mächtiges sein, denn ich hatte das nicht gespürt, bis ich mich darüber gebeugt hatte.

„Ich dachte, du brauchst ein bisschen Zeit."

Ich musste arbeiten. Kalen bezahlte mich besser als das, was ich anderswo hätte verdienen können, doch es reichte nicht aus, um es mir leisten zu können, „nur so" eine Auszeit zu nehmen.

„Nein. Je mehr Zeit ich untätig rumsitze, desto frustrierter werde ich."

„Die Morde?"

Ich nickte. „Ich weiß nicht, wie ich dorthin gekommen bin. Ich kann mich an alles erinnern, außer an die Zeit zwischen dem Zubettgehen in der Nacht des Vampirangriffs und dem Aufwachen neben den Leichen. Wer hat die Fähigkeit, sowas zu tun? Und warum haben sie mich ausgewählt? War es Zufall?"

Sein Mund verzog sich zur Seite, als er auf seinen Kaffee blickte. „Letzte Nacht ist es wieder passiert, doch diesmal waren es eine Fee, ein Magier, ein Wandler und eine Hexe."

Mein Herz machte einen Sprung. Am Tag, an dem ich entlassen wurde. Das war schlecht. Wirklich schlecht. Es wurde nur noch schlimmer, als das Bürotelefon klingelte.

Ich nahm ab und meldete mich mit einem zuckersüßen Ton. „Hallo, Kalen's Collectibles. Wie kann ich Ihnen helfen?" Ich zwang mich, bei dem niedlichen Namen nicht mit den Augen zu rollen.

Die Person begann zu sprechen, hielt aber inne und brachte nur heraus: „Olivia Michaels?"

„Ja."

„Gareth am Apparat. Sie müssen um elf ins Büro der Gilde der Übernatürlichen kommen." Dann legte er auf.

Ich stöhnte, als ich auf die Uhr meines Handys blickte: Es war kurz nach neun. Das Büro der Gilde war fast eine halbe Stunde entfernt, und wie üblich hatte mein Auto entschieden, dass es einen weiteren freien Tag brauchte. Ein Taxi zu nehmen wäre teuer, und öffentliche Verkehrsmittel waren nervig. Ich überlegte, ihn anzurufen und ihm zu sagen, dass ich nicht kommen konnte. Wenn es um den Vorfall von gestern Nacht ginge, hätte er mich schließlich festgenommen oder zum Verhör gebracht. Oder? Doch vielleicht war er nur nett, und wenn ich nicht kam, wäre das gleichbedeutend mit einem Schuldbekenntnis.

Kalen brachte mich zu dem großen, hellgrauen, mehrstöckigen Gebäude, das nicht wie irgendeine Polizeiwache aussah, die ich zuvor gesehen hatte. Die Fenster waren groß und breit. Dunkle Vorhänge waren zurückgezogen und von der Straße aus gut sichtbar. Wunderschön gepflegte Büsche umgaben das Gebäude auf einem Rasen, der frisch gemäht und gepflegt aussah. Große Eichen säumten den Gehweg, und Menschen strömten in das Gebäude und aus ihm heraus, einige in Uniform, die meisten jedoch in legerer Businesskleidung. Einige dehnten den Begriff „leger" weiter und trugen T-Shirts und Jeans. Ich hätte nicht gedacht, dass sie überhaupt dort arbeiteten, wenn nicht ein Abzeichen um ihren Hals gehangen hätte oder am Hosenbund befestigt gewesen wäre.

Als ich mich dem Gebäude näherte, konnte ich die starke Magie spüren, die sich zu einem komplexen Muster verwebte. Bei jedem, an dem ich vorbeiging, versuchte ich herauszufinden, was er war. Die einzigen Übernatürlichen, die man unterscheiden konnte, waren Wandler wegen des Rings um ihre Pupille, der eine Nuance dunkler war als ihre Iriden.

Sobald ich das Gebäude betrat, wurde ich von der Rezeptionistin, einer älteren Fee, begrüßt. Die Spuren des Alters waren auf ihrer dunkelbraunen Haut und den fast weißen Haaren, die sie kurz trug, kaum zu sehen. Ihr freundliches Lächeln kam mit einer solchen Leichtigkeit, dass ich annahm, dass sie diesen Job schon Jahren machte – es wirkte so automatisch wie das Atmen.

„Miss Michaels?" Oh, das gefiel mir nicht. Es würde schwer werden, mit der Bekanntheit fertig zu werden, und es war noch schlimmer, dass sie vom Vorwurf eines Verbrechens gegen Übernatürliche herrührte. Sie fragte nicht wirklich, also machte ich mir nicht die Mühe zu antworten. „Mr. Reynolds erwartet Sie." Sie blickte auf die Uhr; Ich war zehn Minuten zu spät. Ein passiv-aggressiver Protest meinerseits. Ich hasste es einfach, wenn mir befohlen wurde, etwas zu tun. Hätte es ihm wehgetan zu fragen, ob ich vorbeikommen könnte?

Sie drückte auf einen Knopf und meldete: „Sie ist da." Dann wies sie mich an, in den fünften Stock zu gehen.

Der Fahrstuhl öffnete sich, und ich fand nur ein Büro vor, das den größten Teil der Etage einnahm. Aus meiner peripheren Sicht konnte ich zwei Konferenzräume und eine Toilette sehen, und ich beugte mich vor, um besser den Flur hinunter sehen zu können.

„Miss Mich – Livy, kommen Sie rein!", rief Gareths satte, tiefe Stimme aus dem Büro. Ich sah mich in dem minimal eingerichteten Raum um. Ein großer Chefschreibtisch aus Mahagoni, ein Sofa am anderen Ende des Raums mit einem großen Tisch davor und einem Lampentisch an der Seite möblierten den Raum. Er hatte eine eigene Kaffeestation und eine kleine Küchennische im hinteren Bereich.

„Schönes Büro", sagte ich.

Er sah sich um, und sein Blick glitt über die großen, raumhohen Fenster, die einen großartigen Blick auf die Stadt boten.

„Gehört zum Job. Ein bisschen Overkill, finde ich. Kann ich Ihnen was zu trinken anbieten?"

Ich schüttelte den Kopf, doch er schien es nicht zu sehen: Wieder einmal wurde mein Outfit bewertet. „Sie waren bei der Arbeit?", fragte er mit gerunzelter Stirn.

Nett. „Es ist eine ungezwungene Umgebung. Wie hier." Ich wollte sein Outfit mit einem spöttischen Blick würdigen, ähnlich dem, den er mir zugeworfen hatte, doch ich konnte nicht. Er sah gut aus. Verdammt. Das blaue kurzärmlige Polo betonte seine ungewöhnlich blauen Augen wirklich, und die dunkelgraue Khakihose passte perfekt zu seiner Statur.

Er lehnte sich an seinen Schreibtisch, einen Arm auf den anderen gestützt, während er sein Kinn rieb und mich musterte. „Lassen Sie Ihre Haare runter."

„Was?" Ich tat so, als wäre ich von der Bitte überrascht und beunruhigt. Es musste mir gelungen sein.

„Ich rieche Magie", sagte er. „Jedes Mal, wenn Sie in der Nähe sind, rieche ich es, aber Sie behaupten, ein Mensch zu sein."

Ich zuckte mit den Schultern. „Das bin ich, aber ich arbeite mit vielen magischen Objekten." Ich zog ein Amulett heraus, ein Stück Pseudomagie, das Hexen an Menschen verkauften. Nur ein kleiner Zauber. Wenn man das richtige Wort flüsterte, verursachte es eine Mini-Explosion wie ein Feuerwerkskörper. Es war beschissene Magie und noch beschissener zur Verteidigung. Die meisten Leute wussten, dass es nichts wert war, kauften es aber immer wieder. Die Menschen schienen die Idee zu mögen, sich mit Magie zu verteidigen, oder die Vorstellung, dass sie ein bisschen davon bei sich trugen. Ich trug es für Gelegenheiten wie diese bei mir.

„Glauben Sie, ich habe mich nicht genug mit diesen Dingern beschäftigt, um sie zu spüren und den Unterschied zu erkennen?"

Ich biss mir fest auf die Zunge, weil ich ihm sagen wollte, wie wenig mich das interessierte. Doch das wäre wahrscheinlich unhöflich gewesen.

„Liegen Sie immer richtig?"

Ein weiterer Blick, langsamer, und er kniff seine Augen zusammen, als würde er durch ein Zielfernrohr blicken – das Zielfernrohr eines Killers. Die kleine Bewegung seiner Lippen wurde zu einem schiefen Grinsen. „Wie oft ich mich geirrt habe, kann man leicht an einer Hand abzählen."

„Und bescheiden ist er auch noch", fügte ich leise hinzu und verdrehte die Augen. Er war ein Wandler, ich wusste, dass er es gehört hatte. Die Dinge, die die Menschen an ihnen faszinierten, waren die Dinge, die mich störten: scharfes Gehör, empfindlicher Geruchssinn, animalisches Verhalten und dass sie geschickte Jäger waren. Ich könnte der Liste auch *arrogant* und möglicherweise *narzisstisch* hinzufügen.

„Lassen Sie Ihr Haar runter", wiederholte er.

„Warum?" Ich wusste genau, warum er wollte, dass ich meine Haare löste. Schilde, Sigillen, die andere davon abhielten, Magie zu spüren, sahen aus wie Tätowierungen. Je größer sie waren, desto stärker waren sie. Die meisten trugen sie auf dem Rücken, dem Oberschenkel, der Brust oder dort, wo sie sich leicht verstecken ließen, und normalerweise wurden sie von Übernatürlichen benutzt, die etwas zu verbergen hatten – ein Verbrechen. Wie so viele andere Flüchtige auch, verschafften sie sich eine neue Identität und gaben wie ich vor, Menschen zu sein. Schilde waren einzigartige Symbole und definitiv leicht zu erkennen.

„Nein." Irgendwann musste ich bei ihm mit der Faust auf den Tisch schlagen. Und das war dieser Moment.

Er atmete lange und langsam aus, bevor er sprach. Er war jemand, der es nicht gewohnt war, ein *Nein* zu hören, und das war offensichtlich. „Miss Michaels …"

„Livy. Ich wurde für unschuldig befunden, und ich weiß es nicht zu schätzen, dass Sie mich wie einen Verbrecher behandeln."

„Nein, Miss Michaels, Sie wurden für nicht schuldig befunden, und ich habe Ihre Freilassung befürwortet", sagte er bestimmt.

„Sie denken also, ich bin schuldig." Ich wich zurück. Dieses Treffen fing an, schlechter zu laufen, als ich erwartet hatte.

„Keineswegs. Doch ich glaube nicht, dass irgendetwas Unschuldiges an Ihnen ist. Sie wollten, dass jemand für die Morde bezahlt. Ich will, dass der *Richtige* bezahlt. Mein Ruf steht hier auf dem Spiel, und ich muss wissen, mit wem oder was ich es zu tun habe."

„Ich habe es Ihnen gesagt. Ich bin ein Mensch. Ich arbeite dauernd mit magischen Dingen und habe immer einen Schutzstein bei mir. Ich kenne nicht meine ganze Abstammung." Das war zumindest teilweise wahr. Ich wusste genug darüber, um definitiv zu wissen, dass ich eine *Legacy* war. In dem Moment, in dem er das herausfand, würde ich dieses Gebäude nicht verlassen. „Ich weiß nicht, vielleicht war jemand in meiner Familie Hexe, Fee oder Magier. Soweit ich weiß, könnte ich Wandlerblut in mir haben."

„Miss Mi – Livy, seit der *Säuberung* ist das höchst unwahrscheinlich, aber sagen wir mal, ich nehme Ihnen diese Theorie ab. Ich spüre Magie. Ich muss sicherstellen, dass Sie nichts aktiv verbergen. Also beweisen Sie es", forderte er mit finsterem Blick.

„Nein. Ich muss nichts beweisen. Sie können mein Wort akzeptieren oder nicht, mir ist das egal." Ich ging zur Tür.

„Ich werde Sie verhaften lassen", sagte er, bevor ich überhaupt dort ankam. Entschlossene und unerschütterliche Augen waren auf mich gerichtet.

Seine großspurige und unbezwingbare Art kratzte an meiner Verärgerung und zerrte an meinen Nerven. „Warum? Weil ich es gewagt habe, nein zu sagen? Vielleicht sollten die Leute das öfter zu Ihnen sagen, dann wären Sie nicht persönlich beleidigt, wenn es passiert."

„Ich lasse Sie wegen Mordes verhaften. Gestern Nacht gab es einen weiteren Vorfall wie den, für den Sie verhaftet wurden, nur dass zusätzlich eine Hexe beteiligt war. Sie wurden mehrere Stunden vorher freigelassen, und ich weiß aus sicherer Quelle, dass Sie sich mit jemandem von *Humans First* getroffen haben. Sollen wir es also noch einmal versuchen? Lassen. Sie. Ihre. Haare. Runter."

Ich war wütend. Nicht nur wegen seiner Aufforderung, sondern weil mich das alles misstrauisch machte. Das war mehr als Zufall; hatte mich jemand reingelegt? Ich riss das Band aus meinem Haar und entwirrte den Knoten. Ich fuhr mit meinen Fingern hindurch, beugte mich vornüber und ließ die Strähnen langsam durch meine Finger fließen. Wenn ich einen Schild auf dem Kopf gehabt hätte, wäre da eine auffällige kahle Stelle gewesen. Als ich fertig war, richtete ich mich auf. Er war näher als zuvor.

„Apfel?"

„Was?" Mein Ton war härter und schroffer, als mir lieb

war. Ich wollte keine Zeit damit verbringen, mit Gareth zu streiten, zumal es unwahrscheinlich schien, dass ich gewinnen würde. In der kurzen Zeit, die ich mit ihm verbracht hatte, war es offensichtlich, dass er wahrscheinlich ein guter Verbündeter, aber ein schrecklich unangenehmer Feind war. Ich würde die Nette spielen. „Was ist mit Apfel?"

„Ihr Shampoo." Konnte er mein Shampoo von heute Morgen noch riechen? Ich versuchte herauszufinden, was überwog: gruselig, beeindruckend oder beängstigend. Es war eine beeindruckend beängstigend gruselige Angelegenheit, dass er das konnte.

„Ja." Ich band meine Haare zu einem Pferdeschwanz. Nach ein paar weiteren Augenblicken trat er schließlich einen Schritt zurück.

„Der Wandler, den ich gestern dabei ertappt habe, als er mich beobachtet hat, gehört er der Gilde an?"

Er runzelte die Stirn, und seine Augen waren etwas kühler, als er sprach, seine Stimme leicht nervös. „Nein, ein Teil des Felidae-Clans. Sie glauben nicht, dass Sie unschuldig sind. Und da in dieser Nacht einer von ihnen getötet wurde, empfehle ich Ihnen, sich von ihnen fernzuhalten. Sie sind bereit, ihre eigene Art von Gerechtigkeit durchzusetzen."

„Okay." Es hätte nicht schlimmer sein können. *Humans First* und der Felidae-Clan hielten mich für schuldig. Der Magische Rat hielt mich nicht für unschuldig. Und bei den Magiern und Feen war ich mir nicht sicher. Ich war in einer unbehaglichen Situation, besonders mit vier weiteren Morden nur eine Stunde nach meiner Entlassung. Die Stresskopfschmerzen waren vorhin nur ein leichter Schmerz gewesen; Jetzt dröhnte mir der Schädel. Wie zum Teufel sollte ich aus diesem Schlamassel herauskommen?

Er trat hinter seinen Schreibtisch und rollte den Stuhl neben mich. „Ziehen Sie Ihre Schuhe aus."

Fuck.

Ich war am Arsch. Mein Schild war auf meinem Fuß und

reichte vom Mittelfuß bis zur Ferse. Während die meisten Leute versuchten, ihre in einem Wandteppich aus Körperkunst zu verstecken, trug ich meines auf meinen Fuß. Oder besser gesagt, meine Mutter hatte das entschieden, zusammen mit der hautfarbenen Tinte. Ich betrachtete es oft. Selbst ich sah es nicht, doch Gareth, dessen Sinne auf ein unheimliches Niveau geschärft waren, würde es vielleicht erkennen.

Ich fluchte innerlich vor mich hin. Bereit, eine Szene zu machen und hinauszugehen. Doch würde er mich verhaften lassen? Wahrscheinlich. Und ich würde wieder in *The Haven* landen, in ihrem System. Dort wäre ich nicht besser dran, weil er mich dort zwingen könnte.

Ich brauchte einen Moment, bevor ich mich bewegte. Atmete mehrmals ein und aus und versuchte, meinen unregelmäßigen Herzschlag und meine Atmung zu beruhigen. Ich ließ kurz den Blick durch den Raum schweifen und entwickelte eine Exitstrategie, von der ich mir fast sicher war, dass sie ohne den Einsatz von Magie nicht funktionieren würde. So sollte ich entlarvt werden: Kürzlich aus der Haft entlassen, nachdem ich in der Gilde der Übernatürlichen von einem der stärksten Wandler des Landes eines Mordes verdächtigt worden war, der starke Magie – meine Art von Magie – erforderte. Zumindest nahm ich das an, doch ich konnte mir nicht vorstellen, dass diese Position an jemanden vergeben worden wäre, den sie für mittelmäßig hielten. *Mittelmaß* bekleidete ein solches Amt nicht. Und *Mittelmaß* hatte keinen Sitz im Magischen Rat.

Bestürzung und Trauer legten sich schwer auf mich, und flache Atemzüge waren alles, was ich zustande brachte, als ich mich auf den Stuhl fallen ließ. Langsam zog ich meine Schuhe aus, jeder Moment ein Countdown zum Ende, und zeigte ihm meinen linken Fuß. Der Schild war auf meinem Rechten. Nach sorgfältiger Inspektion blickte er auf. „Warum schlägt Ihr Herz so schnell?"

„Ich weiß nicht!", blaffte ich. Es wurde immer schwieriger, bei seinen seltsamen Wandlersinnen die Nette zu spielen. „Wenn mich Leute wie eine Kriminelle behandeln, kann ich mich nur schwer entspannen."

Er war kräftig gebaut, doch wenn ich ihn in dieser Position trat, würde er zumindest das Gleichgewicht verlieren und mir ein bisschen Raum geben. Ich konnte es zur Tür hinausschaffen, doch ich würde unmöglich aus dem Gebäude kommen. Wir waren im fünften Stock. Ich könnte aus dem Fenster springen. Ich war mir sicher, dass das Gebäude in dem Moment, in dem ich versuchte zu fliehen, abgeriegelt werden würde. Ich war am Arsch.

Er schwieg, während er meinen Fuß fertig betrachtete, und wartete dann, bis ich ihm meinen rechten Fuß präsentierte. Er sah mich weiter an. Die Anspannung kroch über mich, die Angst, von der ich sicher war, dass er sie spüren, wahrscheinlich riechen konnte. Angst brachte Magie, das Bedürfnis, mich selbst zu schützen, und ich spürte, wie sie in mir pulsierte, sich entfaltete, bereit, in einem Höllensturm losgelassen zu werden. Ich bohrte meine Finger in meine Hände und versuchte, sie zu beruhigen. Jedes Mal, wenn er aufblickte, versuchte ich, seinen Gesichtsausdruck zu lesen, der sich nicht veränderte. Er ließ meinen Fuß los und stand sehr langsam auf.

Sag was. Tu was. Ich brauchte Feedback.

„Danke. Sie können gehen."

Erleichterung. Dachte ich zumindest. Jahrelang hatte ich mich gefragt, ob ich die Untersuchung überstehen könnte, falls ich jemals gefunden würde. Ja, der Felidae-Clan war bereit, seine Art von Gerechtigkeit durchzusetzen, und ich war mir ziemlich sicher, dass die Feen und Magier nicht allzu glücklich mit mir waren, und jemand wollte mir möglicherweise diese Morde in die Schuhe schieben, doch für einen kurzen Moment war ich erleichtert.

„Ich weiß Ihre Kooperation zu schätzen." Er lehnte sich gegen den Schreibtisch und entließ mich mit einem Blick.

Ich schnaubte, als ich zur Tür ging. „Ja, meine Kooperation hatte auch überhaupt nichts mit der Androhung einer Inhaftierung zu tun."

„Sie sind ein Sturkopf. Sie brauchen mehr Anreiz, um sich zu benehmen. Das liegt an Ihnen, nicht an mir. Ich hoffe, die Kooperation erfordert beim nächsten Mal keine Drohung." Sein kühler Ton war herablassend genug, um mich innehalten zu lassen, bevor ich zur Tür gelangte. Ich blieb stehen und wirbelte auf dem Absatz herum, um ihn anzusehen. Wieder einmal lehnte er entspannt an seinem Schreibtisch, mit einem kleinen teuflischen Lächeln – viel zu zufrieden mit sich. Er war vielleicht neu in der Rolle des Anführers der Gilde der Übernatürlichen, doch er schien sich mit Leichtigkeit in seine Machtposition eingelebt zu haben. *Sieh dir das an*, arrogant, narzisstisch, *und* selbstgefällig *kann ich auch auf die Liste setzen.*

Ich rührte mich nicht. Ich war mit der Androhung der Inhaftierung mit mehr Diplomatie umgegangen, als ich für möglich gehalten hatte. Seine Selbstgefälligkeit tolerierte ich, und sein Narzissmus störte mich, doch ich konnte lernen, damit umzugehen. Sein kleiner Vortrag über mein Verhalten störte mich jedoch. Er ging mir auf die Nerven, und ein Teil von mir wollte es ihm sagen. Ein Lächeln umspielte meine Lippen, süßlich und übertrieben. „Nun, ich hoffe, das ist das letzte Mal, dass wir uns miteinander auseinandersetzen müssen, also ist es irrelevant, ob ich kooperativ bin oder nicht", sagte ich, bevor ich mich umdrehte und ging.

Sein schallendes, tiefes Lachen folgte mir durch den Flur.

Ich versuchte, nicht an Gareths herablassendes Lachen zu denken, während ich weiterging und auf meinem Handy nach Informationen über die jüngsten Morde suchte. Zwanzig Minuten später war ich hinter der Gasse des Gebäudes, wo die Morde begangen wurden. Der Geruch von Müll hing in dem engen Durchgang. Das Blut war weggespült worden, doch ein Teil davon hatte sich in den Poren des Straßenbelags festgesetzt. Jemand hatte gezaubert, und die Magie war stark. Sehr stark, anders als alles, was ich je gespürt hatte. Wieder hatten sie einen Feenmann, einen Wandler, einen Magier und jetzt eine Hexe getötet. Warum die Hexe? Und wie zum Teufel hatten sie sie alle an denselben Ort gebracht, um das zu tun? Wie auch immer sie es taten, sie hatten wahrscheinlich dasselbe bei mir benutzt. Vier weitere Morde. Eine Hexe war das Einzige, was anders war. Ich benutzte Magie, doch ich wusste nicht, wie man viele Zaubersprüche ausführte. Meine Eltern waren besorgt darüber gewesen, irgendetwas anderes zu unterrichten als die, von denen sie glaubten, dass sie mich schützen könnten. Magie konnte mir helfen, mich selbst zu schützen, und wenn ich sie tatsächlich benutzte, konnte sie nicht immer mit mir in Verbindung gebracht werden. Doch ein Zauber? Wenn jemand geschickt genug war, konnte er ihn auf denjenigen zurückführen, der ihn gewirkt hatte. So waren die *Legacy* entdeckt und der Fluch, der die Welt verändert hatte, ausgeführt worden. Wenn man es optimistisch betrachten wollte, war die *Säuberung* dafür verantwortlich, dass Menschen und Übernatürliche zusammengekommen waren, um einen gemeinsamen Feind zu vernichten – uns. Sie hatten Empyrean zerstört, die Stadt, in der wir gelebt hatten, getrennt von der Welt mit mächtiger Magie, hinter Schleiern und Schutzzaubern. Wir hatten selten mit anderen außerhalb interagiert. Wir waren die magische Elite, alte, starke und reine Magie. Wir waren die Magie, die existierte, bevor sie verändert und eine blasse Nachahmung dessen geschaffen worden war, was wir waren.

Machtbesessenheit, der Wunsch, andere zu beherrschen,

war unser Untergang gewesen. Magie gegen Magie waren wir überlegen, doch dann war die Welt unter dem Fehlverhalten meiner Vorfahren zusammengebrochen – einem Zauber, um die Welt von aller Magie außer unserer eigenen zu befreien. Ich hasste, dass ich „wir" benutzt hatte. Weil *wir* es nicht getan hatten. Meine Eltern hatten es nicht getan, ihre wohlmeinenden Freunde hatten es nicht getan. Sie hatten gekämpft, um den Zauber zu verhindern, und die meisten von ihnen wurden dabei getötet. Meine Eltern überlebten, entkamen gerade noch rechtzeitig vor Kriegsbeginn, wurden aber dennoch der *Säuberung* für schuldig befunden. So wie ich durch Assoziation schuldig war. Und ich bezweifelte, dass mir irgendjemand glauben würde, wenn ich es auf einem Stapel heiliger Bücher schwören, mein Pfadfinderehrenwort oder eine Absichtserklärung abgeben würde, dass ich niemals, niemals, niemals einen Zauber wirken würde, der alle töten würde, die Magie besaßen, während ich mich hinter einem Bann versteckte, hinter dem ich seiner verheerenden Wirkung nicht ausgesetzt war.

Das tiefe, gutturale Grollen, das vom Ende der Gasse kam, riss mich aus meinen Gedanken. Ein kompakter, muskulöser Jaguar kam langsam auf mich zu. Ich trat mehrere Schritte zurück. Er zog seine Lefzen zurück und entblößte Reißzähne. Tödliche Reißzähne. Ich hatte mein Treffen mit Gareth verlassen und war direkt zum Ort der Morde gekommen. Das Einzige, was ich zur Verteidigung bei mir hatte, war der Hexenschutzzauber. Da ich seine begrenzten Fähigkeiten kannte, musste ich nahe genug an das Tier herankommen, um an sein Gesicht oder seinen Hals zu gelangen. Eine kleine Brandwunde würde ihn zumindest verlangsamen, und vielleicht könnte ich entkommen. Ich sah mich schnell um, um eine andere Waffe zu finden, die mir helfen konnte, doch da war nichts.

Langsam wich ich zurück, und er knurrte, als er schneller auf mich zukam. Der Weg wurde schmaler, als ich mich den

Müllcontainern näherte. Ich suchte die Gasse mit einem weiteren Blick ab und versuchte, etwas zu finden, das ich als Waffe verwenden konnte. Es gab ein paar Glasscherben, doch nichts, das groß genug war, um von Nutzen zu sein. Weggeworfene Kartons, die im Müll nicht gelandet waren – nutzlos. Ich hob den kaputten Regenschirm auf, der am anderen Ende der Gasse lehnte. Ich brauchte irgendetwas. Ich packte ihn, als ich weiter zurückwich, und erkannte, dass Weglaufen keine Option war und ich mich in der Nähe der Trace Lane befand, einem dicht von Katzenwandlern besiedelten Gebiet. Daran hatte ich nicht gedacht, als ich hergekommen war.

Nur wenige Meter entfernt spannte er sich an, bereit zum Sprung. Ich versuchte, seine Bewegung vorherzusehen, in der Hoffnung, dass er versuchen würde, mich zu beißen. Ich könnte ihm den Regenschirm ins Maul stoßen. Wenn er versuchte, mich mit seinen Klauen zu erwischen, musste ich schnell genug sein, um auszuweichen. Er stürzte sich auf mich. Ein Körper raste an mir vorbei und packte das Tier an der Kehle, mitten im Sprung, und es keuchte, als es mit einem dumpfen Schlag auf den Boden aufschlug.

„Wandle", knurrte Gareth dem Jaguar zu. Er reagierte nicht. „Ich sagte, wandle, oder das wird eine sehr unglückliche Situation für dich. Tu es. Sofort!"

Ich starrte die Person an, die nur von Gareths Körper verdeckt war. Er war tödlich, beängstigend und eine Macht, mit der ich mich nicht anlegen wollte. Gewalt strömte von ihm aus, und selbst mit meinen begrenzten Sinnen konnte ich spüren, wie es meinen Selbstschutzreflex anstachelte. Wenn ich es spüren konnte, konnte der Jaguar, der zu seiner menschlichen Gestalt schmolz, genauso stämmig und verstohlen wie sein Tier, das auch. Ich konnte sein Gesicht nicht sehen. Gareth war immer noch über ihm, hatte jedoch seinen Würgegriff um seinen Hals gelockert. Doch der Commander der Gilde blieb in einer Position, die deutlich machte, dass er bereit war, jeden Moment erneut zuzuschlagen.

„Ich will, dass du mir sehr genau zuhörst. Sie ist unschuldig. Beleidige weder mich noch den Rat, indem du unsere Entscheidung in Frage stellst. Der Verantwortliche wird gefunden. Sie anzugreifen, trägt nicht zur Klärung der Situation bei. Gib das an die anderen weiter: Ein Angriff auf sie ist ein Angriff auf mich." Als er den Mann losließ, rappelte er sich auf. Seine Augen blitzten vor Wut, und seine Gesichtszüge wurden kantiger, als er seine Zähne zusammenbiss. Er atmete so heftig durch die Nase, dass es mich an einen Stier erinnerte, der angreifen wollte.

„Sind wir uns einig?", fragte Gareth.

Er brauchte einen Moment, um zu antworten, und als er es tat, war seine Stimme ruhiger, als ich erwartet hatte. „Wie du willst." Ohne ein weiteres Wort drehte er sich um und ging so nackt wie am Tag seiner Geburt davon, wahrscheinlich mit noch weniger Scham.

Jeder, der sich in der Nähe der Trace Lane bewegte, war es so sehr gewohnt, nackte Gestalten herumlaufen zu sehen, dass es seinen Reiz verloren hatte.

„Habe ich nicht gesagt, dass Sie sich von den Katzen fernhalten sollen?", fragte Gareth.

„Folgen Sie mir?"

„Nein, tue ich nicht. Übrigens, gern geschehen."

Ich murmelte ein Danke. „Ich hatte es im Griff."

Er starrte auf den Regenschirm. „Natürlich, wenn ich versuche, einen Jaguar zur Strecke zu bringen, nehme ich auch immer einen Regenschirm mit", schnaubte er und zuckte mit den Schultern. „Wie sonst sollte man einen bekämpfen?"

„Das ist die einzige Waffe, die ich finden konnte." Ich fühlte mich ein bisschen albern, mich daran zu klammern, und es musste noch alberner aussehen. „Wir können nicht alle unsere Position als Commander der Gilde der Übernatürlichen dazu nutzen, Leute dazu zu bringen, sich zu fügen“, gab ich zurück und warf den Regenschirm in Richtung Müllcontainer.

„Ja, es war meine Position, die ihn dazu gebracht hat, seine Meinung zu ändern.“ Wieder einmal zeigte er dieses für ihn typische spöttische Grinsen.

Er ging an mir vorbei und die Gasse entlang, wobei er die Stirn runzelte, als er sich einem Müllcontainer näherte. Wenn ich den fauligen Geruch riechen konnte, der davon ausging, wusste ich, dass er es erst recht roch. Er kniete sich neben die Stelle, wo ich das Blut in den Ritzen im Asphalt gesehen hatte.

„Der Nekrospeer ist gestohlen worden“, informierte er mich mit angespannter Stimme.

„Was? Wann?“

„In derselben Nacht, als wir Sie gefunden haben. Wir vermuten, dass er verwendet wurde, um die Wandler zu töten.“

Wieder einmal wurde ich mit den Morden in Verbindung gebracht. Er hatte sich einmal in unserem Besitz befunden, und ich wusste, dass die Gilde der Übernatürlichen ihn hatte. Wer auch immer ihn gestohlen hatte, musste den Zauberschutz gebrochen haben, der ihn geschützt hatte. Schutzzauber konnten sowohl von Hexen als auch von Magiern gewirkt werden. Die Leute hier ließen sie normalerweise von Hexen wirken – das war billiger und erfüllte die Bedürfnisse der meisten Menschen. Die Menschen kauften sie hauptsächlich, um damit anzugeben, Zugang zu einem magischen Schutz zu haben, der Magie erscheinen und verschwinden lassen konnte, indem man nur eine Beschwörung verwendete, die ihnen von einer Hexe gegeben worden war.

„Was glauben Sie, dass hier vor sich geht?“

„Ich habe keine Ahnung.“ Seine attraktiven Gesichtszüge waren angespannt. Er hatte sich in seine Gedanken zurückgezogen. Das war kein Mann, der keine Ahnung hatte. Es war ein Mann, der eine Idee hatte, sie aber nicht aussprechen wollte, da sie dadurch realer erscheinen würde. Oder weil sie auszusprechen schmerzhaft wäre.

„Irgendwelche Spekulationen?", fragte ich.

Die Stille dehnte sich aus. „Wir wollen beide herausfinden, wer das tut. Vielleicht sind unsere Gründe unterschiedlich, doch wir haben ein gemeinsames Ziel", sagte ich und las seinen Widerwillen, Informationen preiszugeben.

„Sind Sie bereit zu helfen?"

„Was immer Sie brauchen."

„Gut." Er bewegte sich dem Ausgang der Gasse zu. „Müssen Sie wieder arbeiten?"

Ich warf einen Blick auf die Uhr auf meinem Handy. Ich war drei Stunden weg. Und ich war mir sicher, dass der Karton, mit dem ich Kalen zurückgelassen hatte, nicht der Einzige war, den er durchgehen musste. Kalen hatte die Hoffnung wahrscheinlich aufgegeben, dass ich heute zurückkommen würde. Und als ich mir die drei dringenden Nachrichten ansah, die er geschickt hatte, hatte er nicht nur aufgegeben, er war in Panik. Es musste schlecht fürs Geschäft sein, wenn ein Mitarbeiter wegen Mordverdachts verhaftet wurde.

Ich schickte ihm eine Nachricht, um ihn wissen zu lassen, dass ich unterwegs war.

„Beeil dich, du hast Besuch", schrieb er zurück

„Wer?"

„Clive?", antwortete er mit einem Feuer-Emoji.

„Nicht so heiß. Gehört zu *Humans First.*"

Ich wusste, dass er ein finsteres Emoji-Gesicht schicken würde, und Sekunden später schickte er mehrere.

Ich machte mich auf den Weg zur Bushaltestelle. Ich würde noch mindestens eine halbe Stunde brauchen, um wieder ins Büro zu kommen.

„Ich kann Sie mitnehmen", bot Gareth an. Ich blickte auf den weißen AMG, ein anderes Auto als das, mit dem er im

Crimson gewesen war, und auf die Bushaltestelle, zum Auto und dann wieder zur Bushaltestelle. Ich hätte gerne geglaubt, dass es eine leichte Entscheidung war. Die Tatsache, dass dem nicht so war, hätte mich an seiner Stelle veranlasst, das Angebot zurückzunehmen, doch er schien es amüsant zu finden. Ich hatte mich immer noch nicht entschieden, als er auf die Fahrerseite ging und die Tür öffnete. „Steigen Sie schon ein."

Ein weiterer langer Blick auf die Bushaltestelle, dann folgte mein Blick dem ankommenden Bus, bevor ich ins Auto stieg. Das schönste Auto, in dem ich je gesessen hatte, war Kalens schwarzer Audi, den er fuhr, als würde er versuchen, schnell genug zu fahren, um der Physik zu trotzen und in der Zeit zurückzureisen.

Gareth war etwas vorsichtiger, doch nicht viel. Er schlängelte sich und schoss durch den Verkehr, dann blickte er zu mir herüber, grinste und bremste ab. „Tut mir leid."

„Schon gut, ich bin eben fast von einem Jaguar gefressen worden, warum der Tagesbilanz nicht noch einen Herzinfarkt hinzufügen?" Das Auto wurde langsamer und kroch unter der Geschwindigkeitsbegrenzung die Straße entlang. Ich sagte nichts, weil es ihn wahrscheinlich mehr störte, so langsam zu fahren, als mich. *Ich kann dein Spiel spielen, Gareth.*

„Meinen Sie es ernst, dass sie helfen wollen?"

Mein Kopf bewegte sich kaum, als ich nickte.

„Ich denke, wenn wir die fehlende Erinnerung an die Nacht, in der wir Sie gefunden haben, wiederherstellen können, wird das helfen."

„Und wie wollen Sie das anstellen?"

„Ich kenne eine Hexe, die sehr talentiert und sehr stark ist."

Ich spannte mich an und fühlte dieselbe Angst, die ich gehabt hatte, als er meine Füße untersucht hatte. Ich wollte nicht, dass eine Hexe in meinem Kopf herumwühlte. Und definitiv keine mit Talent. Doch ein Anfänger wäre auch nicht besser. „Sie vertrauen ihr?"

Es spielte keine Rolle. „Wann?"

„Morgen."

Wieder bewegte sich mein Kopf kaum, als ich nickte; Ich war zu sehr mit der vorbeiziehenden Stadt beschäftigt. Ironischerweise kamen wir an der Coven Row vorbei, einer kleinen Ansammlung von Geschäften, die Hexen gehörten. Dort konnte man alles bekommen, von einem schwer erhältlichen Liebeszauber bis hin zu Schutzzaubern. Einige waren nichts weiter als überbewertete ganzheitliche Läden, und ich fragte mich, ob die Besitzer überhaupt Hexen waren. Im Ernst, Chakra-zentrierende Kerzen? Sie versuchten es nicht einmal.

Doch ich liebte die Gegend. Sie erinnerte mich an das French Quarter. Bunte, leuchtende Farben, Rüschenspitze und Pflanzen, die sich um die Fenster und Türen rankten. Wenn man nach einem Liebeszauber suchte, war das der erste Ort, an dem man suchen sollte. Wenn man einen Leitfaden für seinen Lebensweg oder einen Blick auf ein anderes Leben haben wollte, sollte man das neogotische Gebäude versuchen. Es war ein tiefrotes Haus mit raumverdunkelnden Jalousien. Anstelle von hübschen Verzierungen an der Tür zogen sich Ranken um die Fassade. Und man konnte Kräuter kaufen, womit sie das meiste Geld verdienten. Da Hanf illegal war und so, war es amüsant, dass eine Hexe *herba terrae* oder Erdpflanze verkaufen konnte, ihr magisches Kraut, das sehr danach roch. Diese Läden machten den besten Umsatz. Dann gab es die einfachen Läden mit Zauberbüchern, Kerzen und allem, was man braucht, um einen Zauber auszuführen, der keine Chance hatte, jemals zu funktionieren, wenn derjenige, der versuchte, ihn zu wirken, nicht magisch veranlagt war. Doch die meisten Menschen kamen immer wieder zurück, in der Hoffnung, eine schlafende magische Fähigkeit zu wecken, von der sie überzeugt waren, sie zu besitzen.

Einige Menschen hatten Vorfahren, die möglicherweise Magie besessen hatten, doch im Laufe der Generationen war die Magie so weit verwässert worden, dass sie nicht mehr ausreichte, um als übernatürlich zu gelten. Leider hatte es für die *Legacy*-Magie während der *Säuberung* gereicht, um sie daran zu binden und sie zu töten.

„Wann werden wir sie sehen?", fragte ich.

„Wann haben Sie Feierabend?"

„Holen Sie mich um sieben ab."

Es war später, als ich normalerweise ging, doch ich musste sehen, ob ich etwas tun konnte, um die Informationen zu bekommen, bevor ich meinen Kopf und meine Erinnerungen in die Hände einer Hexe legte.

„Hole ich Sie hier oder bei Ihnen zu Hause ab?"

„Zuhause." Ich wollte ihm die Adresse nennen, hielt aber inne. Ich war mir sicher, dass er sie schon hatte.

Sobald das Auto angehalten hatte, dankte ich ihm und ging die Treppe hinauf. Das Letzte, was er wissen musste, war, dass der Typ von *Humans First* in meinem Büro auf mich wartete. Das roch mir sehr nach Ärger.

Clive saß zurückgelehnt in einem Stuhl und entspannte sich im Wartezimmer, oder was die meisten Leute als Wohnzimmer bezeichnen würden, der seltsame Vorteil, wenn man zu Hause arbeitete. Er hatte eine ungeöffnete Flasche Wasser auf dem kleinen Tisch neben sich stehen und scrollte durch sein Handy. Als ich hereinkam, richtete er sich auf und lächelte. Er sah heute überhaupt nicht so aus, als gehöre er in einen Agentenfilm. Er trug ein weißes Hemd und Jeans. Im Licht sahen seine Haare nicht so dunkel aus, und die verschiedenen Brauntöne waren auffälliger, genau wie seine Augen. Sie waren sanfter, doch eifrig und glitten kurz über mich hinweg, bevor sie zu seinem Handy zurückkehrten. Seine Daumen strichen über das Display, und ich nahm an, dass er eine Nachricht schickte, dass der Adler gelandet war, oder irgendeine alberne Phrase, die sie wahrscheinlich benutzten.

Hinter dem Wohnzimmer/Wartebereich war eine Küche. Dort stand Kalen und trank aus einer Flasche Wasser mit einem so aufgesetzten Lächeln, dass es mich an eine Bauchrednerpuppe erinnerte. Er hatte höchstwahrscheinlich das zuckersüße Grinsen aufgesetzt, als ich ihm gesagt hatte, dass Clive ein Mitglied von HF war. Das Lächeln verschwand, als er einen Blick auf meine Haare warf. Er deutete auf seinen Kopf, runzelte die Stirn und zuckte mit den Schultern. Seine Art zu fragen: „Was zum Teufel ist mit deinen Haaren los?" Er tat es so oft, dass er nur die Stirn runzeln und zeigen musste, und ich wusste, was er dachte. Ich hatte meine Frisur zuvor im Auto mit Gareth gesehen. Es war schlimm, nachdem er sie auf einen Schild untersucht hatte, und meine Begegnung mit dem Jaguar hatte es nicht besser gemacht. Wieder einmal warf mir Kalen seinen verächtlichen Blick zu. Ich wusste nie, was wir an einem beliebigen Tag tun würden, also zog ich mich entsprechend an. Er hingegen kleidete sich, als würden wir zu einem Geschäftsessen gehen und er hätte Kunden zu beeindrucken. Es war amüsant, sein Gesicht zu beobachten, wenn er mir half, durch Müll zu waten oder die gestohlenen Waren in einem verlassenen Lagerhaus zu durchsuchen, oder noch schlimmer, auf einem der Bauernhöfe außerhalb der Stadt, wo wir in eine Scheune, oder auf einen Heuboden gehen mussten, oder noch besser, in einen kleinen Teich, um ein magisches Objekt zu bergen. Die ganze Zeit beschwerte er sich darüber, seine Tom-Ford-Klamotten zu ruinieren. Doch seit ich für ihn arbeitete, hatte ich ihn nie etwas anderes tragen sehen. Nicht einmal eine Jeans und ein

Polo. Und ich hatte ihm einmal eine zum Geburtstag geschenkt.

„Clive, was wollen Sie?", fragte ich schließlich nach meinem kurzen nonverbalen Austausch mit Kalen.

„Ich wollte unser Gespräch von gestern zu Ende führen." Er stand auf, und ein Lächeln breitete sich auf seinem Gesicht aus, als wäre das Gespräch, das wir am Abend zuvor geführt hatten, noch nicht beendet.

„Dass ich Ihnen gesagt habe, dass ich nicht interessiert bin, rechtfertigt Ihres Erachtens einen weiteren Besuch?" Ich zuckte mit den Schultern. „Ich habe kein Interesse. Guten Tag." Ich öffnete die Haustür für ihn, dachte an Kalen, dessen Lächeln sich entspannte, während seine Magie sanft durch den Raum glitt, die Luft sättigte, aufgestaute Kugeln, bereit, freigesetzt zu werden. Das tat er, wenn er angepisst war. Er war jetzt mehr als angepisst, und wenn Clive Magie, die subtilen Veränderungen in ihr oder das Aufkommen defensiver Magie spüren konnte, die bereit war, eingesetzt zu werden, würde er nicht so viel Selbstvertrauen an den Tag legen. Die Magie füllte den Raum. Ein finsterer Blick in Kalens Richtung, und sie wich zurück und faltete sich unter seiner Kontrolle zusammen. Kalen war überzeugt, dass ich sah, dass er Magie benutzte, weil ich die Veränderungen in seinem Gesicht sehen konnte, und ich korrigierte ihn nicht. Ich fühlte mich in seiner Nähe so wohl, dass mir manchmal Dinge herausrutschten und ich mich daran erinnern musste, dass es keine Option war, sich zu wohl und entspannt zu fühlen – egal bei wem.

Kalen konnte keine Magie gegen Clive einsetzen. Es war das, was die Anhänger von *Humans First* glauben wollten – dass Übernatürliche Wilde waren, unkontrollierte Wesen mit gefährlichen Kräften. Es war ihnen egal, dass Magie reguliert war, mit Regeln und Konsequenzen. Doch für HF waren die Regeln nicht streng genug und die Konsequenzen nicht drastisch genug.

„Bitte, lassen Sie uns gemeinsam zu Mittag essen und weiter darüber reden.“

Ich warf einen Blick auf die Uhr an der Wand. „Für Mittagessen ist es zu spät.“

„Okay, dann Abendessen?“

„Ich muss arbeiten.“ Ich sah Kalen an und warf ihm einen Blick zu. *Sag was.*

Seine Miene war entspannt, seine Haltung gut unter Kontrolle. Er lächelte. „Nein, alles in Ordnung. Du kannst gehen. Morgen fangen wir früh an.“

Er ignorierte meinen bösen Blick, doch ich wollte, dass er ihn aus der Nähe sah. Ich entschuldigte mich, ging ins Backoffice und winkte Kalen, mir zu folgen.

„Was ist los mit dir?“, fragte ich leise durch zusammengebissene Zähne.

„Er ist hartnäckig, und er wird dich nicht in Ruhe lassen. Aus welchem Grund auch immer er dich will, ist es nicht eine gute Idee zu sehen, was sie vorhaben? So sehr er dich als Mitglied zu wollen scheint, bin ich mir sicher, dass du mehr Informationen bekommen kannst. Im schlimmsten Fall erfährst du nichts und bekommst ein nettes Abendessen von einem heißen, fehlgeleiteten Unzufriedenen. Im besten Fall bekommst du genug Informationen, um die Gilde der Übernatürlichen oder die Polizei auf sie aufmerksam zu machen. Ich persönlich glaube nicht, dass HF so harmlos ist, wie die Leute glauben möchten.“

„Also verkuppelst du mich für ein Abendessen. Bist du stolz auf dich?“

Er warf mir einen weiteren Blick zu und verzog das Gesicht. „Abendessen ist wahrscheinlich alles, wofür ich dich verkuppeln werde. Was ist mit deinen Haaren passiert? Und warum siehst du aus, als hättest du gegen Vampire gekämpft?“

„Ich wünschte, es wären Vampire.“ Da ich es nicht eilig hatte, mit Clive zu Abend zu essen, erzählte ich ihm die lange

Version der Geschichte. Gareths Drohung, mich ins Gefängnis zu stecken, seine Inspektion, von der ich ziemlich sicher war, dass sie illegal war, die Tatsache, dass der Katzenclan mich für schuldig hielt und mich zur Rechenschaft ziehen wollte, der Beinahe-Angriff des Jaguars, Gareths Intervention und seine Bitte, mich mit einer Hexe zu treffen, um meine verlorenen Erinnerungen zu bergen. Allein das alles zu erzählen machte mich müde.

Ich hatte erwartet, dass er Gareths Verdacht mit einer bissigen Antwort abtun würde, doch das tat er nicht. Stattdessen hatte er sich in seine Gedanken zurückgezogen. Aus einem Moment der Stille wurden Minuten, und er runzelte die Stirn. „Bist du es?"

„Bin ich was?"

„In irgendeiner Form magisch." Meine Brust zog sich zusammen. Die Schuldgefühle, einen Freund anzulügen, jemanden, dem ich vertraute, machten mich immer fertig. Kalen hatte während der *Säuberung* Freunde verloren, und seine Familie hatte darunter gelitten. Würde er mir jemals vertrauen können? Würde unsere Beziehung sich verändern? Und würde ich ihn nicht der Gefahr einer Bestrafung aussetzen, wenn er mich nicht anzeigte?

„Natürlich nicht." Ich ging auf Clive zu. Feen war es nicht erlaubt, Menschen zur Wahrheit zu zwingen oder ihren Verstand zu manipulieren, genau wie Vampiren. Es war Missbrauch, geistige Nötigung. Sie brauchten eine Zustimmung. Obwohl die körperliche Schönheit der Feen, wie bei Vampiren, Liebeszauber unnötig machte, war es immer noch illegal, sie auszuführen.

Der fragende Ausdruck auf seinem Gesicht blieb. Etwas, das ich vorher noch nicht gesehen hatte. Gareths Verdacht war zu Kalens Zweifel geworden.

Ein weiterer Punkt gegen Gareth.

Clive lehnte es ab, in das Café in der Nähe des Büros zu gehen, und wollte stattdessen einen Spaziergang machen. Jedes Mal, wenn ich in seine Richtung sah, stellte ich fest, dass er mich abschätzte. Wir kamen an mehreren Restaurants vorbei, und Clive blieb bei einem stehen und sah sich die Speisekarte an. Ich mochte es nicht, wie behaglich er sich in meiner Gegenwart fühlte. Oder die selbstbewusste Art, wie er seinen Arm um meinen Rücken legte und mich zu sich zog, während er die Speisekarte las. Was mich am meisten störte, war, wie entspannt und bequem seine Hand auf meinem Rücken lag und mich zum nächsten Restaurant führte. Er war zu vertraut, als wären wir Freunde, zwei Leute, die einen Nachmittagsspaziergang machten und ein schönes Restaurant zum Essen suchten. Nach allem, was ich über ihn und HF wusste, waren wir zwei Menschen auf entgegengesetzten Seiten eines Problems. Aus irgendeinem törichten Grund war er davon überzeugt, dass er mich auf seine Seite bringen könnte. Ich war mir nicht sicher, was an mir den Eindruck erweckte, dass ich so leicht dazu gebracht werden könnte, jemanden zu hassen, nur weil er existierte. Nach ein paar weiteren Minuten zu Fuß, fast fünf Blocks vom Büro entfernt, fand er ein mexikanisches Restaurant, das sein Interesse weckte. Gerüche von Zwiebeln und gewürztem Fleisch erinnerten mich daran, dass ich den ganzen Tag nur ein Croissant aus dem Café gegessen hatte.

Erst als wir das Restaurant betraten, spürte ich den Hunger, und mein leerer Magen knurrte. Wir setzten uns in eine kleine Nische im hinteren Teil des Restaurants, und Clive beobachtete mich, während ich die Speisekarte las. Er bestellte zwei große Margaritas, um meine Hemmungen abzubauen. Es war leicht zu vergessen, dass er ein arroganter Narzisst war, als ich ihm gegenübersaß. Das neugierige Lächeln erblühte und verblasste jedes Mal, wenn ich von der Speisekarte aufblickte. Als Tortillachips und Salsa ankamen, leerte ich den halben Korb, bevor er sprach.

„Also, wie ist *The Haven?*", fragte er und trank einen Schluck von seinem Drink.

„Ich bin sicher, sie sind bereit, Ihnen eine Tour zu geben, wenn Sie darum bitten." Anstelle der Margarita trank ich einen Schluck von meinem Wasser.

„Sie mögen mich nicht, oder?" Seine Stimme war leise, samtweich und sanft, eine Einführung in einen Tanz, bei dem er die Führung übernehmen und mich rhythmisch durch seine Verkaufspräsentation führen würde. Ich war mir sicher, dass das nicht sein erster Tanz war. Er war wahrscheinlich ein Profi.

„Es spielt keine Rolle, ob ich Sie mag oder nicht. Das ist ein Geschäftsessen, oder?"

Er breitete seine Arme auf der Rückenlehne aus, und wieder hatte ich seine ungeteilte Aufmerksamkeit. „Ich hatte gehofft, es könnten mehr sein."

„Es tut mir leid, das ist es nicht. Sie wollten über HF sprechen. Fahren Sie fort." Clive war eine Ablenkung, und ich konnte sagen, dass er sich seines Charmes, seines Aussehens und seiner Allure mehr als bewusst war. Doch ich würde nicht darauf hereinfallen, denn hinter diesen sanften Augen war eine Bedrohung. Ich zweifelte keinen Moment daran, dass ich, wenn er jemals herausfinden sollte, wer ich war, nicht mehr in das Gesicht eines gutaussehenden Mannes blicken würde, der versuchte, mich für HF zu rekrutieren, sondern stattdessen in das eines Mannes, der mein Mörder sein würde.

„Ich habe gehört, dass Sie zwei Vampire überwältigt haben, ohne sie zu töten. Ich habe die Geschichten nicht geglaubt, bis ich Sie im Club gesehen habe."

„Wie ironisch – ein Mitglied von HF, das in einem Vampirclub rumhängt."

„Ich glaube, Sie verstehen HF falsch. Wir haben kein Problem mit Übernatürlichen. Ich denke nur, dass sie besser reguliert werden müssen. Und mehr Grenzen zwischen uns und ihnen würden die Sicherheit verbessern."

„Wie können sie stärker reguliert werden? Sie haben ihre eigene Polizei und strenge Gesetze, und für einige Verstöße droht sogar die Todesstrafe. Außerdem werden die meisten Verbrechen nicht von Übernatürlichen begangen."

Er schnaubte und trank einen weiteren Schluck aus seinem Glas, bevor er sich auf den Tisch stützte. Im Restaurant war es dunkler als draußen, und das warme Licht spiegelte sich im Glitzern in seinen Augen wider, als sie sich auf mich richteten.

„Ich nehme Ihnen nicht eine Minute lang ab, dass Sie so naiv sind. Sie wissen, dass der Magische Rat große Anstrengungen unternimmt, seine Vergehen zu verbergen und sie viel unschuldiger und harmloser aussehen zu lassen, als sie sind. Ihr Freund wurde von einem Vampir angegriffen; Halten Sie das für akzeptabel?"

„Er hat nicht allein gehandelt", antwortete ich mit kühler, strenger Stimme. Bei jedem anderen hätte ich versucht, es abzumildern, doch ich wollte klarstellen, dass ich kein Interesse hatte.

Immer mehr Gäste füllten die Tische um uns herum. Gespräche vermischten sich mit der leisen Musik, das geschäftige Treiben der Kellner, die von der Theke aus hin und her gingen, und das warme Gefühl, das ich von der Margarita bekam, all das wurde zu einer Ablenkung. Ich brauchte keine Ablenkung. Ich musste mir meines Gegenübers bewusst sein. Hyperbewusst.

„Dann ist das nicht noch besorgniserregender? Jemand kontrolliert Vampire."

Der Kellner brachte unser Essen: ein Chimichanga für mich und ein paar Tacos für ihn. Clive bestellte zwei weitere Margaritas; Ich änderte die Bestellung in eine nur für ihn. Meine war noch fast voll. Meine Zurückhaltung und mein

Verstand waren intakt, so wie sie sein mussten, um mich mit ihm zu befassen.

Er schob sich einen Bissen in den Mund und sagte zwischendurch: „Die Leute denken, dass die *Säuberung* eine schlechte Sache war. Ich nicht."

Ich seufzte. Er hatte nicht lange gebraucht, um an derselben Rhetorik anzuknüpfen, die ich in ihren Broschüren gesehen und gehört hatte, wenn die Nachrichten über ihre Kundgebungen und Versammlungen berichteten. Sie waren nicht sehr groß, doch hin und wieder fiel jemand auf und machte Schlagzeilen. Sie gaben sich als friedliche Organisation aus, hatten aber eine sehr bedenkliche Sichtweise. Er schwieg eine Weile und erlaubte mir, über seine Worte nachzudenken.

„Es war falsch einzugreifen."

In diesem Moment überlegte ich, einfach mein Essen einpacken zu lassen, mein Wasser auszutrinken und zu gehen. Er wusste nichts über die *Säuberung*. Leute wie er glorifizierten sie. Sie sahen den Fluch nicht, der durch die Stadt geschwebt war, sich an alles Magische geheftet und es herausgesaugt hatte – und mit ihm das Leben. Und dabei einen Pfad der Zerstörung hinterlassen hatte. Es hatte mit den Schwächsten angefangen, denen, die keine magischen Fähigkeiten zeigten oder sich nur vage bewusst waren, dass sie welche hatten. Reinblütige Menschen blieben unberührt, doch sie sahen ihre Brüder und Schwestern sterben, die in Unwissenheit gelebt hatten, ohne zu ahnen, dass übernatürliches Blut in ihnen floss. Die Menschen hatten Angst, dass sie die Nächsten sein könnten.

Und während der Fluch durch das Land raste, tötete er die niederen Hexen, Magier und Feen und ließ nur die Starken zurück. Doch die stärksten Übernatürlichen waren das Ziel, das die *Legacy* zerstören wollten. Leute wie Clive und seine Anhänger wussten nicht, dass die *Legacy* wollten, dass die Stärksten verschwanden, damit sie die totale Macht bekamen. Die fehlgeleiteten Mitglieder von HF wurden von dieser utopischen Welt verführt, in der sich Menschen nicht in Tiere verwandelten, unsterbliche Kreaturen, die Blut tranken, nicht existierten und Magie nur etwas war, das es in Märchenbüchern gab. Sie waren sich nicht bewusst, dass die Menschen schließlich Sklaven geworden wären.

Er stützte seinen Ellbogen auf den Tisch und sein Kinn in seine Hand, während er mich mit neuer Neugier ansah. „Was ist los?"

Ich hob mein Glas und trank einen weiteren Schluck. „Das ist stärker als ich dachte."

Wut und Frustration brannten in meinem Bauch. Sie fühlten sich an wie ein Schal, der sich zu eng um mich gewickelt hatte. Obwohl ich nicht dabei gewesen war, konnte ich mich an die Geschichte erinnern, die meine Mutter mir erzählt hatte, und an die Traurigkeit in ihren Augen. Ich erinnerte mich daran, wie sie von unvergossenen Tränen glänzten, an das Krächzen in ihrer Stimme und an Röte, die ihren Hals und ihre Wangen emporstieg, als würde sie es noch einmal durchlebte. Als wäre sie wieder in Empyrean, wo die *Legacy* gelebt hatten, einem Ort, der von Bomben und starker Magie zerstört worden war.

„Livy, wir sind nicht die Einzigen, die so denken. Es gibt sogar diejenigen in der übernatürlichen Gemeinschaft, die gewisse Änderungen sehen möchten. Es ist in Arbeit, Veränderungen kommen. Verlieren Sie sich nicht darin."

Als Recruiter war er gut, und vielleicht funktionierte es bei vielen Leuten, doch ich hatte dieses Gespräch satt. Ich war es leid, Erinnerungen zu durchleben, die ich lange vergraben hatte. Ich wollte nicht dasitzen und darüber nachdenken, warum ich mich nicht wie alle anderen outen konnte. Warum ich in ständiger Angst leben musste, entdeckt zu werden. Ich wollte sein Spiel nicht mehr mitspielen. Ich war fertig.

„Ich bin mir nicht sicher, wie ich es sonst formulieren

soll, also lassen Sie es mich in unmissverständlichen Worten sagen: Ich bin nicht daran interessiert, *Humans First* beizutreten. Ich bin kein Sympathisant. Ich verstehe nicht, was Sie antreibt, und ich werde niemals an Ihre Rhetorik glauben. Doch hauptsächlich halte ich Ihren Verein für lächerlich." Ich blickte auf mein halb aufgegessenes Chimichanga, wickelte es in eine Serviette und stand auf. Ich kämpfte gegen den Drang an, mich wieder zu setzen und ihm von der *Säuberung* und all den Absichten zu erzählen und einen Faden aus seinem Wandteppich uninformierter Lobhudelei für etwas zu ziehen, das grausam und drakonisch war. Doch ich bezweifelte, dass es etwas ändern würde. Die *Säuberung* hatte eines bewiesen: Er war eine besondere kleine Schneeflocke. Mensch pur. Und er und der Rest von HF trugen das wahrscheinlich wie ein Ehrenabzeichen.

„Erlauben Sie mir wenigstens, Sie nach Hause bringen", bot er an, als er ebenfalls aufstand.

Ich murmelte lediglich „Nein" und war zur Tür heraus, bevor er mir folgen konnte. Ich war mir sicher, dass er wusste, wo ich wohnte, doch ich würde auf keinen Fall ein weiteres Treffen mit ihm vereinbaren, egal wie hartnäckig er war. Doch ich fragte mich, wer in der übernatürlichen Gemeinschaft so dachte, und wie sie es rechtfertigten?

Ich hatte kein Problem mit dem langen Schweigen zwischen Gareth und mir. Nach einer halben Stunde Fahrt hatte ich mich im Auto entspannt und der Musik gelauscht, überrascht von seiner Wahl. Eine einzigartige Mischung aus New-Age-Musik, Rap und schwülem Jazz war nicht das, was ich erwartet hatte. Die meiste Zeit beschäftigte ich mich mit der Landschaft draußen, während wir aus der Stadt hinaus und weiter aufs Land fuhren. Ich lebte in der Nähe von Chicago. Dieser Teil des Mittleren Westens war das, was ich als die vergessene Zone betrachtete. Die Bäume schmolzen zu üppigem Grün zusammen und zeigten langsam den Übergang vom Sommer zum Herbst. Wir passierten mehrere Meilen Maisfelder. Kleine Farmen lagen abseits der Straße, umgeben von fruchtbarem Land. Und als er von der Hauptstraße abfuhr, sagte er auf meinen neugierigen Blick: „Ich habe keine Ahnung, warum sie wollte, dass wir sie hier draußen treffen."

„Sie lebt nicht hier draußen?"

„Das Land gehört ihrem Zirkel. Sie kommen hierher, um zu üben."

Will sie ihre Gedächtniswiderherstellungsfähigkeiten an mir üben?

Ich sah ihn an, und als hätte er meine Gedanken gelesen, oder genauer gesagt mein Gesicht, sagte er: „Sie ist wirklich gut. Es ist wahrscheinlich, weil sie Privatsphäre wollte."

Wir fuhren den dunklen Weg hinunter zu einem kleinen Ranchhaus aus rotem Backstein. Früher war es vielleicht eine Farm gewesen, doch das Land war aufgegeben worden. In der Nähe des Hauses war das Gras grün, saftig und gut gepflegt; ein paar Meter weiter war ödes Land, Flecken von wild wachsendem Gras und trockener Erde. Hinter dem Haus war ein kleiner Teich, doch er sah leer aus. Dahinter lagen eingezäunte Bereiche, in denen Pflanzen wuchsen. Ich nahm an, dass es Kräuter waren, die sie für Zaubersprüche verwendeten, doch einige sahen aus wie ihre *herba terrae*.

Gareth klopfte einmal, öffnete die Tür und spähte hinein, als ihn eine sanfte, seidige Stimme begrüßte. Das breite Lächeln passte zu dem unbeschwerten, temperamentvollen Ton ihrer Stimme. Ich war mir nicht sicher, was ich erwartet hatte – jemand Älteren, vielleicht etwas weniger modern gekleidet. Eine Frau, die aussah, als besäße sie altmodisches Wissen. Stattdessen stand vor uns eine große, schlanke Frau. Ihre dunklen, dicken Locken waren zu groß für ihr schmales Gesicht und nur ein paar Nuancen dunkler als ihre walnuss-braune Haut. Im Kontrast dazu waren die Spitzen indigoblau gefärbt. Große Armbänder klimperten um ihre schmalen Handgelenke, und ihre Ohrringe waren genau wie ihre Haare etwas zu groß. Ich war mir nicht sicher, ob sie das Jimi Hendrix-T-Shirt ironisch trug oder nicht. Ich sortierte sie schnell in die Kategorie „seltsam" ein.

„Hi." Sie begrüßte Gareth mit einer Umarmung und mich mit einem festen Händedruck. Dann wandte sie ihre Aufmerksamkeit mir zu. „Ich bin Blu, ohne *e*, und werde heute meine Hexenkünste an dir ausprobieren." Sie grinste. Okay, sie war verdammt seltsam, und ihre Eltern hatten sie nach einer Farbe benannt – was gab es daran nicht zu mögen?

„Warum ohne *e*?"

Ihre Antwort war so automatisch, dass ich sicher war, dass sie so oft gefragt worden war, dass es sie nicht einmal mehr störte. „Das musst du meine Eltern fragen. Mein Vater ist Jazz-Saxophonist, und meine Mutter singt. Ich bin nur froh, dass sie mich nicht Thelonious, Duke, Ella oder Sade genannt haben. Ich glaube *Jazz* war auch im Rennen. Die Künstler in ihnen haben einfach beschlossen, dass mein Name seltsam und künstlerisch sein sollte. Ich bin also Blu Jasmine. Ich habe das Gefühl, ich sollte auf einer Bühne stehen." Sie lächelte.

Ich lachte – ja, das würde passen. Wie konnte sie nicht seltsam sein?

„Danke, dass ihr hergekommen seid. Wir sind dabei, uns auf fragwürdiges Gebiet zu wagen, und ich brauche kein Publikum."

Großartig. Ich bin im Begriff, eine Hexe grenzwertig starke und illegale Magie am Arsch der Welt ausführen zu lassen, weit weg von der Mehrheit der Bevölkerung. Sie zog ein Röhrchen heraus und füllte es mit Kräutern. Sie flüsterte eine Beschwörung, und die Blätter erwachten in leuchtenden Blau-, Orange- und Gelbtönen zum Leben. Dann strömten Dämpfe aus der Öffnung des Röhrchens.

„Hier."

„Was mache ich damit?"

Sie kicherte und warf Gareth einen Blick zu, wobei sie verwirrt eine Augenbraue hob. „Du atmest ein. Es wird dir helfen, dich zu entspannen. Es wird mir leichter fallen, deinen Verstand zu erkunden."

Ich legte es auf den Tisch, ich musste es nicht inhalieren, die Dämpfe erfüllten bereits den Raum. Ich wollte das nicht. „Nein danke. Kannst du das bitte ausmachen?"

„Es wird einfacher, wenn du es versuchst", drängte sie. Sie

lächelte, und ich war mir sicher, wenn ich es nicht inhalierte, würde sie mich dazu bringen.

Wieder lehnte ich ab. Ich wollte nicht entspannt sein, ich wollte hellwach bleiben. So sehr ich die Erinnerung wiederfinden wollte, machte ich mir mehr Sorgen darüber, was sie sonst noch finden könnte, wenn sie in meinem Kopf herumwühlte – besonders wenn ich dabei high war.

„Wie ist es mit Tee?"

„Wenn es nicht grüner Tee ist, nein danke."

Wieder sah sie Gareth an. Ich war mir nicht sicher, was er hinter mir tat, und es war mir auch egal. Ich würde kein Hexenkraut rauchen oder ihren Hexentee trinken. Ich erlaubte ihr bereits, in meinem Kopf herumzuwühlen; Ich sollte verdammt sein, wenn ich ihr darin freien Lauf lassen würde.

Sie führte mich zu einem Sofa und bat mich, Platz zu nehmen. Sie zündete mehrere Kerzen im Raum an, sanfte Düfte, Vanille und Zimt. Wie Blumen erfüllten sie den Raum schnell mit ansprechenden Aromen. Sie ging zu einem Schrank und holte ein paar Dinge heraus: ein Amulett, Salze und eine graue, kristallähnliche Substanz. Sie tauchte ihren Finger in das graue Kristallpulver und zeichnete ein Symbol auf meiner Stirn. Das Salz wurde um uns herum verstreut, und dann hielt sie das Amulett zwischen unseren Händen.

„Alles, was du tun musst, ist, dich zu entspannen, und ich erledige den Rest."

Sie schloss die Augen. Ich war mir nicht sicher, ob ich das auch tun sollte, doch ich folgte ihrem Beispiel. Sie senkte ihre Stimme zu einem leisen, sanften Murmeln, und die Worte kamen schnell, unverständlich. Das Amulett erwärmte sich, und Magie, kraftvoll und mächtig, erfüllte die Luft, so stark, dass es fast erstickend war. Ein Kaleidoskop von Farben überwältigte meine Sinne. Magie tanzte und wirbelte um mich herum.

„Entspann dich einfach und öffne deinen Geist für mich", sagte sie sanft und leitete die Magie auf mich zu.

Ein magischer Zug. Ich fragte mich, warum sie wollte, dass ich high war, um das zu tun. Ich könnte nicht entspannter sein, als ich war, während der pastellfarbene Regenbogen vor meinen Augen tanzte. Erinnerungen blitzten auf, angenehme Erinnerungen, die so weit in meiner Vergangenheit lagen, dass ich sie vergessen hatte. Unbeschwerte Bilder, die mich zum Lächeln brachten, einige, bei denen ich lachen wollte. Sie lachte. *Sieht sie sie auch?*

„Zeig mir das Letzte, woran du dich erinnerst aus der Nacht, bevor sie dich mit den Leichen gefunden haben", wies sie ihn mit beruhigender Stimme an.

Ich dachte darüber nach und fing an, es ihr zu erzählen.

„Du musst nichts sagen, nur denken." Und das tat ich. Ihre Hand schloss sich kurz um meine, bevor Blu weggerissen wurde und sie durch den Raum schoss und gegen die Wand geschleudert wurde. Sie schnappte nach Luft. Etwas stimmte nicht. Das war nicht ihre Magie. Es war überhaupt keine Hexenmagie. Ich schnappte mir die Zwillinge und ging gefolgt von Gareth hinaus.

Ein starker magischer Tornado schlug gegen mich. Ich stolperte. Magie, anders als die von Blu, tobte. Ich konnte spüren, wie sie versuchte, sich dagegen zu wehren, doch sie war zu stark – Magiermagie. Gegen die Magie eines Magiers hatte eine Hexe keine Chance. Ich wartete darauf, dass sich die Magier zeigten, Sai in der Hand, bereit zum Angriff. Ich ging auf den Wald zu und spürte das Toben der Magie in der Luft, ihre dunkle Präsenz. Ich wurde hart von einem schweren, pelzigen Körper getroffen, warmer Atem schlug mir ins Gesicht, und ein Knurren vibrierte gegen meine Brust. Große Reißzähne kamen näher, wollten mich gerade beißen, als Gareth zuschlug und ihn von mir riss. Ich rappelte mich schnell auf. Die Kreatur stürzte erneut auf mich zu, fletschte Reißzähne, Speichel floss aus dem Maul, die Augen genauso leer wie die der Vampire, die mich bei der Auktion angegriffen hatten. Sie handelte nicht aus eigenem Antrieb; Etwas kontrollierte sie. Als sie wieder auf mich zustürmte, rammte ich einen der Zwillinge in ihre Seite und achtete darauf, den Bauch zu treffen. Ich wollte nicht töten; Sie handelte nicht bewusst. Ich musste mich nur schützen. Die Kreatur wimmerte vor Schmerz und brach zusammen, als sie auf dem Boden aufschlug. Sie unternahm einen weiteren Angriffsversuch. Gareth stürzte sich auf sie und warf sie zu Boden; Mit einem Seil in der Hand fesselte er ihre Glieder. Es ging so schnell und mit so einer Leichtigkeit, dass es offensichtlich war, dass er es schon oft getan hatte. Bevor er das Tier bewegen konnte, sah ich vier weitere auf uns zukommen. Sie bewegten sich zuerst langsam, gingen aber schnell in einen vollen Sprint über und stürmten auf uns zu.

„Du nimmst den rechten, und ich nehme die anderen drei", befahl er.

Sogar während eines Kampfes war er herablassend und arrogant. Er würde drei nehmen? Doch ich hatte keine Zeit, etwas zu sagen, bevor er sein Handy zückte, einen Knopf drückte und sagte: „Ich brauche ein Reinigungsteam." Er warf das Handy weg, und ich nahm an, dass sie die GPS-Funktion des Handys benutzen würden, um uns zu finden.

„Versuch', sie nicht zu töten, wenn du es vermeiden kannst. Jemand kontrolliert sie."

Danke, Sherlock.

Er wich mehrere Schritte zurück, als ein Tier auf ihn zustürzte. Gareth sprang mit einer Geschwindigkeit auf es zu, dass es fast so aussah, als würde er fliegen, und dann wandelte er sich in eine Großkatze mit gelbbraunem, dickem Fell, das sich über seine dicken, muskulösen Gliedmaßen erstreckte, die er geschmeidig bewegte. Seine riesigen Reißzähne ragten wie Dolche aus seinem Maul. Ich wusste nicht, ob ich ihn überhaupt als Tiger bezeichnen konnte, weil Tiere wie er nicht mehr auf der Erde existierten. Eine große majestätische Kreatur, die auf etwas so Simples wie *Katze* reduziert worden war, doch es gab nicht viele andere Worte, um ihn zu definieren. Er war in seiner ursprünglichsten, uralten Existenz eine Katze. Die große Katze vor mir hätte es sehr wohl in prähistorischen Zeiten mit Canis dirus, Säbelzahntigern und Mammuts aufnehmen und überleben können. Mit seiner riesigen Pfote klatschte er den Herausforderer durch die Luft und warf ihn mehrere Meter weit weg. Die Kreatur wollte aufstehen, brach dann aber zusammen. Ich hatte keine Zeit zu sehen, was sonst noch passierte, weil sich mir ein großer Wolf näherte, der leicht 80 Kilo schwerer als ich war. Wenn er mich traf oder auf mir landete, war ich erledigt. Ich wich ein paar Schritte zurück, denn ich brauchte genug Abstand, um Anlauf zu nehmen und meinerseits anzugreifen. Zehn Meter entfernt begann ich, auf ihn zuzurennen. Der Wolf stürmte im Galopp auf mich zu, und ich wich schnell aus und schlug ihm ein Sai in die Seite. Er heulte. Ich zog den Dolch heraus und tat es noch einmal, stieß ihn zwischen seine Rippen, genug, um Schmerzen zu verursachen, die Lunge jedoch nicht kollabieren zu lassen. Er rang nach Luft. Ich wollte dafür sorgen, dass er nicht wieder aufstehen und angreifen konnte. Ich sprang hinter ihn und ließ einen der Sai durch seine Achillessehne gleiten. Er fiel zu Boden, und als er versuchte aufzustehen, sank er schnell wieder zu Boden. Wandler heilten schnell. Er würde heute ziemlich angepisst sein und ordentlich Schmerzen haben, doch in ein oder zwei Tagen wäre alles wieder gut. Als ich fertig war, kam Gareth in menschlicher Gestalt auf mich zu – nackt. Ich wandte den Blick ab, doch nicht, bevor ich ihn grinsen sah, als ich versuchte, nicht hinzusehen.

Es war ja nicht so, als hätte ich noch nie zuvor einen nackten Wandler gesehen. Wenn man durch stark von Wandlern besiedelte Gebiete ging, kam es tatsächlich nicht oft vor, dass man *keinen* Nackten sah, der die Straße überquerte und in Richtung Wald ging, um zu wandeln, oder herauskam, nachdem er gewandelt hatte. Wandler waren nicht dafür bekannt, schamhaft zu sein. Sie waren oft mit ausgesprochen ansehnlichen Körpern gesegnet, die einen nicht dazu brachten, sich abzuwenden, und besaßen nicht einen Hauch von Schamgefühl, das die meisten Menschen für ihre eigene Nacktheit empfanden. Und Gareth schien keine Ausnahme zu sein. Ich war mir nicht sicher, wie viel Zeit vergangen war, doch drei Autos und ein Lieferwagen hielten an, als er zu seinem Wagen ging. Er zog gerade eine Hose an, als ein Mann auf ihn zukam.

„Was machen wir mit ihnen?", fragte der Typ.

„Sie brauchen medizinische Hilfe. Sobald sie sich erholt haben, will ich, dass sie für die Vernehmung zur Verfügung stehen."

Gareth ging zur den anderen hinüber und begann, Befehle zu erteilen, bevor er zum Haus zurückkehrte. Ich folgte ihm. Als wir eintraten, lag Blu am Boden. Ihr Kopf war zur Seite gerollt, ihre Haut war fahl und ihre Augen geschlossen. Magie lag immer noch in der Luft, und die Kräuter vermischten sich damit.

Er kniete sich neben sie und fragte: „Bist du okay?"

Sie versuchte, sich aufzusetzen, entschied sich jedoch schnell dagegen und sank zurück auf die Dielen. Nach ein paar Minuten versuchte sie es erneut und nahm seine Hand, während er ihr aufzustehen half. Er stützte sie, als sie anfing zu schwanken. „Das war ein übler Schlag." Sie versuchte zu lächeln, schien aber zu schwach, um ein Lächeln zustande zu bringen. Einige Augenblicke verstrichen, bevor er sicher zu sein schien, dass sie allein stehen konnte. Er entfernte sich mehrere Schritte. Gleichzeitig starrten beide auf meinen Arm. Als sich ihre Augen weiteten, sah ich ihn das erste Mal wirklich an.

Der Schmerz hatte sich um meinen Arm gelegt, und die konstante Intensität hatte mich taub gemacht. Blut lief herunter, die Haut war aufgerissen, wo Krallen darüber geharkt waren. Ich konnte mich nicht erinnern, wann es passiert war. Als der Adrenalinspiegel sank, begann ich das Pochen zu spüren. Ein tiefes Dröhnen, das sich anfühlte, als würde jemand wie ein Saiteninstrument an meinen Nerven zupfen und wie eine Trommel auf meine Muskeln schlagen. Ich biss die Zähne zusammen. Der taube Zustand war vorbei, und der Schmerz kam zurück – hart und abrupt. Es war fast unerträglich. Ich wusste nicht, was mehr schmerzte: ein Vampirbiss oder der Kratzer eines Wandlers. Ich schämte mich ziemlich, da ich von beiden wusste, wie sie sich anfühlten, und die Erfahrungen hatte ich innerhalb einer Woche gemacht.

„Lass mich einen Heilzauber wirken", bot Blu an und nahm meinen Arm. Sie schwankte ein wenig, und Gareth war innerhalb von Sekunden an ihrer Seite.

„Bist du stark genug?", fragte er.

Sie bewegte sich in langsamen, gemessenen Schritten, von denen jeder schmerzhaft und schwierig aussah, und untersuchte den Arm. „Ich werde die Wunde nicht vollständig heilen können, ich bin einfach zu schwach, aber sie muss definitiv nicht ins *Isles* deswegen."

Oh, schon wieder dieser Ort. Wieder etwas, das ich bis zu dieser Woche nicht erlebt hatte. Sie hielt weiter meinen Arm und wies Gareth an, die Zutaten zu holen. Er zündete die Kerze an, sie markierte den Bereich mit einer cremigen Substanz, und dann zog sich die Haut mit einer einfachen Beschwörung zusammen, Gewebe verband sich und bildete sich darüber, eine frische, pinkfarbene Hautschicht wuchs anstelle der Risse. Der Zauber kühlte meinen Arm und reduzierte das Pochen auf einen leichten, erträglichen Schmerz.

Sie sackte gegen die Wand. Ihre Stimme war dünn, kaum hörbar. „Ich kann nicht mehr. Könnt ihr morgen wiederkommen, wenn ich stärker bin?"

Obwohl ich zustimmte, hielt ich es nicht für eine gute Idee. Offensichtlich wollte jemand nicht, dass sie mir half, diese Erinnerung wiederzuerlangen. Die große Frage war, wer und warum. Ich wette, wenn ich der Spur zum *Wer* folgte, würde ich das *Warum* herausfinden. Genau wie ich es im *The Haven* getan hatte, fing ich an, alle Möglichkeiten zu katalogisieren, wie ich diejenigen dafür bezahlen lassen wollte, die mir das angetan hatten.

Gareth half ihr auf und führte sie aus dem Raum. Er ging so sanft mit ihr um, dass ich vermutete, dass sie wahrscheinlich mehr als nur Freunde waren. Als er das Zimmer verließ, beschäftigte ich mich damit, mir all die Dinge um mich herum anzusehen. Die verschiedenen Kräuter, Amulette und Dutzende von Zauberbüchern in den Regalen, die die Wände säumten. Ich betrachtete die Symbole, die die Wände zierten und wahrscheinlich Schutzzauber waren. Stark genug, um einen schwächeren Magier und andere Hexen und sogar Feen fernzuhalten, doch nicht starke Magier und definitiv keine Wandler. Und das war starke Magie, die ich gespürt hatte. Nach Jonathans Stunt neulich wusste ich, wie sich die anfühlte.

Man brauchte nur einmal Magie zu spüren, um sie identifizieren zu können – zumindest nach Typ. Ich war so oft in Kalens Nähe gewesen, dass ich Feenmagie leicht identifizieren konnte. Mit Ausnahme des Magier-Trackers, dem ich vor einem Jahr begegnet war, hatte ich mich nie aktiv mit Magiermagie beschäftigt. Welche Magier waren daran beteiligt, und warum wollten sie mir das anhängen? Wie konnten sie Wandler kontrollieren? Die *Legacy* waren die Einzigen, die die Macht dazu hatten, und ich war die einzige *Legacy* in der Stadt. Könnte es jemand anderen mit der Fähigkeit geben? Ein anderes übernatürliches Wesen? Ich zog alle Möglichkeiten in Betracht. Wie alles andere durchlief auch die Magie evolutionäre Veränderungen. Hatten sich die Fähigkeiten der Magier so weit entwickelt, dass sie Nekromantie einschlossen? Oder war die Magie der Nekromanten so weit fortgeschritten, dass sie nicht nur über die Toten herrschten, sondern auch über Tiere?

Gareth schien nicht ganz überzeugt zu sein, als ich ihm sagte, dass ich glaubte, ein Magier sei beteiligt. Wir hatten es geschafft, etwas von dem Blut abzuwaschen, bevor wir das Haus der Hexe verlassen hatten. Doch es gab noch Spuren davon an uns. Wir mussten uns dringend duschen.

„Warum denken Sie, dass es ein Magier ist?"

„Wenn Blu so stark ist, wie Sie sagen, hätte sie den Angriff auf jeden Fall abwehren können sollen."

Ich konnte ihm nicht sagen, dass die Magie, die ich gespürt hatte, der von Jonathan ähnlich war. Dann wurde mir klar, dass Gareth Magie riechen, aber nicht einordnen konnte, was gut für mich war. Es hätte jedoch nichts genützt, wenn er noch nie auf eine *Legacy* gestoßen war; Er würde niemals in der Lage sein, die Magie zu identifizieren. Er würde nur wissen, welche Art von Magie es *nicht* war.

Er saß still und nachdenklich da, seine gemeißelten Züge verkrampft, während er die Straßen hinunterfuhr.

„Übrigens, netter ... Löwe?", sagte ich und blickte in seine Richtung. Es fiel mir immer noch schwer zu akzeptieren, in welche Art Tier er sich verwandelt hatte.

„Haben Sie noch nie einen Löwen gesehen?" Seine Lippen verzogen sich zu einem süffisanten Lächeln, und sein Blick wanderte in meine Richtung. Der Wandlerring um seine Pupillen funkelte indigoblau.

„Ich habe schon einmal einen Löwen gesehen. Ich habe auch schon einmal einen Löwenwandler gesehen. Was aus Ihnen geworden ist, war die unheilige Vereinigung eines Löwen mit einem Drachen."

„Hätte ich dann nicht Schuppen und würde Feuer speien?"

„Okay, ein Löwe und ein großer Bär?"

„Was für ein Bär? Ein Löwe ist größer als manche Bären."

Ich kicherte. „Okay, Löwe und Elefant."

„Haben Sie einen Rüssel gesehen?" Seine Stimme war spöttisch.

Ich seufzte gereizt. „Ich will nicht mit Ihnen „Rate-die-mutierte-Katze" spielen. Warum sind Sie so verdammt groß?"

Ein tiefes Lachen hallte in seiner Brust wider, und ein Lächeln breitete sich über sein Gesicht aus. „Nun, das ist definitiv auch nicht das erste Mal, dass mich eine Frau das fragt."

Ich presste meine Lippen zusammen und zwang mich zu schweigen, während ich versuchte, die Belustigung zu ignorieren, die er in seinem anzüglichen Witz fand. Es half nichts. „Schmutzige Witze von Mr. Commander der Gilde der Übernatürlichen und Mitglied des Rats der Allmächtigen Magier?"

„Sie schmeicheln mir. Ich denke, ich bin viel weniger wichtig, als Sie mich darstellen. Doch ich muss darauf hinweisen, dass Sie diejenige waren, die es schmutzig gemacht hat. Ich habe nur auf eine Beobachtung hingewiesen", sagte er und schenkte mir ein weiteres sündiges Grinsen.

Er war gut mit Worten. Ich weigerte mich, mich ablenken zu lassen, und fuhr mit meiner Befragung fort. „Sie sind kein Löwe, also was sind Sie?"

„*Panthera leo spelaea*, oder laienhaft ausgedrückt: ein Höhlenlöwe."

Ich ließ die Worte in meinem Kopf kreisen, bevor ich sagte: „Die sind ausgestorben."

Er zuckte mit den Schultern und warf mir einen herausfordernden Blick zu. Doch ich versuchte, mich auf die Aussicht draußen zu konzentrieren, weil ich mich dabei ertappte, dass ich mich zu sehr auf die Aussicht drinnen konzentrierte – ihn. „Okay, dann war das, was Sie gesehen haben, nur ein Hirngespinst. Deshalb glaube ich nie, dass etwas ausgestorben ist. Ich bin der Beweis dafür. Wenn ich jemals einen Dinosaurier sehe, werde ich es Sie wissen lassen."

Gareth nahm einen Weg zu meinem Haus, den ich nicht kannte, und als er an der Ausfahrt zu meiner Wohnung vorbeifuhr, fragte ich: „Wohin gehen wir?"

„Ich kann Sie unmöglich so nach Hause bringen. Ich glaube nicht, dass ich weniger als zehn Anrufe pro Tag von Savannah erhalten habe, als Sie in *The Haven* waren. Und danke, dass Sie ihr gesagt haben, ich hätte Ihnen gedroht, Sie einzusperren. Das Einzige, was schlimmer ist als ein Anwalt, ist das Kind eines Anwalts. Sie scheint nicht zu verstehen, dass die Regeln anders sind. Sie ist hartnäckig."

„Versuchen Sie mal, mit ihr zusammenzuleben. Haben Sie schonmal Grünkohl-Chips gegessen? Ja, das ist ein Genuss in meinem Zuhause. Und sie versucht immer wieder, mich dazu zu bringen, dem Bikram-Kult beizutreten."

„Das ist Yoga."

Ich sah in seine Richtung, meine Augen misstrauisch. „Sie haben Sie auch erwischt. Ich weiß nur, dass sie jeden Tag dorthin geht und wenn sie nach Hause kommt, hat sie einen seltsamen Ausdruck im Gesicht. Sie lässt alles stehen und liegen, nur um zu diesen Treffen zu gehen. Sie huldigt ihnen zu Füßen ihres Idols Lululemon. Sie sagen Yoga, und ich sage Kult."

Er lachte, und wieder starrte ich ihn an. Und wieder einmal lenkte ich meine Aufmerksamkeit von ihm ab und konzentrierte mich auf etwas anderes. Die neue Umgebung, die ich vorher noch nicht gesehen hatte. Einen Stadtteil, in dem ich noch nie gewesen war. Gerade als ich fragen wollte, wohin wir fuhren, bog er ab, hielt vor einem Tor und zog eine Karte aus der Mittelkonsole. Dann fuhren wir eine leere, kurvige Straße entlang, die von Bäumen gesäumt war.

„Wo sind wir?"

„Mein Zuhause. Sie können sich saubermachen und was essen, und wir können über heute reden."

„Sollten Sie das nicht mit den Leuten der Gilde tun?"

Er musterte mich einen Moment lang intensiv. Dann runzelte er die Stirn. Er rieb sich mit den Fingern über die Lippen, und es verging noch mehr Zeit, bevor er antwortete. „Ich kann beides tun. An welcher Stelle sollte ich beleidigt sein, dass Sie es hassen, in meiner Nähe zu sein?"

„Hass ist ein ziemlich starkes Wort. Nennen Sie mich verrückt, aber ich habe ein Problem damit, mit Leuten zusammen zu sein, die drohen, mich einzusperren."

„Ich habe nur einmal gedroht." Er winkte mein Argument mit einer Handbewegung ab. „Miss Michaels, Sie scheinen im Zentrum dieses Falls zu stehen. Alle Wege führen zu Ihnen, also glaube ich, dass es wichtig ist, dass ich mich mit Ihnen unterhalte. So wenig Ihnen das auch gefällt" – sein amüsierter Blick heftete sich auf mich – „oder Sie tun, als würde es Ihnen nicht gefallen, in meiner Nähe zu sein, Sie sollten sich daran gewöhnen. Sie wären überrascht, wie viele Frauen das nicht stört."

Wir fuhren die Auffahrt hinauf und in die Garage eines beigen Midcentury Modern-Hauses. Ich folgte ihm die Treppe hinauf in einen offenen und geräumigen Grundriss. Einbauleuchten tauchten alles in sanftes Licht. Raumhohe Fenster boten einen Panoramablick auf den dichten, üppigen Wald, der mich an den Dschungel erinnerte. Große Bäume wuchsen nur wenige Meter vom Haus entfernt. Eine kleine Öffnung in der Gruppe aus Pappeln und Eichen gab den Blick auf sorgfältig platzierte Felsen frei, die einen Wasserfall bildeten, der in einen Pool stürzte.

Ich war mir nicht sicher, wie lange ich dort stand und den atemberaubenden Anblick bewunderte. Doch meine

Aufmerksamkeit kehrte ins Haus zurück, als Gareth hinter mir auftauchte, seine Brust an meinem Rücken, so nah, dass ich die Hitze spüren konnte, die von ihm ausging. Sein Duft überschwemmte den Raum, den wir teilten. Ich musste mich immer wieder daran erinnern, wer er war, was er war und wo er arbeitete. Es wurde zu einem Mantra.

Es half nicht. Ich drehte mich um, und wir waren einander ganz nah, nur wenige Zentimeter entfernt. Unsere Blicke begegneten einander, und keiner von uns machte sich die Mühe, in eine andere Richtung zu sehen. Ich hätte nur meinen Kopf heben müssen, und unsere Lippen hätten sich berührt. Gerade als ich es tun wollte, wandte er seinen Blick ab und sah hinaus in den Garten. „Sie wissen, dass Sie nicht da rausgehen müssen, um sich sauberzumachen, ich habe eine Dusche hier drin", sagte er, schob mich nach rechts und führte mich den Flur entlang. Wir kamen an einem Büro mit einem großen Schreibtisch vorbei, ähnlich dem, den er in der Gilde hatte. Die Bücherregale, die ihn umgaben, waren gefüllt mit ledergebundenen Büchern, ich vermutete Erst- oder Sammlerausgaben, doch ich hatte nur Gelegenheit, einen flüchtigen Blick darauf zu werfen. Überraschenderweise war das Einzige, was die hellbraunen Wände schmückte, Fenster. Das Haus war komplett in verschiedenen tiefen Braun- und Dunkelgrüntönen mit Mahagonimöbeln eingerichtet, doch mit seinen Wänden verfolgte er einen minimalistischen Ansatz. Keine Bilder, nur gelegentlich eine seltsam platzierte Ansammlung von Metallkunst.

Er führte mich ins Badezimmer. „Sie können Ihre Klamotten einfach hier rauswerfen. Ich kann Ihnen einen frischen Bademantel und ein T-Shirt anbieten, wenn Sie möchten."

Ich duschte in dem wohl luxuriösesten Badezimmer, das ich in meinem Leben gesehen hatte. Es hätte eine schnelle Dusche werden sollen, doch es wurden fast zwanzig Minuten daraus. Mein Körper schmerzte, und das warme

Wasser fühlte sich gut auf meiner Haut an. Als ich geduscht hatte, fühlte ich mich menschlicher und weniger wie Wandlerfutter.

Als ich den Flur entlang in Richtung Küche ging, wo ich Gareth hörte, kämpfte ich gegen den Drang an herumzuschnüffeln und spähte nur in die Zimmer, deren Türen so weit offenstanden, dass ich einen Blick hineinwerfen konnte. Er hatte Stil, doch ich war mir nicht sicher, wie man ihn nannte. Vielleicht Teure-Möbel-Erdtöne-lass-mich-in-Ruhe-Schick.

Er stand an der Spüle und blickte sehnsüchtig aus einem großen Fenster in den Dschungel. Er schien lieber dort zu sein als irgendwo anders. Und in diesem Moment war mir vollkommen bewusst, neben was ich mich befand, die sinnliche, urtümliche Natur, die von ihm ausstrahlte. Mensch und Tier in eine symbiotische Beziehung gezwungen. Früher hielt ich es für eine gegenseitige Akzeptanz und Affinität, doch im Moment fragte ich mich, ob es so war. Er betrachtete den Wald mit der Wertschätzung und Sehnsucht eines Menschen, der ihn zum ersten Mal sah. Ich sah die Schönheit, hatte aber nicht die gleiche Liebe zu Wald und Bäumen. Im Wald hatten wir uns versteckt und versucht abzuwehren, welcher Tracker auch immer uns an diesem Tag gejagt hatte. Wälder waren Orte, an denen ich Angst gelernt hatte. Dort hatte ich zu kämpfen gelernt, meine Magie zu benutzen, die zu benutzen mir in der Welt verboten war, wo andere ihre offen und ungehindert wirken konnten. Es war im Wald, wo sie sich versteckten und hofften, nicht ermordet zu werden, wo meine Eltern die entmutigende Aufgabe hatten, einer Fünfjährigen zu erklären, warum sie beschimpft wurde und für die Übel anderer gejagt und verletzt werden würde. Die meiste Zeit verdrängte ich die Erinnerungen, weil sie mir die Brust zuschnürten, mir den Atem raubten und meine Stimmung verdarben.

Gareth drehte sich um, und sein Blick wanderte in meine

Richtung, bevor er an mir vorbeiging und seine Hand über meinen Rücken glitt. Mir wurde bewusster, wie nah er war, die Wärme seiner Berührung brannte durch den dünnen Stoff des Baumwollbademantels. Er hatte auch geduscht; Ein Hauch von Seifenduft war auf seiner Haut zurückgeblieben, und sein weißes T-Shirt war klamm, da er sich nicht vollständig abgetrocknet hatte. Der weiche Stoff schmiegte sich an Brust und Bauch. *Hör auf zu starren.* Ich gab mir den gleichen Befehl, den ich mir jedes Mal gab, wenn ich ins Crimson ging.

Er ging zum Kühlschrank und holte zwei Flaschen Wasser heraus und reichte mir eine. Wasser war gut, aber nach dem Tag, den ich gehabt hatte, wäre etwas mit ein wenig mehr Biss besser gewesen. Vielleicht konnte er es an meinem enttäuschten Gesichtsausdruck erkennen, oder er fühlte sich auch so, weil er einen Schluck aus seiner Flasche trank und dann zwei Ales aus dem Kühlschrank holte. Er reichte mir eines, stellte das andere auf den Tisch und duckte sich wieder in den Kühlschrank. „Mal sehen, was Leslie zum Abendessen dagelassen hat."

Da ich keine Ahnung hatte, wer Leslie war und warum sie ihm Essen dalie
ß, nahm ich an, dass er mit sich selbst sprach. Er zog mehrere Behälter heraus: Makkaroni und Käse – *köstlich*, Soße – *wofür die Soße?* Und irgendeine Art Hähnchen – gegrillt – *denke ich.*

„Wer ist Leslie?"

Er wärmte das Essen in der Mikrowelle auf, dann nahm er zwei Teller, Besteck und einen Servierlöffel. „Sie ist die Frau, die mir im Haushalt hilft, kocht, putzt und aufpasst, dass ich nicht alles niederbrenne." Er grinste. „Ich bin kein großer Koch."

„Sie kümmert sich um Sie? Dann ist sie also Ihr Kindermädchen?" Meine Lippen bebten bei dem kläglichen Versuch, mein Lächeln zu unterdrücken.

Er ignorierte die Bemerkung und zuckte mit den Schultern. „Ich nenne sie Haushälterin, doch ich denke, Kindermädchen passt auch. Sie begleitet mich seit meiner Kindheit. Sie wäre allerdings sicher nicht einverstanden, wenn Sie sie etwas anderes als Haushälterin nennen." Er trank einen langen Schluck von seinem Bier.

Wir setzten uns an den Küchentisch. Er ignorierte mein angewidertes Stirnrunzeln, goss Soße über seine Makkaroni mit Käse und schob sich dann eine Gabel voll in den Mund. Als das Stirnrunzeln nicht nachließ, griff er nach meiner Gabel, spießte ein paar Nudeln auf und führte sie an meinen Mund. „Versuchen Sie es."

Ich schüttelte meinen Kopf und presste meine Lippen zusammen. Ich musste etwas nicht probieren, um zu entscheiden, ob ich es mochte oder nicht, und ich glaubte nicht, dass in Soße ertränkte Makkaroni mit Käse etwas daran ändern würden.

Er presste seine Lippen aufeinander und imitierte meinen Gesichtsausdruck. Sein herausfordernder Blick blieb. Es war eine seltsame Zeit für einen Willenskampf. Ich überlegte, ob ich seine Hand wegstoßen sollte, doch ich war mir sicher, dass ihn das nicht abschrecken würde. Ich rümpfte die Nase und zog mit den Zähnen die Hälfte von dem, was auf der Gabel aufgespießt war, in meinen Mund. Ich musste mindestens die halbe Schlacht gewinnen. Er legte die Gabel auf meinen Teller. Ich ignorierte sie und aß stattdessen das Jerk Chicken, das wahrscheinlich das beste war, das ich je gegessen hatte.

Nachdem er einen weiteren großen Schluck von seinem Bier getrunken hatte, fragte er: „Woher wussten Sie, dass jemand anderes Magie benutzt hat?"

Ah, jetzt verstehe ich, warum ich ein Bier hatte. Um mich zum Reden zu bringen. Ich war eine Frau, die Whiskey pur trank, ohne Wasser hinterher, und es brauchte mehr als vergorenen Apfelsaft.

„Vorhin gefragt und beantwortet", betonte ich.

Er nickte langsam, immer noch die Flasche in der Hand. „Ich weiß. Warum dachten Sie, dass die Magie schiefgelaufen ist? Oder war sie dazu gedacht, sie daran zu hindern, an Ihre Erinnerung zu gelangen? Sie haben automatisch auf andere Magie geschlossen. Das finde ich seltsam."

Er lehnte sich gegen den Tisch, seine hellblauen Augen waren voller Neugier und hatten diesen Wandlerglanz. „Ich finde Sie eigenartig." Er lehnte sich an die Stuhllehne zurück und verschränkte die Arme.

„Was ist so eigenartig an mir?", fragte ich.

Schweigend betrachtete er mich weiter. Ich ignorierte ihn und konzentrierte mich auf das Essen vor mir. Nach einigen weiteren Bissen trank ich einen Schluck von dem Bier, schob den Teller von mir und stützte mich auf den Tisch, während ich ihn mit der gleichen Intensität beobachtete, mit der er mich noch vor wenigen Sekunden beobachtet hatte. Ich hasste dieses Spiel, das wir spielen mussten. Ich wollte nur herausfinden, wer mir Morde anhängen wollte, wer Vampire kontrollieren konnte und wer die Art von Magie besaß, die sogar Wandler kontrollieren konnte, denn das war ein sehr mächtiges und sehr gefährliches Wesen. Ich war nicht die Gefahr, ich dürstete nicht nach Macht. Meine Magie war nicht katastrophal. Ich wollte nur normal sein und nicht gejagt werden oder Angst haben müssen, getötet zu werden, wenn jemand herausfand, wer ich war.

Ich musste entscheiden, ob ich Gareth mein Geheimnis anvertrauen konnte. Gab es einen Eid, an den er gebunden war? Ich wusste sehr wenig über ihn. Dachte er über uns wie andere auch? Wenn ich ihm sagen würde, was ich war, was würde er tun? Als ich ihn diesmal ansah, betrachtete ich ihn mit einem anderen Interesse und versuchte zu interpretieren und zu verstehen, wie tief das Raubtier lauerte. Wie eins war er mit dem Tier in sich? Wie sehr widmete er sich der Aufrechterhaltung der Gesetze der Gilde und des Bundes, der Menschen und Übernatürliche miteinander verband?

Ein schiefes Lächeln umspielte seine Lippen und erhellte seine Gesichtszüge, und es war schwer zu leugnen, dass Gareth ein gutaussehender Mann war. Es zu leugnen hätte es nicht weniger wahr gemacht.

„Ich glaube, Menschen können Magie spüren", gab er zu. „Ich denke, sie nehmen die subtilen Nuancen wahr. Es ist dieses Bauchgefühl, das einen glauben lässt, dass jemand anders ist. Sie können es vielleicht nicht genau bestimmen, doch sie wissen es. Wenn ich einen Raum betrete, denke ich, dass die Leute wissen, dass ich ein Wandler bin, oder zumindest spüren, dass ich anders bin."

Selbst wenn jemand zufällig den Ring um seine Pupillen übersah, der ein paar Nuancen dunkler war als seine dominante Augenfarbe, glaubte ich dennoch, dass einen Wandler zu erkennen etwas war, was alle Menschen konnten. Ob Wandler es zugeben wollten oder nicht, sie hatten etwas an sich. Es fühlte sich an, wie in der Nähe eines Tiers zu sein. Man wusste einfach, mit welchem man kuscheln, spielen und es umarmen konnte und von welchem man sich fernhalten musste.

„Nekromanten sind die Einzigen, die ich kenne, die Vampire kontrollieren können", sagte ich. „Und ich kenne niemanden, der Wandler kontrollieren kann."

„Animanten", sagte er. Er schien von dem Wort genauso geschockt zu sein, wie von der Tatsache, dass es ihm über die Lippen gekommen war.

„Ich habe noch nie von einem gehört. Gibt es sie wirklich?"

„Sie wissen, wie ich darüber denke, wenn jemand mir weismachen will, dass etwas ausgestorben ist. Es ist selten wahr, sondern nur etwas, das wir uns einreden, um uns besser zu fühlen."

Ich schauderte unter der Intensität seines Blicks. Hitze kroch über meinen Hals in meine Wangen. *Fuck. Weißt du es?* Meine Zunge glitt über meine Lippen, befeuchtete sie, und obwohl ich noch einen Schluck aus der Flasche trank, war mein Mund trockener als je zuvor. Er tat nichts, was die Annahme rechtfertigte, dass er es wusste. Stattdessen stand er auf und holte noch ein Bier für uns.

„Nehmen wir an, wir haben es mit einem zu tun. Warum sollten ein Nekromant und ein Animant zusammenarbeiten? Und sind sie auch für die sieben Toten verantwortlich?" Er sprach so leise, dass ich fast glaubte, dass er mit sich selbst sprach. Da passte vieles nicht zusammen. Er runzelte die Stirn. „Es sei denn" – er hielt inne, als würde ihm nicht gefallen, was er sagen wollte – „es sei denn, es handelt sich um einen Magier höherer Stufe. Es wird gemunkelt, dass einige von ihnen die Fähigkeiten von Nekromanten haben, ähnlich wie das Praktizieren dunkler Künste. Doch ich habe es nie gesehen oder bestätigen können. Da ich die Magier so gut kenne, würde ich ihnen zutrauen, dass sie das Gerücht verbreitet haben, um sich mit etwas zu brüsten, was sie nicht können", überlegte er laut und zeigte eine ähnliche Irritation wie mit Jonathan im *The Haven*.

„Wir müssen versuchen, einen zu finden, und ich bin sicher, dass wir dann auch den anderen finden werden." Es sei denn, sie hatten nichts miteinander zu tun und agierten unabhängig voneinander. Doch ich glaubte nicht an solche Zufälle. Ein Nekromant, ein Animant, ein vermisster Nekrospeer, eine tote Hexe, jeweils zwei tote Feen, Magier und Wandler. All das stand im Zusammenhang miteinander – und nicht nur miteinander, sondern auch mit mir.

Er stand auf. „Es wird wahrscheinlich einfacher sein, den Nekromanten oder" – er runzelte die Stirn, und seine Stimme wurde zu einem Grollen – „Magier zu finden, indem man den Beherrschten benutzt. Morgen gehe ich zu Lucas."

Auf meinen verwirrten Blick antwortete er: „Der Vampir im Magischen Rat."

Oh, der blonde Perverse, der wissen wollte, ob der Vampir geil ausgesehen hatte.

KAPITEL 10

Ich war mir nicht sicher, ob ich eingeladen war, mit Gareth Lucas zu besuchen, aber nachdem ich mich wieder angezogen hatte und mit ihm zu meinem Haus fuhr, lud ich mich selbst ein, indem ich fragte, wann er mich abholen würde, um zu Lucas zu gehen. Ich musste ihn unvorbereitet erwischt haben, denn es folgte eine unangenehme Pause. Doch nach langem Überlegen sagte er mir, dass er vorhatte, am späten Abend gegen elf zu gehen. Obwohl Vampire Tageslicht ertragen konnten, bevorzugten sie die Nacht, weil sie dann am stärksten waren. Da das Sonnenlicht sie schwächte, betrachteten sie es als unnötige Mühe, am Tag auszugehen.

„Dann denken Sie also, dass Lucas weiß, wenn es einen Nekromanten in der Stadt oder einen Magier mit Nekromantenfähigkeiten gibt?"

Er dachte eine Weile darüber nach, als ob er mir keine Fehlinformationen geben wollte oder entschied, welche Informationen für mich angemessen waren. In diesem Moment wusste ich, dass wir keine Partner waren. Er erwartete von mir, dass ich alles offenlegte, was ich wusste; Er würde jedoch wählerisch sein, was er bereit war zu teilen.

Weswegen ich mir ziemlich dumm vorkam, dass ich auch nur im Vorbeigehen daran gedacht hatte, ihm zu sagen, was ich war. Er war der Gilde verpflichtet, und seine Loyalität galt ihr, zusammen mit seiner Verpflichtung, das Bündnis, das sie mit den Menschen hatten, zu schützen und aufrechtzuerhalten.

„Er hat die meisten Vampire in dieser Gegend erschaffen. Er ist mit ihnen und ihren Nachkommen verbunden. Bei Bedarf kann ein Vampir seine Nachkommen kontrollieren und finden. Hoffentlich kann er uns zu den Vampiren führen, die sie gezeugt haben, und mir helfen, herauszufinden, wer die jüngeren Vampire kontrolliert. Es ist sehr schwer für einen Nekromanten, einen älteren Vampir zu kontrollieren, also werden sie immer hinter den Jungen her sein. Und Vampire, die jünger als ein Jahrhundert sind, sind immer noch von ihrem Erzeuger abhängig."

Als er vor meiner Wohnung anhielt, sagte ich ihm, dass ich ihn morgen sehen würde, und wieder herrschte eine seltsame Stille. Ich nahm an, er versuchte zu entscheiden, ob er mich mitkommen lassen wollte. „Wenn ich bei Ihnen bin, werde ich wahrscheinlich keinen Ärger bekommen", bemerkte ich mit einem Lächeln.

Er gluckste. „Ich hole Sie um elf ab."

Savannah saß auf dem Sofa und sah fern, als ich hereinkam, und sie warf mir den gleichen abschätzenden Blick zu, den ich gesehen hatte, seit ich aus *The Haven* zurückgekommen war. Ich hielt meinen Arm so, dass sie die frischen Narben nicht sehen konnte. Als ich meine Arme vor meiner Brust verschränkte, waren sie ganz verborgen, da ich am anderen Ende des Sofas saß und versuchte, die lange Liste von Fragen zu beantworten, die sie mir stellte. Ich gab ihr einen kurzen Überblick über alles, was passiert war, und beschränkte mich auf eine abgemilderte „es war nicht so gefährlich"-Version. Eine Hexe in meinem Kopf spielen zu lassen, ein magischer Angriff, ein Kampf mit Wandlern und die mögliche Entdeckung eines Nekromanten und Animanten würden sich auch durch noch so viel Abmildern nie wie ein normaler Tag im Büro anhören.

„Also hast du den Tag mit Gareth verbracht?" Ihr Interesse war geweckt, und ein Grinsen breitete sich auf ihrem Gesicht aus. Es war fast derselbe betörte, seltsame Blick, den sie in Anwesenheit von Vampiren hatte. Ich dachte, unsere letzte Nacht im Crimson war genug, um ihrer seltsamen Schwärmerei ein Ende zu setzen.

„Ja, davor gab es auch eine Menge anderer Informationen", sagte ich und kniff die Augen zusammen. Ich lebte mit ihr zusammen, und sie erkannte meinen spöttischen Blick immer noch nicht. Kalen konnte ihn von der anderen Seite eines Konzertsaals aus sehen. Das war aber eigentlich egal, denn er begegnete ihm immer mit einem vernichtenden Blick und einem abweisenden Achselzucken. Savannah lächelte mich immer noch an wie ein verknallter Teenager. „Er sieht sehr gut aus."

„Woher weißt du das?" Als sie ihn im Club getroffen hatte, war sie halb bewusstlos gewesen, also hatte sie ihn kaum sehen können, und er war gegangen, nachdem er sich vergewissert hatte, dass es ihr gut ging. Alles, was sie über Gareth wusste, war, dass er der Typ war, der sie aus einem Club getragen hatte. Sie war wahrscheinlich nicht einmal in der Lage, ihn wiederzuerkennen.

Sie wurde rot, als sie mir ein schwaches Lächeln schenkte. „Als sie dich festgenommen und mich nicht ins *The Haven* gelassen haben, habe ich ihn ein paarmal besucht. Zehnmal, um genau zu sein. Nachdem ich einige Male vom Gelände eskortiert worden war, hat er einem Treffen mit mir zugestimmt. Ich schätze, er dachte wohl, das sei der einzige Weg, mich loszuwerden."

Ich zuckte mit den Schultern. „Hat er dir mit Verhaftung gedroht? Denn das scheint sein Ding zu sein."

„Hat er nicht, doch ein paar Idioten aus der Gilde haben

es getan. Zusammen mit den verschiedenen Androhungen von Magie und Zaubersprüchen, die sie anzuwenden geschworen hatten, wenn ich nicht gehe. Nach meinem neunten Besuch sagte mir die Frau an der Rezeption, ich solle Platz nehmen, und rief ihn an. Eine Stunde später habe ich mich mit ihm getroffen. Für einen Mann, der wahrscheinlich aus dem Bett gerufen worden war, um sich mit mir zu treffen, hat er sehr gut ausgesehen. Sehr. Gut."

„Du bist also der Grund, warum sie mich in den frühen Morgenstunden aus dem Bett geworfen haben, um mich zu verhören." Ich stellte mir Savannah vor, die mit Protestschildern zur Gilde stürmte und einen Ein-Frau-Protest gegen das System durchzog. „Nun, du hast Glück. Er hat gedroht, mich verhaften zu lassen, als ich mich geweigert habe zu kooperieren."

Sie tat es mit einem Winken ab. „Das ist nur fehlgeleitetes Balzverhalten."

„Hmm. Dann sind zum Balzen also Papierkram, Gitter und vielleicht Handschellen erforderlich?", feixte ich und hob eine Augenbraue. „Ich denke, ich muss dich genauer im Auge behalten, ich will nicht, dass du an die falschen Leute gerätst." Sie schwärmte jetzt vielleicht für ihn, doch wenn sie meinen Arm sehen könnte, würde sie ihm die Hölle heiß machen und ihn verhören. Ich hatte die Geschichte so weit entschärft, dass es nicht so aussah, als wäre ich in so großer Gefahr gewesen, weshalb sie in Fangirl-Gefilde abgedriftet war und der größte Teil sich auf Gareth konzentriert hatte. Ihr zu sagen, dass er ein Höhlenlöwe war, hätte ihre Faszination für ihn nur noch verstärkt.

KAPITEL 11

Ich war mir ziemlich sicher, dass Gareth nicht vorhatte, mich abzuholen, doch gerade als ich ihn anrufen wollte, fuhr er vor. Ich hatte keine Ahnung, wohin wir gehen würden, und offensichtlich war ich für diesen Anlass underdressed, in Jeans, einem enganliegenden Tanktop und einer Jacke, die sich leicht mit mir bewegte und mir, wenn nötig, nicht im Weg war – mein Vampirkiller-Outfit. Ich hatte genug Vampire erlebt, die mir in die Arme gebissen hatten, dass ich kein Risiko eingehen wollte. Er war so angezogen, wie ich ihn das erste Mal in seinem Büro gesehen hatte. Er trug schwarze Hosen und ein schwarzes Hemd. Die dunklere Kleidung machte seine Augen strahlender. Ich musste nicht zu Savannah zurückblicken, um zu wissen, dass sie ihn anstarrte. Sie war verknallt.

„Na, dann *arbeitet* mal schön heute Nacht", sagte sie von der Tür aus. Ich warf ihr über die Schulter einen bösen Blick zu, den sie übersah oder ignorierte.

„Mir war nicht klar, dass ich mich schick machen muss, um einen Vampir zu befragen", sagte ich, als wir zum Auto gingen. Er blieb mitten im Schritt stehen und sah mich an.

Sein Blick wanderte langsam über mein Gesicht und blieb an meinen Lippen hängen. Er trat näher. Dann ließ er den Blick weiter schweifen, meinen Hals hinunter, über meine Brust und weiter.

„Das ist vollkommen okay", sagte er mit leiser, gleichmäßiger Stimme, bevor er sich auf den Weg zum Auto machte.

***

Wir waren fast eine halbe Stunde gefahren, als wir am Crimson, dem Club, den Savannah besuchte, vorbeifuhren, um vor einer anderen, nur fünf Blocks entfernten Bar anzuhalten, die kein Schild hatte und aus der Leute – Vampire und ein paar Menschen – herausströmten. Ich wäre vorbeigefahren und hätte keinen zweiten Gedanken darauf verschwendet, wenn nicht die beiden Männer gewesen wären, die dieselbe „Uniform" trugen: dunkle Designeranzüge, bordeauxrotes Hemd, ein Knopf offen und Gesichter, hart, als könnten sie Diamanten schneiden. Die Schlange war kurz; nur ein paar Leute warteten. Einer der beiden nahm das Geld der Leute, der andere kontrollierte sie.

Ich wollte mich am Ende der Schlange anstellen, als Gareth mich am Handgelenk packte und mich zur Tür führte. Er wurde herein gewunken, doch einer der Männer hielt mich auf.

„Sie müssen die Nadeln aus ihren Haaren nehmen."

Verdammt. Ich hatte sie so weit hineingeschoben, dass ich dachte, sie würden nicht entdeckt werden, und für den unwahrscheinlichen Fall, dass wir angehalten wurden, trug ich ein Kreuz um den Hals, weil ich dachte, das wäre das Einzige, das beschlagnahmt werden würde. Sie ließen mich das Kreuz behalten, nahmen aber die Nadeln, die fast fünfzehn Zentimeter lang waren. Als er sie untersuchte und feststellte, wie scharf sie waren, funkelte er mich an. Mein Blick unschuldiger Blick konnte niemanden täuschen, doch ich versuchte es. Mit weit aufgerissenen Augen und einer naiven kindlichen Unschuld im Blick, von der ich nicht sicher war, ob ich sie jemals besessen hatte, sah ich ihn an. Am Ende fanden und konfiszierten sie sogar das Messer, das ich an meinem Knöchel trug.

Die Blicke, die sie in meine Richtung schossen, waren nicht mehr nur irritiert – sie waren tödlich. Ich stand zwischen den beiden, als sie ihre Macht und Dominanz demonstrierten. Bösartig und cool. Ich hatte den Eindruck, wenn Gareth nicht dabeigestanden hätte, hätten sie mir ihre Meinung gesagt, und die schien nicht sehr freundlich zu sein.

Gareth lachte, ein tiefer, melodiöser Klang, der sich mit der mesmerischen Musik vermischte. Die Menge bewegte sich verführerisch und wand sich zu einem provokanten Beat. Kühle Körper bewegten sich um mich herum; Anmutige Wesen und ihre erotischen Bewegungen beherrschten den Raum. Kaum kontrollierte Lust lag über jedem Zentimeter des Raums. Das war überhaupt nicht wie das Crimson. Es war dunkler und lüsterner. Eine Sündenhöhle. Die Leute tanzten hier nicht, sie rieben sich in erotischer Bewegung aneinander, die zu etwas anderem abseits der Tanzfläche werden würde. Vampire tranken offen von Menschen in der Ecke, und andere gingen mit Gläsern herum, die mit einer roten Flüssigkeit gefüllt waren. So hatte ich mir das Crimson vorgestellt, doch es hatte sich als ein einfacher Club herausgestellt, in dem die jungen Vampire ganz entsprechend ihrer Fernseh-Versionen entweder selbstbewusste Flirter oder grüblerisch waren. Hier spielten die Erwachsenen. Als ich durch den unbekannten Laden ging, wurde mir schnell klar, dass das eine Nummer zu groß für mich war.

Es war voll, doch nicht voll genug, als dass die vielen Hände, die über mich glitten, nicht vermeidbar gewesen wären. Jedes Mal, wenn ich aufblickte, um jemandem einen bösen Blick zuzuwerfen, begegneten mir dunkle, verführerische Augen und geflüsterte Einladungen. Auch wenn ich nur mit Lucas zu tun gehabt hatte, konnte ich sagen, dass das ein Ort zu sein schien, an dem er abhängen würde.

„Wie heißt dieser Laden?" Nachdem ich meine siebte Einladung erhalten hatte, bat ich Gareth um einen „Drink" und war mir sicher, dass *ich* diejenige war, an der die meisten hier ihren Durst stillen wollten. Ein kurzer Blick auf die Menschen, von denen sie tranken, und ich war mir sicher.

„Devour." Seine Stimme klang amüsiert. „Warum, haben Sie vor, zurückzukommen?"

„Nicht, wenn ich es verhindern kann." Ich wollte sichergehen, dass ich einen Namen hatte, denn wenn Savannah diesen Laden jemals erwähnte, würde sie ein klares Nein bekommen.

Wir erreichten den hinteren Teil des Clubs und gingen dann eine Treppe hinauf. Dort wurden wir von einem Anzugträger begrüßt, der uns zum zweiten Mal kontrollierte. Er öffnete die Tür zu einer Wohnung, und als er sie hinter uns schloss, vergaß ich, dass ich in einem Club war. Stille.

Eine gut bestückte Bar auf der rechten Seite. Und ich hatte keine Ahnung warum. Eine große Küche mit teuren Edelstahlgeräten, dunklen Schränken. Die gesamte Wohnung war in Variationen von Schwarz und Grau eingerichtet. Als wir weiter in den schwach beleuchteten Raum traten, erhellte das gedämpfte Licht der Wandlampen den Raum nur schwach. Sanfte Nuancen von Schwarz setzten sich in der gesamten Wohnung fort, mit Ausnahme des weißen Sofas und Sessels. Ziemlich seltsam für jemanden, der regelmäßig Blut trank und sicherlich auch mal tropfte.

„Olivia, ich freue mich so, Sie hier zu haben." Ich hörte Lucas' Stimme, bevor er hinter mir auftauchte und sich genauso verhielt wie der Rest der Vampire. Seine Hand glitt über meinen Rücken, meine Hüften und meinen Arm hinunter, bevor er meine Hände in seine nahm. Abstand war etwas, das er scheinbar nicht für wichtig hielt. Nach einigen unangenehmen Momenten zog ich meine Hände weg.

„Ich hatte nie die Gelegenheit, mich für den Angriff in meinem Club zu entschuldigen. Hat Savannah meine Nachricht und mein Angebot bekommen?"

Sie hatte es nicht erwähnt, und ich fragte mich, warum. Wahrscheinlich wusste sie, dass ich das Angebot, wenn es beinhaltete, in diese Sündenhöhle zu kommen, nicht gutheißen und alles tun würde, um zu verhindern, dass sie es annahm. „Sie hat es nicht erwähnt."

Er runzelte die Stirn. „Ich habe es vor zwei Tagen abgeschickt. Es war ziemlich hektisch. Vielleicht sollte ich es besser persönlich …"

„Geben Sie es mir, ich werde dafür sorgen, dass sie es bekommt." Ich war mir sicher, wenn der Junge von nebenan und der Rothaarige sie ins Schwärmen gebracht hatten, würde dieser sündhaft sinnliche Mann sie schnell dazu bringen, jegliche Logik aufzugeben.

„Es war ein Scheck. Ich werde ihn noch einmal persönlich vorbeibringen."

„Wann?"

„Vielleicht morgen."

„Um wieviel Uhr?"

Er lächelte nur, beiläufig amüsiert, und entblößte seine Reißzähne. Seine Gesichtszüge waren so scharf und definiert wie die Reißzähne, die er zeigte. Er ging zur Bar hinüber und schenkte sich ein Glas einer dicken, roten Flüssigkeit ein, während ich so tat, als würde es nicht sehr nach Blut aussehen. Dann goss er zwei Gläser Wodka ein und reichte sie uns. Ich wollte meines gerade ablehnen, als Gareth seines nahm, einen kleinen Schluck trank und dann anerkennend lächelte. Er trank einen weiteren Schluck und lächelte wieder anerkennend. Ich nahm das Glas, hob es aber nur zum Kosten an meine Lippen. Es war wahrscheinlich der beste Wodka, den ich je getrunken hatte, doch wenn der Wodka nicht gerade in einen Cosmo gemixt war, trank ich selten welchen.

Nachdem Lucas einen langen Schluck von dem getrunken hatte, was ich Rotwein zu nennen beschlossen hatte, fragte er: „Gar, mein Freund, was führt dich hierher?" Angesichts der Art und Weise, wie er *Freund* sagte, war offensichtlich, dass sie weit davon entfernt waren, Freunde zu sein. Nicht Feinde. Wahrscheinlich gab es einen gegenseitigen Respekt, doch ich war mir sicher, dass jede Feindseligkeit tief in der Tatsache verwurzelt war, dass sie beide Raubtiere waren. Eine von Feen, Hexen und Magiern unabhängige Existenz. Gegen die meisten Magien immun, was ihnen gewisse Vorteile verschaffte, waren beide das Ziel davon gewesen.

„Ich bin mir sicher, dass du von den Angriffen deiner Vampire weißt, und du weißt auch, dass sie dabei von jemandem kontrolliert wurden."

„Ich glaube, wir haben einen Nekromanten unter uns", sagte er und biss die Zähne zusammen. Er schloss seine Finger fester um das Glas. Ich erwartete, dass es zerbrechen würde, und das hätte es wahrscheinlich auch getan, wenn er sich nicht entspannt hätte. Die Anspannung löste sich von seinen Schultern. Er neigte den Kopf in meine Richtung und betrachtete mich. Ein neugieriges Lächeln umspielte seine Lippen, als er ein Interesse zeigte, das mir allmählich unangenehm wurde. Ich verschränkte meine Arme und zog meine Jacke fester um mich. Er lachte, ein tiefes, grollendes Geräusch, als ich meinen Blick abwandte und begann, mich im Raum umzusehen.

„Ich brauche die Namen ihrer Erzeuger; Vielleicht können sie mir helfen oder mir zumindest dabei behilflich sein, herauszufinden, wann sie die Kontrolle verloren haben."

Lucas nickte, ging zu dem antiken Schreibtisch, der in einem so modernen Loft deplatziert wirkte, und setzte sich, um die Namen aufzuschreiben. So, wie er gekleidet war, in seiner dunkelgrünen Hose, den italienischen Schuhen und dem maßgeschneiderten jägergrünen Hemd, schien es nicht seltsam, dass er an einem alten Schreibtisch saß und etwas aufschrieb. Ich fragte mich, wie alt er war und ob ihm jemals etwas entgangen oder er von Veränderungen überwältigt worden war, die sich so sehr von dem unterschieden, was er einst gekannt hatte.

Als er Gareth das Blatt reichte, blickte er wieder in meine Richtung, sein Lächeln schwach, sanft und keusch, anders als das, was er mir zuvor zugeworfen hatte. „Ich für meinen Teil hoffe, dass es kein Nekromant ist. Ich weiß, dass es sie gibt, aber ich möchte unsere alten Gewohnheiten hinter uns lassen. Gareth, ich hoffe, dass du mir gestatten wirst, mit dieser Person oder den Personen zu sprechen, bevor du sie nach *The Haven* bringst, wenn du sie findest."

Gareths Miene wurde finster. „Willst du im Namen des Rates mit ihnen sprechen?"

Lucas trank einen weiteren Schluck aus seinem Glas und kehrte uns den Rücken zu, blickte aus dem großen Fenster, seine Gesichtszüge starr vor Entschlossenheit. „Diese Person hat sich mein Volk zum Gespött gemacht. Ich habe dafür gesorgt, dass meine Nachkommen und deren Nachkommen nie außer Kontrolle geraten. Heute werden wir respektiert, was uns viele Jahrhunderte lang verweigert wurde. Angst ist gut, Respekt ist besser. Wie schnell hat sich die Meinung der Massen geändert, uns als Wilde zu betrachten, denen es an Kontrolle mangelt. Also nein, ich werde nicht als Ratsmitglied mit demjenigen sprechen, sondern als Herr der Vampire der Stadt. Da das Dinge sind, die du von mir erwartest, glaube ich, dass es in deinem Interesse ist, ihn zu finden, bevor ich es tue."

„Lucas, genauso wie ich Verantwortung trage, trägst du

sie auch. Als Mitglied des Rates bist du an bestimmte Erwartungen und Verpflichtungen gebunden."

Er stand aufrechter und seufzte unzufrieden. „Oh ja, der Magische Rat. Wie lange gehöre ich ihm schon an? Fünfzig? Sechzig Jahre?"

„Zehn", sagte Gareth.

„Ich habe das Gefühl, dass es schon viel länger ist. Es ist nie etwas Interessantes passiert, bis" – er richtete seine Aufmerksamkeit auf mich – „Miss Michaels. Bis zu Ihrem kleinen Zwischenfall haben wir uns monatlich getroffen, um uns zu versichern, dass wir alle noch am Leben sind. Wir benehmen uns alle und kümmern uns um unsere Probleme. Es ist ziemlich selten, dass wir einen Menschen in unserem Gericht haben. Ich bin neugierig, wie Sie dort gelandet sind. Es scheint keine festen Kriterien für die Entscheidungen des menschlichen Justizsystems zu geben. Menschen sind in dieser Hinsicht ziemlich wankelmütig."

Ich hätte fast gelacht, sowohl wegen seiner Empörung angesichts der Langeweile im Rat als auch wegen der Tatsache, dass er sich für lebendig hielt. Er war ein sexy Zombie – mehr nicht. Anstatt Fleisch zu essen, trank er Blut. Und ihm dabei zuzusehen, wie er bewusst ungleichmäßig atmete, wahrscheinlich, damit ich mich wohler fühlte, war allein schon eine Freakshow.

„Gareth, die Jahre meiner Zeit, die ich dem Rat gewidmet habe, zeigen mein Engagement. Als es mir untersagt wurde, einen Stellvertreter zu schicken, habe ich ihm mehr gegeben, als er verdient hat. Was ich gesagt habe, hat Bestand."

„Lucas …"

„Gute Nacht, Gareth." Dann drehte er sich um, um sich auf die exquisite Aussicht auf die Stadt zu konzentrieren, die das Panoramafenster bot.

„Nein." Gareths Stimme war hart. So sehr, dass Lucas sich von dem fesselnden Anblick abwandte. „Ich verstehe deine

Wut; Ich empfinde dasselbe. Gestern wurden wir von kontrollierten Wandlern angegriffen. Doch ich kann nicht zulassen, dass du Selbstjustiz übst. Wenn du ihn vor mir findest, handelst du im Namen des Rates und rufst mich an."

„Mein Freund, hier trennen sich unsere Wege. Dein Engagement für den Rat und deine Rolle als Commander der Gilde sind bewundernswert, doch deine Autorität ist immer noch begrenzt. Ich bin nicht dein Untergebener. Ich habe vor diesen Regeln und Befehlsketten existiert, die uns heute binden, und so sehr ich mich auch an die neue Welt angepasst habe, aber diese Art der Unterwerfung ist zu viel verlangt. Ich werde mich in keiner Weise einmischen, doch wenn ich den Schuldigen vor dir finde, werde ich meine Gerechtigkeit walten lassen."

Lucas bewegte sich mit der Geschwindigkeit und Anmut, die ich von einem Vampir erwartete, vom Fenster weg. Obwohl er sich zuvor in langsamen, gemessenen Schritten bewegt und die Illusion von jemandem vermittelt hatte, vor dem ich keine Angst haben sollte, hatte ich mich nicht täuschen lassen. Die Obsidianaugen beobachteten mich mit einer solchen Intensität, als wären wir die Einzigen im Raum. Seine Finger strichen sanft über meine Haut, als er das Kreuz um meinen Hals ergriff und es auf seiner Handfläche liegen ließ, während er es untersuchte. Sein Lächeln war amüsiert, als er seinen Blick hob, um mich anzusehen. „Ich hoffe, dass Sie und Savannah uns zu einem besseren Zeitpunkt besuchen kommen. Ich würde Sie sehr gerne unterhalten, ohne dass andere Hässlichkeiten meine Zeit in Anspruch nehmen", sagte er mit leiser, seidiger Stimme.

Ich lächelte, und es war das falscheste, unaufrichtigste Lächeln, zu dem ich im Stande war, als ich einen Schritt zurücktrat. Das Kreuz glitt aus seiner Hand und ließ ihn unverletzt zurück. Ein Mythos, der mit einer einfachen Berührung widerlegt worden war.

„Natürlich. Irgendwann später ist großartig.” Meine Stimme passte sich seiner an, leise und sanft, meine unverbindliche Annahme so aufrichtig wie sein Angebot. Eher würde die Hölle zufrieren, als dass ich vorhatte, zurückzukommen, um ihn zu besuchen und mich von ihm *unterhalten* zu lassen. Das kam eindeutig nicht in Frage.

Ob er mir glaubte oder nicht, auf seinem Gesicht breitete sich eine Selbstzufriedenheit aus, als wüsste er etwas, das ich nicht wusste. So sehr ich beabsichtigte, es nie passieren zu lassen, er beabsichtigte etwas anderes.

Eine Stunde, nachdem Gareth mich abgesetzt hatte, konnte ich all die Dinge, die in meinem Kopf vorgingen, immer noch nicht dazu bringen, sich zu beruhigen. Jemand benutzte Magie, die Feen, Hexen oder Magiern nicht zur Verfügung stand. Wieder einmal hatte ich mich eingeladen, mit Gareth zu gehen, diesmal, um den Erzeuger der Vampire zu treffen, die uns im Crimson angegriffen hatten. Diesmal lehnte er ab. Was in Ordnung war. Es steckte mehr dahinter als der Nekromant, und ich wollte es herausfinden.

Ich konnte die Teile nicht zusammensetzen, weil es keinen Sinn ergab. Es fehlte ein wichtiges Teil, doch ich wusste nicht, was es war. Mein Verstand konnte sich nicht genug beruhigen, um einzuschlafen, weshalb ich drei Stunden, nachdem Gareth mich nach Hause gebracht hatte, durch den Wald hinter dem Pfad wanderte, auf dem ich normalerweise joggte, und zu der Höhle ging, die ich benutzt hatte, um den Tracker zu überwältigen. Ich ließ mich in die Dunkelheit hinunter, eine Taschenlampe unter mein Kinn geklemmt. Der schwache Lichtschimmer, den der Mond warf, verschwand, als ich die Abdeckung schloss.

In der Höhle steckte ich die Taschenlampe in die lose

Erde. Ich musste sehen, ob mein Verdacht richtig war und ein *Legacy* in der Nähe war. Das würde nicht unbedingt die Nekromantie und die Animantie erklären – wir besaßen Magie, die sich auf beide auswirkte – doch ich war mir nicht sicher, ob es irgendeine Mantiegabe war. Doch es könnte ein Zauber gewesen sein. Wenn es ein *Legacy* war, erklärte es nicht die Todesfälle und den gestohlenen Nekrospeer. Ich konnte mir nicht vorstellen, dass hinter allem nur eine Person steckte. Wenn ich irgendwohin zog, überprüfte ich, ob es *Legacy* in der Nähe gab, so wie meine Eltern es mir beigebracht hatten. Man könnte den Eindruck haben, dass es gut war, wenn ein anderer in unserer Nähe war, doch das war es nicht. Wenn es jemand war, der sich nicht gut versteckte, konnte er von den Trackern gefunden werden und uns dem Risiko aussetzen, ebenfalls entdeckt zu werden. Also achteten wir immer sorgfältig darauf, dass keine in der Nähe waren, weil wir immer vorsichtig waren – bis wir es nicht mehr waren. Und als wir es nicht waren, bezahlten meine Eltern es mit ihrem Leben.

Die Höhle war tröstlich für mich, umgeben vom Geruch der Erde, abgeschlossen von der Welt. Der beengte Raum gab mir das Gefühl, frei zu sein, uneingeschränkt von den Gesetzen und Regeln, die mich fesselten. Hier konnte ich ungehindert zaubern, ohne Gefahr zu laufen, entdeckt zu werden. Nichts war jemals narrensicher, doch das Risiko war erheblich geringer.

Ich kontrollierte die Abdeckung, um mich zu versichern, dass ich sie vollständig geschlossen hatte, bevor ich auf die Knie ging. Ich schaufelte Erde in meine Hand und ließ sie auf meiner Handfläche ruhen.

Ich wusste nicht, warum ich das immer tat; Ich fühlte mich damit verbunden. Erde war die Grundlage von allem, und in gewisser Weise waren ich – wir – die Grundlage der Magie. Rohe, unverdünnte Macht. Ich nahm einen der Zwillinge aus der Scheide und ließ ihn über meine Hand gleiten, und das Blut, das hervorquoll, benutzte ich, um eine Linie über den Boden zu ziehen. Dann flüsterte ich eine Beschwörung und führte einen der wenigen Zaubersprüche aus, die meine Mutter mir beigebracht hatte. Als die Magie ihren Höhepunkt erreichte, flogen Farbfunken in Rosa, Blau, Gelb und wirbelten in einem chaotischen Tanz herum, prallten unabhängig voneinander hin und her, bis sie verschmolzen und eine Ebene bildeten, die sich ausbreitete und sich zu einem gedämpften braunen Hintergrund verdunkelte. Licht floss darüber, huschte über die Ebene. Ich wusste, dass es nicht viel war, vielleicht ein Umkreis von hundert Meilen. Ein roter Fleck schoss von der Ebene empor – meinem Standort. Ich wartete, während die Farben über die Karte schwappten, Ausbrüche anderer Farben, um anzuzeigen, wo Magie war. Es war ein Feuerwerk aus Farben: Feen, Hexen, Magier. Die *Säuberung* hatte so viele getötet, und doch gab es noch immer so viele. Ich hieß HF nicht gut, doch ich konnte ihre Bedenken verstehen. Ich war auf der Suche nach etwas anderem. Ich suchte die Ebene nach dem roten Leuchten ab. Einem weiteren *Legacy*. Meine Aufmerksamkeit konzentrierte sich auf ein flackerndes Licht. Spuren von Rot zuckten und verschwanden dann so schnell, wie sie sich zeigen wollten. Lange genug, um gesehen zu werden, doch nicht ausreichend, um den Standort zu identifizieren.

Es war einer in der Stadt. Er versteckte sich vielleicht, doch er war nicht unschuldig. Ich fluchte leise. Ich musste ihn finden. Ich beendete den Zauber und beobachtete, wie sich die Farben zurückzogen, als ob sie nie existiert hätten, und eine nach der anderen im Äther verschwanden.

Gerade als ich aufstand, hörte ich leise Schritte, die in die Höhle hallten, so leise, dass ich sie vielleicht überhört hätte, wenn es andere Geräusche gegeben hätte. Ich kletterte die Leiter hinauf und drückte die Abdeckung hoch. Sie regte sich nicht. Ich war eingeschlossen. Ich hielt eine magische

Kugel in der Hand und schleuderte sie auf die Abdeckung; Sie prallte dagegen und schmolz zu nichts, als ob sie nie existiert hätte. Ich wusste nicht, was es war. Ein Gewahrsamszauber? Wenn ja, wie hatten sie ihn gewirkt? Ich hatte keine Zeit, es zu analysieren oder einen anderen Zauber auszuprobieren. Die Schritte kamen näher, nur wenige Meter entfernt.

Ich sprang von der Leiter herunter und zückte die Zwillinge aus ihren Scheiden auf meinem Rücken und hielt sie vor mich, als die Schritte näherkamen. Aus der Dunkelheit der Höhle hörte ich ein – nein, zwei Paar Stiefel, die sich mir schnell näherten. Der Rothaarige und der Junge von nebenan tauchten aus der Dunkelheit auf. Ihre dunklen Augen waren leer wie zuvor, ferngesteuert von einer unbekannten Macht. Seine dunklen Augen auf mich gerichtet, stürzte der Junge von nebenan auf mich zu. Er bewegte sich langsamer als die meisten Vampire, ruckartig und steif. Ein langsamer Vampir war immer noch schneller als ein Mensch oder ich. Es war offensichtlich, dass jemand sie kontrollierte, oder vielleicht versuchte ihr Erzeuger, die Kontrolle zurückzugewinnen. Sie blieben stehen, dann stürzten sie sich in unberechenbare, unkoordinierte Bewegungen. Ich wollte sie nicht töten – sie handelten nicht aus freiem Willen. Ich rief meine Magie, als ich versuchte, die Abdeckung aufzustoßen. Doch nichts geschah. Wie mächtig war diese Person, um Vampire kontrollieren zu können, während sie defensive Magie einsetzte? Ich pumpte Magie durch meine Sai; ein Funke, ein magischer Stoß ließ sie zurückzucken. Wieder feuerte ich einen Stoß gegen die Abdeckung ab. Wieder nichts.

Der Rothaarige sprang mich mit gefletschten Reißzähnen an. Ein kräftiger Tritt schleuderte ihn ein paar Meter zurück. Er griff erneut an; Mein Ellbogen krachte gegen seine Nase, Blut spritzte. Ich trat ihn, und wieder wich er zurück. Der Junge von nebenan handelte sich einen Schlag mit dem Griff des Sai auf den Nasenrücken ein. Er hob abrupt die Hände, und ich sprang auf ihn zu und pflanzte ihm einen der Sai in den Bauch, trieb ihn zurück und stieß ihn gegen die bröckelnde Steinwand. Er war festgenagelt und hatte Schmerzen. Doch das war in Ordnung. Er würde viel schneller darüber hinwegkommen, als ich darüber hinwegkommen würde, tot zu sein. Der Rothaarige wich meinem Sai aus. Ich hasste es, mit nur einem zu kämpfen. Zwei waren immer besser. Wo einer scheiterte, war sein Zwilling sicher erfolgreich.

Er schlug mir auf den Rücken und schleuderte mich mit dem Gesicht voran gegen die Wand. Schmerz durchzuckte mich und ließ meine Augen tränen. Das Letzte, was ich brauchte, war, gegen einen Vampir mit beeinträchtigter Sicht zu kämpfen. Ich drehte mich rechtzeitig um, um zu sehen, wie seine verschwommene Gestalt auf mich zuschoss. Seine Hand traf mich, und ich schlug mit einem dumpfen Schlag auf dem Boden auf. Ich rollte aus dem Weg, gerade als sein Fuß auf mich zuflog. Er verfehlte mich nur knapp. Der Versuch, ihn nicht zu töten, verlor an Priorität. Überleben wurde mein Ziel Nummer eins.

Ich rollte über den Boden und packte den Sai, den ich verloren hatte, als er mich geschlagen hatte, und rammte ihn in sein Bein. Er knurrte, als sein Blut floss, war jedoch unaufmerksam genug, dass ich ihm in den Schritt treten konnte. Er sackte vor Schmerzen vornüber – Vamp oder nicht, ein Tritt in die Nüsse ist der beste Freund einer Frau. Ich zog den Sai aus seinem Bein, rammte ihn ihm in den Bauch und stieß ihn gegen die Wand. Die Geräusche weiterer Schritte erfüllten den dunklen Raum. *Fuck*.

Ich schnappte mir das Messer aus meiner Knöchelscheide und hoffte, dass die festgenagelten Vampire es nicht schaffen würden, sich zu befreien. Meine Sicht war immer noch verschwommen, doch besser. Ich konnte meine Augen nicht mit meinen Armen oder meiner Kleidung abwischen, weil es keine Stelle gab, die nicht mit Schmutz oder Blut verschmiert war. Mein Herz raste: Die Schritte waren leichtfüßiger, agiler – ein Kämpfer, nicht irgendein Vampir. Adrenalin pumpte immer noch durch meine Adern, aber ich begann, die Schmerzen zu spüren, und das Warten machte mich fertig.

Er stürzte durch die Dunkelheit und trug einen leichten Anzug, ähnlich dem, den er zuvor getragen hatte. Lucas. Er rauschte mit einer solchen Geschwindigkeit an mir vorbei, dass er mir vorkam wie ein Geist, der neben mir auftauchte und verschwand, bevor ich seine Existenz wahrnehmen konnte. Er hielt ein Schwert in der Hand, was ich nicht bemerkt hatte, als er auf mich zugeschossen war. Ein schneller Schlag, und beide Vampire sackten zusammen. Er zog die Sai heraus, und sie fielen zu Boden, und innerhalb von Sekunden waren die Körper zu Asche zerfallen, die sich mit der Erde in der Höhle vermischte.

Das Schwert war verschwunden, und Lucas' Hand lag auf meinem Ellbogen, als er mich die Leiter hinaufführte. Er schlug gegen die Abdeckung, doch sie rührte sich nicht. Nach einem weiteren gescheiterten Versuch ließ er sich zu Boden fallen, einen schmerzhaften Griff um meinen Arm, als er mich durch die Höhle zog. Es ging zu schnell, und ich hasste es, von jemandem so grob behandelt zu werden, der gerade zwei Vampire getötet hatte, die ich zu retten versucht hatte.

Ich blieb abrupt stehen und riss meinen Arm von ihm los, fühlte immer noch die Wärme seines Griffs, für die ich am Morgen sicherlich mit einem blauen Fleck bezahlen würde. „Was zum Teufel haben Sie gerade getan?"

„Ich habe mich um das Problem gekümmert." Er packte mich wieder am Arm. Ich konnte ihn kaum sehen – es war zu dunkel, und die Taschenlampe war dort, wo ich sie vor dem Angriff gelassen hatte. Ich war mir nicht sicher, wie weit wir gegangen waren, weil ich fast rannte, um mit Lucas Schritt zu halten. Ich war mir nicht sicher, ob ich nicht gestürzt wäre, wenn er mich einfach mitgeschleift hätte.

„Sie haben unter jemandes Einfluss gestanden", zischte ich.

Ich konnte sein Gesicht nicht sehen, doch ich konnte die kühle Strömung in seiner Stimme hören. Ich war mir sicher, dass sein Gesicht genauso hart und teilnahmslos war, und war froh, dass ich es nicht sehen musste.

„Ja, das ist das zweite Mal, dass sie benutzt wurden. Ihr Erzeuger war eindeutig nicht in der Lage, es zu verhindern, und das ist ein Problem. Sie sind die Jüngsten, die Schwächsten. Jetzt können sie nicht mehr benutzt werden. Andere haben eine bessere Chance, sich dagegen zur Wehr zu setzen." Er seufzte, auch wenn er nicht atmen musste. Ich schätze, es war wichtig, dass er mich wissen ließ, dass seine Geduld mit meinen Fragen am Ende war. „Bitte, Olivia, ich hasse es, unter der Erde zu sein." Und damit führte er mich weiter, obwohl sich sein Griff deutlich lockerte, als wir uns einem weiteren Ausgang aus der Höhle näherten.

Er ließ mich los, und in dem Moment, als ich ins Freie trat, hörte ich Gareth meinen Namen rufen. Was war das, eine Wiederholung der Szene von vor ein paar Stunden? Ich hatte keine Lust, verhört zu werden oder mir eine Geschichte auszudenken, um zu rechtfertigen, warum ich um vier Uhr morgens in einer Höhle war.

Gareth sah mich kurz an, runzelte die Stirn und richtete dann seine Aufmerksamkeit auf Lucas.

„Sie wurde von meinen Vampiren angegriffen, ich habe mich darum gekümmert." Und damit ging er auf ein Auto zu, das ein paar Meter weiter geparkt war. Er sah mich an, doch ich konnte seinen Gesichtsausdruck nicht lesen. Die durchdringenden dunklen Mitternachtsaugen bohrten sich in mich und machten es unangenehm. Spürte er Magie, sah er, was ich damit getan hatte, oder fragte er sich, warum ich immer wieder angegriffen wurde? *Willkommen im Club,*

Kumpel, ich frage mich auch, warum ich immer wieder angegriffen werde.

Ich konnte die Neugier auf Gareths Gesicht sehen. Lippen, die normalerweise zu einer Linie zusammengepresst waren, waren noch angespannter, die Augen vor Ärger stumpf und seine Arme vor der Brust verschränkt.

„Warum sind Sie hier?", fragte ich irritiert. Der Blick seines Raubtiers weitete sich nur ein wenig. *Oh ja, ich habe dir gerade eine Frage gestellt.* Ich musste ihm bei der Befragung zuvorkommen, weil ich keine sinnvollen Antworten hatte. Und ehrlich gesagt hatte ich Besseres zu tun, als mir etwas aus den Fingern zu saugen. Nass von Schweiß und Blut klebte mein T-Shirt an meinem Körper. Die Müdigkeit vom Einsatz starker Magie und dem Kampf um mein Leben drohte mich zu überwältigen, und ich musste mich ausruhen. In meinem Verstand raste eine Vielzahl von Gedanken, und die Erschöpfung erlaubte mir nicht die geistige Schärfe, die ich brauchte, um alles zu sortieren. Steckte der *Legacy* hinter den Anschlägen und Morden? Wenn ja, warum? Und wie sollte ich ihn aufgehalten? War er irgendwie anders? Meines Wissens besaßen wir nur die Gabe der Animantie, keine Nekromantie. Magie war nicht immun gegen evolutionäre Veränderungen; war das ein neuer *Legacy*? Oder mehrere? Es spielte keine Rolle, ob er oder sie all das Chaos verursachten; Ich musste sie aufhalten, bevor jemand anderes sie fand. Ich musste sie aufhalten, denn wenn sie von der Gilde erwischt würden, wäre das nicht nur der Beweis, dass unsere Existenz nicht allein dummes Geschwätz von Trackern war, sondern ein Beweis unserer Existenz und des Bösen, zu dem wir fähig waren. Es wäre eine klingende Bestätigung dafür gewesen, warum wir gejagt wurden und niemand großen Wert darauf legte, uns lebend zu fangen. Wenn Selbsterhaltung egoistisch war – dann sei's drum.

„Savannah hat gesagt, dass Sie verschwunden sind?"
Verdammt. Ihr Geglucke wird mich noch umbringen.

„Woher wussten Sie, dass ich hier bin?", fragte ich erschrocken.

„Ich habe Sie hierher verfolgt."

Ich nahm an, dass ich wusste, was er meinte, doch bevor ich in Panik verfiel, beruhigte ich mich und fragte: „Wie haben Sie das gemacht?"

„Ich kenne Ihren Geruch. Sobald ich den Geruch einer Person kenne, kann ich sie überall in der Stadt verfolgen, es sei denn, sie maskiert ihn mit Magie."

Ja, das gehört eindeutig zu den verrücktesten und gruseligsten Dingen, die ich über Wandler gelernt habe. „Und das können alle Wandler?"

Er nickte. „Einige sind besser als andere, aber ja, wir sind dazu in der Lage. Meine Sinne sind ein bisschen schärfer."

Ich war mir ziemlich sicher, dass das nicht der richtige Zeitpunkt war, um zu fragen, wie sich das umgehen ließ, doch ich setzte es auf meine To-do-Liste, es herauszufinden.

Ich nickte, während ich zurückwich, mich umsah und versuchte, mich zu orientieren. Ich wollte nur weg von Gareth und der Höhle, die ich wahrscheinlich nie wieder benutzen könnte.

Ich wusste nicht, wie weit ich von meinem Auto entfernt war. Lucas hatte mich so schnell mitgezerrt, dass ich keine Ahnung hatte, wie weit wir gegangen waren. Waren es ein paar Schritte oder Meilen?

„Es ist auf der anderen Seite etwa zwei Meilen entfernt." Sein neugieriger Blick war intensiver geworden. „Ich bringe Sie nach Hause", sagte er, als er auf sein nur wenige Meter entfernt geparktes Auto zuging. Ein Bild von ihm, wie er mit aus dem Fenster gehaltenem Kopf fuhr und versuchte, meinen Geruch einzufangen, brachte ein Lächeln auf mein Gesicht.

Als wir in sein Auto gestiegen waren, fuhr er los – in die entgegengesetzte Richtung meines Autos.

„Wo bringen Sie mich hin?"

„Nach Hause, wie ich schon gesagt habe."

„Ich dachte, ich hätte das missverstanden. Bringen Sie mich zu meinem Auto." Ich fügte ein Bitte hinzu, weil meine Worte jegliche Verbindlichkeit verloren hatten und ich unhöflich klang. Ich brauchte dringend eine Dusche und ein Nickerchen.

„Nein." Es machte ihm offensichtlich nichts aus, unhöflich zu klingen. Seine Stimme war hart und entschlossen. „Wenn Sie kein Auto haben, halten Sie sich vielleicht endlich von Ärger fern."

Das war jetzt das zweite Mal in kurzer Zeit, dass ein Mann mich herumkommandierte, und es ärgerte mich wirklich. „Ich will, dass Sie mich zu meinem Auto bringen."

„Wollen ist eine lustige Sache, nicht wahr? Ich will, dass Sie mir erzählen, warum Sie nachts in einer Höhle waren und gegen Vampire gekämpft haben und warum ein so starker Geruch von Magie von Ihnen ausgeht. Aber ich bin mir sicher, dass Sie mir das nicht sagen werden."

Er raste die Straße hinunter. Ich warf einen Blick auf den Tacho – neunzig. Aus dem Auto zu springen war keine Option, und weil es nicht viel Verkehr gab, hielt er kaum an Stoppschildern an und behandelte rote Ampeln, als wären sie ein unverbindlicher Vorschlag. *Tolles Benehmen, Mr. Commander der Gilde.*

Das Auto war kaum zum Stillstand gekommen, als ich anfing, die Tür zu öffnen, wobei ich darauf achtete, ihm keine Gelegenheit zu geben, mir weitere Fragen zu stellen. Ich brauchte Zeit, um mir etwas einfallen zu lassen.

„Miss Michaels. Ich möchte, dass Sie duschen, sich gut ausruhen und sich eine glaubwürdige Geschichte einfallen lassen, warum Sie heute Nacht unterwegs waren und nach Magie riechen. Dann werden wird das morgen um zwölf beim Brunch besprechen."

Ich zuckte mit den Schultern und seufzte. „Ich war nur spazieren, habe die offene Abdeckung gesehen und beschlossen, zu erkunden, was da unten ist." Oh, das war eine ganz schreckliche Erklärung. Er hatte Recht, ich brauchte Zeit, um mir was Besseres einfallen zu lassen.

Der Ausdruck auf seinem Gesicht war streng. Normalerweise waren da kleine Spuren von Belustigung, ein Grinsen, das wartete, hervorzubrechen – doch jetzt war da nichts als purer Stoizismus. Und er sprach mit einer knirschenden tiefen Stimme. Ich war mir sicher, dass er sie benutzte, bevor er jemandem einen wirklich schlimmen Schlag versetzte, egal ob körperlich oder verbal. „Sie haben mich gebeten, Ihnen nicht mit Gefängnis zu drohen, also werde ich das Gefängnis nicht erwähnen. Was Sie tun, ist Behinderung der Justiz. Was denken Sie, passiert mit Leuten, die das tun?"

Endlich hatte er seinen Blick gehoben, um mich anzusehen. Milder Ärger begleitete den Versuch, mich einzuschätzen.

„Nun, da wir so höflich zueinander sind und so schöne Anspielungen verwenden. Wenn sich jemand so verhält wie Sie, nenne ich ihn normalerweise einen Arsch. Doch ich werde das nicht tun, weil es unhöflich ist. Wie nennen Sie Leute, die Ihre Bitte ignorieren, Sie ohne Auto sitzenlassen und andeuten, Sie ins Gefängnis stecken zu wollen? *Esel*? Oder geben Sie einfach Vollgas und nennen sie *Arsch*?"

Das waren die längsten Sekunden, die sich in Minuten verwandelten, als ich draußen stand, während der milde Wind über meine nackten Arme strich, der Geruch von Vampirblut stärker als je zuvor, mein T-Shirt verkrustet von all dem Blut der Nacht. Meine Hose war nicht so schlimm, doch das getrocknete Blut machte es schwieriger, mich zu bewegen.

Er versuchte ein Lächeln, doch es fiel ihm schwer, sich dazu durchzuringen, und es war nur ein hartes Heben eines Mundwinkels. „Miss Michaels, wir sehen uns um zwölf."

Und bevor ich antworten konnte, gab er Gas und raste die Straße hinunter. „Nein, das wirst du nicht" zu sagen hatte wirklich nicht den gleichen Effekt, wenn man es einem leeren Parkplatz zu knurrte.

———

Savannah öffnete mit weit aufgerissenen Augen die Tür, bevor ich meinen Schlüssel aus der Tasche holen konnte. Sie trug ihre Kultklamotten: Lululemon Leggings und Sneakers, bereit, dem Gott der Fitness Tribut zu zollen, was sie fast jeden Morgen um fünf tat. Sie trat zur Seite, und ihr Kiefer bewegte sich, als würde sie an den Worten kauen. Dann öffnete und schloss sich ihr Mund mehrere Male, sprachlos, bis sie schließlich die Stirn runzelte.

„Ich bin froh, dass es dir gut geht. Willst du darüber reden?", fragte sie.

Ich schüttelte den Kopf. „Nicht jetzt. Du gehst deinen Tribut zollen, und nachdem ich geduscht und ein bisschen geschlafen habe, erzähle ich dir alles. Versprochen."

Es war ein Versprechen, das ich halten wollte. Wir teilten uns seit drei Jahren eine Wohnung und waren seit vier Jahren Freundinnen. Sie war meine beste Freundin, und ich musste die Informationen loswerden, die mich wie Ziegel niederdrückten, und sie musste es wissen, weil ich keine Ahnung hatte, wie das ausgehen würde. Doch ich brauchte Schlaf. So unruhig er auch sein mochte, ich musste versuchen, meinen Geist für eine Weile abzuschalten.

Überraschenderweise schlief ich ein, doch nur, um vier Stunden später von Savannah geweckt zu werden, die an meine Tür klopfte. Ich hatte auch fünf verpasste Anrufe von Kalen. Normalerweise arbeitete ich samstags nicht, aber manchmal bat er mich darum. Ich hatte gehofft, dass heute nicht einer dieser Tage wäre. Ich wollte mich nur im Bett zusammenrollen und ausruhen.

Savannah steckte ihren Kopf in die Tür. „Du musst rauskommen. Das musst du dir wirklich ansehen."

Als ich aus dem Bett rollte, schmerzte so ziemlich jeder Muskel in meinem Leib, und ich wollte meinen Körper nicht auf Blutergüsse untersuchen, weil ich sicher war, dass ich eine Menge davon hatte. Auf dem Weg zum Wohnzimmer machte ich einen Abstecher ins Bad. Ich würde nichts sehen können, wenn ich nicht den Schlaf aus meinen Augen wusch. Es war mir egal, wie ich aussah, Savannah hatte schon Schlimmeres gesehen.

Savannah stand im Wohnzimmer, ein paar Meter von der Haustür entfernt. Sie wies mit dem Kopf in Richtung Tür. Die Anzugträger aus Lucas' Club standen da mit einem großen Korb mit einer Karte. Gleicher Stil, andere Farben. Diesmal waren sie dunkelbraun – Tageskleidung, nahm ich an. „Anscheinend haben sie den Befehl, das nur dir zu geben", sagte Savannah irritiert und nickte in ihre Richtung.

Sie reichten mir den Korb; Er war zu groß, um die Karte gleichzeitig zu halten und zu lesen, also stellte ich ihn auf den Boden und starrte nur auf die unzähligen Pralinen, Früchte, Käse und Weine. Die Nachricht war in wunderschöner Schreibschrift geschrieben, und als ich sie las, erinnerte ich mich daran, wie er an seinem antiken Schreibtisch gesessen und ein Tintenfass benutzt hatte, um unsere Liste zu schreiben. Ich war mir sicher, dass er diese Karte genauso geschrieben hatte.

Entschuldigung wegen heute Morgen. Es war eine Situation, die pragmatisch gehandhabt werden musste. Wenn auch grausam war es ein notwendiges Übel. Bitte nehmen Sie mein Geschenk und meine Einladung zum Essen heute Abend als Entschuldigung an.

Wie süß, er hat zwei Vampire getötet, deren Leben ich zu verschonen versucht hatte, weil sie nicht aus eigenem Antrieb gehandelt hatten, und er schickt einen Korb und einen Brief. Sie hätten vielleicht einen Platz am Arschlochtisch verdient, doch sie hätten nicht sterben müssen. Als ich die Karte zu Ende gelesen hatte, standen die Anzugträger immer noch da.

Warten die auf ein Trinkgeld? „Ich habe leider kein Bargeld da", erklärte ich.

„Nein. Wir wurden angewiesen, Sie um eine Zeit zu bitten."

„Oh. Ich esse nicht mit Lucas zu Abend", sagte ich. „Sagen Sie ihm danke für das Angebot, aber ich passe."

„Diese Option gibt es nicht, Miss Michaels."

„Nennen Sie mich Livy, und teilen Sie Ihrem Arbeitgeber bitte mit, dass ich mich für diese Option entschieden habe."

Sie rührten sich nicht. Sie waren wie Mauern gebaut, also war ich mir sicher, dass ein sanfter Schubs auch nicht helfen würde.

„Wir wurden angewiesen, nicht zu gehen, bis Sie eine Zeit vereinbart haben."

Nett, ein aufdringlicher Vampir, der mit mir essen will. Das brauche ich wirklich nicht.

„Rufen Sie bitte Lucas an, ich würde gerne mit ihm sprechen."

Sie sahen einander besorgt an, und schließlich holte einer von ihnen sein Handy heraus, drückte auf einen Knopf und reichte es mir.

„Miss Michaels", sagte er, und mein Name rollte ihm von der Zunge, als würde er ein Sonett rezitieren. Seine Stimme war so sanft wie in der Nacht im Club. Bevor ich etwas sagen konnte, fügte er hinzu: „Ich habe Ihren Anruf erwartet."

Ich war neugierig, woher er wusste, dass ich es war, doch nicht neugierig genug, um zu fragen. „Ich kann heute Abend nicht mit Ihnen essen."

„Welcher Abend würde Ihnen passen?"

Wenn Ostern und Weihnachten auf denselben Tag fallen, um 28 Uhr.

Ich seufzte ins Telefon. „Ich möchte nicht mit Ihnen zu Abend essen", sagte ich schließlich. „Würden Sie bitte Ihre Anzugträger wegbeordern?"

„Anzugträger?", wiederholte er mit einem Lachen. „Ich

muss zugeben, das ist das erste Mal, dass ich einen Korb bekomme." Ich war mir ziemlich sicher, dass das wahr war.

„Nun, danke, dass Sie mir erlauben, Ihre Erste zu sein. Ich hoffe, es war genauso gut für Sie wie für mich", sagte ich in einem unbeschwerten, süßlichen Ton. „Im Ernst, danke für das Angebot, aber nein danke. Die Anzugträger werden den Korb auch wieder mit zurücknehmen." Und ich legte auf. Es brauchte scheinbar nicht viel, um Lucas zu ermutigen. Ein Geschenk von ihm anzunehmen würde genau das tun.

Ich wartete, doch die Anzugträger rührten sich nicht, und ich bezweifelte, dass sie es getan hätten, wenn Lucas nicht angerufen hätte. Danach nahmen sie den Korb, bewegten sich fast synchron, drehten sich um und gingen.

„Du musst einen verdammt guten Morgen gehabt haben", sagte Savannah von ihrem Platz auf dem Sofa aus und rutschte ans Ende, um mir Platz zu machen. Sie schien zu erwarten, dass ich mein Versprechen einlöste.

Ich goss mir eine große Tasse Kaffee ein und setzte mich neben sie, während sie geduldig darauf wartete, dass ich sprach. Ein Schluck Kaffee wurde zur Hälfte der Tasse, während ich mir etwas Stärkeres wünschte. Ich trank einen weiteren großen Schluck und suchte nach der Kraft, mein Versprechen nicht zu brechen.

„Was weißt du über die *Säuberung*?", fragte ich schließlich nach einem langen, unbehaglichen Schweigen.

Sie wirkte verwirrt von der Frage und brauchte einen Moment, bevor sie antwortete. „So ziemlich das, was alle wissen. Halbgotttypen mit Höllenmagie, die entschieden haben, dass sie die einzigen Übernatürlichen sein sollten, die es gibt." Sie sprach mit derselben Abscheu wie jemand, der über einen Krieg spricht, der von Gier und Machthunger entfacht wurde. „Sie sind hinter einem Schleier verborgen geblieben, der mit einem Schutzzauber bewehrt war, während die Welt zu ihren Füßen zusammengebrochen ist. Ich nehme an, wenn der Schaden angerichtet und der größte

Teil der Bevölkerung dezimiert worden wäre, wären sie von ihren selbstgefälligen Ärschen aufgestanden, um den Rest als Sklaven einzusammeln. Also das glaube ich zumindest. In der Schule erzählen sie eine schönere Version. Ich schätze, um uns keine Angst vor den Übernatürlichen zu machen. Du weißt schon, dieser ‚Nicht alle sind schlecht‘- und ‚Jeder verdient einen goldenen Stern‘- Bullshit.”

Das würde schwieriger werden, als ich dachte, und in diesem Moment beschloss ich, dass ich es ihr nicht sagen konnte. Ich trank noch einen Schluck und ließ sie weiterreden, denn sie sah aus, als erwartete mich noch eine längere Predigt.

„Etwas Gutes ist dabei herausgekommen. Die Übernatürlichen haben sich geoutet. Wir haben uns mit den Übernatürlichen verbündet, und was wären wir ohne die Hexen und ihre wunderbaren Läden, und nicht zu vergessen, die *herba terrae?*” Sie grinste, doch dann wurde ihr Blick mürrisch und traurig. Eine Erinnerung, die vielleicht nicht ihre eigene war, doch von Generation zu Generation weitergesponnen wurde, um dieselbe Geschichte nachzuerzählen, aufgebläht und verändert, um eine Wirkung zu erzielen.

„Ich habe Familienangehörige verloren. Ich denke, viele Leute haben das. Es ist traurig, dass – wie viele waren es? 89 Leute? – so viel Chaos anrichten konnten, dass es die ganze Welt verändert hat. Mir wurde gesagt, dass es einen kleinen Widerstand gegeben habe, der versucht hätte, es aufzuhalten, doch sie sind gescheitert. Wo sie gescheitert sind, konnten Hochmagier den Schutzwall niederreißen, und eine Armee hat erfolgreich die Stadt dahinter in Schutt und Asche gelegt.”

Die Trauer in ihrer Stimme erinnerte mich daran, warum ich es ihr sagen wollte. Trotz der Wut über ihren Verlust, der Unglaublichkeit der Situation und des Fehlverhaltens – sie hatte Mitgefühl.

„Es gab einen kleinen Widerstand von sechsunddreißig,

deren Versuche, sie aufzuhalten, erfolglos waren. Ihnen ist es jedoch gelungen, aus der Stadt zu fliehen, bevor alles passiert ist. Meine Eltern waren zwei von ihnen."

Als sie begriff, was ich gerade gesagt hatte, blieb ihr der Mund offenstehen. Sie klappte ihn schnell zu und brachte ein „Oh" zustande.

Mit einem schiefen Lächeln gestand ich mit leiser Stimme etwas, das ich noch nie laut ausgesprochen hatte. „Ich bin eine *Legacy*."

Sie nickte langsam, ihr Mund verzog sich zur Seite, als sie eine Weile nachdachte. „Warum warst du letzte Nacht voller Blut? Du hast nicht irgendeine seltsame Zaubersache gemacht, oder? Weil ich kein Problem mit dem *Legacy*-Ding habe, aber das andere Zeug ist ein No-Go."

Ich lachte, und bei all den schrecklichen Dingen, die vor sich gingen, war das eine gute Sache. Die Last, meine Abstammung mit mir herumzutragen, war schwerer gewesen, als ich gedacht hatte, weil ich jetzt das Gefühl hatte zu schweben. Und dann erzählte ich ihr alles, was in *The Haven* passiert war, von meinem Treffen mit Clive, all die Dinge, die er gesagt hatte, was ich in der Höhle entdeckt hatte, und sogar die Tracker, die meine Eltern getötet, und diejenigen, die mich gefunden hatten. Da schien sie die Schwere der Konsequenzen hinter meinem Geheimnis zu verstehen. Ich musste sie schwören lassen, dass sie es geheim halten würde, ich wusste, dass sie es niemandem erzählen würde.

„Bist du sicher, dass es ein *Legacy* war, der deinen Zauber blockiert hat?", fragte sie. „Du sagst, es hat geflackert, könnte es sein, dass es …" Sie hielt inne. „Vielleicht ein Tracker oder jemand …" Sie beendete den Satz nicht; Ein mutloser Blick ersetzte ihre Worte. Ich wusste, was sie dachte, und es zeigte sich treffend auf ihrem Gesicht – dieses Flackern hätte sehr leicht ich sein können.

„Möglicherweise. Ich versuche nur herauszufinden, was passiert. War es Zufall, dass ich in dieser Nacht im Park gelandet bin? Versucht jemand, mir etwas anzuhängen? Wer ist es, und wie kann derjenige sowohl Wandler als auch Vampire kontrollieren? Was steckt dahinter?" Apropos Wandler, ich warf einen Blick auf die Uhr: halb elf. „Ich soll Gareth zum Brunch treffen."

„Ich werde ihn anrufen und ihm sagen, dass du krank bist oder so. Du hast schon besser ausgesehen, und ich denke, du könntest ein paar zusätzliche Stunden Schlaf gebrauchen. Leg du dich wieder hin, und ich kümmere mich um alles. Und wenn du aufstehst, werden wir das alles herausfinden."

Ich war mir nicht sicher, ob sie mit Gareth fertig werden würde – ich dachte nicht, dass er der Typ war, mit dem man fertig werden sollte –, doch ich war vorsichtig optimistisch. Aber die Situation schien sich aufgehellt zu haben, jetzt, da ein weiteres Augenpaar auf das Problem gerichtet war – jemand, von dem ich nicht befürchten musste, dass er mich verletzen oder eine Armee gegen mich hetzen könnte.

Ich schloss meine Augen, doch ein Nickerchen konnte ich vergessen, weil ich über das nachdachte, was Savannah vorgeschlagen hatte. Was, wenn das Flimmern ein sterbender *Legacy* wäre? *Verdammt.*

Als Savannah kurz vor zwölf an meine Tür klopfte, rollte ich mich herum und sagte zur geschlossenen Tür: „Ich schätze, du hast es nicht geschafft. Es tut mir leid, dass du dich mit einem arroganten Wandler rumschlagen musstest. Er ist schon ein bisschen ein Arsch. Du hättest ihm einfach sagen sollen, dass er sich verziehen soll."

„Warum kommen Sie nicht raus und sagen es ihm selbst?", meinte Gareths tiefe, raue Stimme mit einem Hauch von Humor. Er war ein arroganter Wandler mit einem verdrehten Sinn für Humor.

„Okay." Ich kletterte aus dem Bett, riss die Tür auf und fand Gareth an die Wand gelehnt, mit einem teuflischen

Grinsen und seinem Gildenabzeichen und Handschellen in der Hand. „Sie haben die Wahl, Miss Michaels. Wir können uns auf der Wache, im *The Haven* oder bei einem netten Brunch unterhalten. Mir ist es so ziemlich gleich."

Mit Kalen zu arbeiten hatte mich die Kunst des Kompromisses gelehrt, weil ich sicher war, niemanden getroffen zu haben, der sturer, egozentrischer und arroganter war als er – bis jetzt.

Als ich mich umdrehte, um mich anzuziehen, hätten die Dinge, die ich vor mich hin murmelte, sicherlich das Lächeln von seinem Gesicht wischen sollen. Ich sah über meine Schulter. Es war immer noch da. So selbstgefällig wie es nur ging.

***

Auf keinen Fall würde ich einen Cheeseburger und Pommes, belgische Waffeln, Chicken Wings, einen Salat mit gegrilltem Hähnchen, Schokoladenkuchen und Kirschtörtchen essen, doch ich bestellte trotzdem alles. Meine passive Aggression funktionierte gegenüber Gareth nicht. Der herablassende Ausdruck der Gleichgültigkeit war zu einem festen Bestandteil seines Gesichts geworden, und es würde ein ständiges Ziel sein, ihn zu entfernen.

Sobald das Essen bestellt war, lehnte er sich zurück und neigte den Kopf. „Heute Morgen. Erzählen Sie mir davon."

Ich zuckte mit den Schultern und hielt jegliche Emotionen aus meiner Stimme heraus. „Ich bin nach Hause gekommen und konnte nicht schlafen, also bin ich auf meinem üblichen Weg joggen gegangen. Es ist nicht ungewöhnlich, dass ich das mache."

„Sie joggen oft im Dunkeln?" Zweifel vibrierten in seiner Stimme und seinem verzogenen Mund.

„Nicht oft. Nur, wenn ich nicht schlafen kann."

„Also sind Sie joggen gegangen, und was, Sie sind in die Höhle gefallen?"

Oh, das ist gut, ich wünschte, ich hätte daran gedacht. „Nein, ich habe die offene Abdeckung gesehen und war neugierig." Ich hasste es, zu lügen. Wirklich. Doch ich hatte keine große Wahl.

„Also haben Sie mitten in der Nacht beschlossen, eine Höhle zu erkunden? Es ist nur Zufall und vorteilhaft, dass Sie Werkzeug zum Öffnen der Abdeckung, eine Taschenlampe und Ihr Sai dabei hatten", schnaubte er.

„Ich nehme die Zwillinge fast überall mit hin."

Das Essen wurde serviert, und anstatt mich auf seinen kühlen, ungläubigen Blick zu konzentrieren, konzentrierte ich mich darauf, die Waffeln zu essen, und bat darum, den Rest in Mitnahmebehälter zu packen. Ich konnte seinen steinernen Blick auf mir spüren. Seine Finger bewegten sich über den Rand seines Glases, während er sprach. Sein Ton war leise und distanziert.

„Das Komische am Lügen ist, dass der Mund so viele erzählen kann, wie er will, doch der Körper wird immer ehrlich sein. Erhöhte Herzfrequenz und Atemgeräusche. Blinzeln, das entweder zunimmt oder abnimmt, und die Lage der Stimme ändert sich immer, wenn jemand lügt. Wussten Sie das, Livy?"

„Ja. Und mir ist auch bewusst, dass sich die Herzfrequenz einer Person erhöhen kann, weil sie von einer Person verhört wird, die mehr als einmal damit gedroht hat, sie ins Gefängnis zu werfen. Der Ton in ihrer Stimme könnte sich geändert haben, weil sie jedes Mal, wenn sie spricht, versucht, besagten Gildenkommandanten nicht zu fragen, warum er so ein arroganter, narzisstischer, selbstgefälliger" – ich hielt abrupt inne, kein Grund, vulgär zu sein – „Esel ist. Ich blinzle mehr oder weniger, weil ich müde bin, weil ich die ganze Woche nur ein paar Stunden geschlafen habe, nachdem ich von ferngesteuerten Wandlern und Vampiren angegriffen wurde, *Commander*."

Wenn das seiner herablassenden Art keinen Dämpfer verpassen würde, würde nichts dagegen helfen. Und das tat es auch nicht, doch seine Mundwinkel hoben sich ein wenig. Er war attraktiv. Das unerbittliche schiefe Lächeln, Grinsen oder wie auch immer man es nennen wollte, sah gut an ihm aus. Mir wurde klar, dass ich ihn anstarrte, und das nicht aus Verachtung. Ich wandte meinen Blick ab und konzentrierte mich auf die Waffeln, die sogar lauwarm köstlich waren.

„Hören Sie, Gareth, ich würde genauso gerne herausfinden, wer dafür verantwortlich ist. Mich zu verhören, mich als Lügnerin zu bezeichnen, zu versuchen, Löcher in jede Geschichte zu stechen, die ich Ihnen erzähle, trägt nichts dazu bei. Vielleicht sollten Sie anfangen, den- oder diejenige zu suchen, die die Wandler und die Vampire kontrolliert." Ich wollte ihm nicht sagen, dass die Möglichkeit bestehen könnte, dass ein *Legacy* involviert war. Savannah hatte recht: Das Flackern hätte bedeuten können, dass derjenige tot war, aber auch, dass er oder sie versuchte, sich zu verstecken. Das Problem an dem Hinweis, dass es einen *Legacy* gab, war, dass er sich fragen könnte, ob es noch mehr gab. Ich wollte nicht, dass er dieser Frage nachging.

„Warum erzählen Sie mir nicht, was mit Ihnen und Lucas in der Höhle passiert ist?"

Ich nickte und fuhr fort, ihm zu erzählen, was passiert war, wobei ich die Teile ausließ, in denen ich Magie benutzte, um sie aufzuhalten, und herauszufinden versuchte, ob es einen *Legacy* in der Nähe gab. Ob ich recht oder unrecht hatte, so oder so war es eine schlechte Situation.

„Sind Sie damit einverstanden, Blu noch einmal versuchen zu lassen, Ihre Erinnerung abzurufen?"

Das schon wieder? Doch ich musste. Selbst wenn wir nur ein Gesicht hätten, würde es uns irgendwohin führen. Ich nickte, und Augenblicke später hatte er eine SMS geschickt, und sie antwortete und sagte uns, dass sie uns im Haus treffen würde. Ich hatte zwei Tüten mit Essen, die Gareth mir abgenommen hatte, doch nicht bevor er eine unbeachtete bissige Bemerkung gemacht hatte. Gerade, als ich die Tür öffnete, sah ich die bekannte Gestalt auf der anderen Straßenseite. Er saß draußen auf der Terrasse gegenüber dem Restaurant, in dem wir gebruncht hatten. Er ließ seine Aufmerksamkeit zwischen Gareth und mir hin und her wandern. Unter seinen intensiven Blicken erzählte ich Gareth von Clives *Humans First* Verkaufspräsentation, den Veränderungen, die kommen Würden und dass „Dinge in Arbeit" waren. Es war nur eine weitere Sache auf meiner Liste, die in einen Zusammenhang gebracht werden wollte. So sehr ich es auch fürchtete, ich musste mein Gedächtnis zurückbekommen.

Blu erwartete uns an der Tür, und auch wenn ich es für unmöglich hielt, sah es aus, als wäre ihr Haar noch voller geworden. Ein dicker Wasserfall ergoss sich über ihre Schultern, die blauen Spitzen ein paar Nuancen heller als das schulterfreie lange Boho-Kleid, das sich sanft wiegte, wenn sie sich bewegte, dazu eine Ansammlung von Armreifen um ihr Handgelenk. Dasselbe freundliche Lächeln bat uns ins Haus. Diesmal machte sie sich nicht die Mühe, mir *herba terrae* anzubieten. Ohne kostbare Zeit zu verschwenden, bereitete sie mich auf dieselbe Weise vor wie beim letzten Versuch. Das Mal auf meiner Stirn prickelte, und Wärme breitete sich aus und hüllte langsam meinen Körper ein.

„Ich möchte, dass du dich entspannst", sagte Blu mit sanfter, rauer Stimme, doch es war schwierig, das zu tun, wenn sie es nicht konnte. Ich konnte die Anspannung spüren. Furcht. Und es war schwer, es zu verbergen.

Gareth behielt sie im Auge, und wenn ich es hören konnte, konnte er es auch. Ich war mir sicher, dass er es spüren, es an ihrem Herzschlag hören und wahrscheinlich sogar riechen konnte.

Ich atmete die aromatischen Düfte des Raums ein, erlaubte ihnen, mich noch mehr zu entspannen, akzeptierte die Reise, die ich unternehmen musste, um die Antworten zu bekommen, die wir brauchten.

Der Club. Ich erinnerte mich an die Geräusche der Musik, die den Raum dominierten, an die sich windenden Körper, den starken Geruch von Alkohol und Blut in den Gläsern der Vampire, die sich durch den überfüllten Raum schoben. Ich erinnerte mich an die Leute, Gespräche und dann an den Angriff.

Ich versuchte, meine Augen geschlossen zu halten, doch ich konnte Blus mühsames Atmen hören, als sie um jeden Atemzug kämpfte. Meine Augen öffneten sich sofort, und ich sah sie mit weit aufgerissenen Augen und nach oben gerichteten Handflächen. Magie pulsierte von ihr wie ein Buschfeuer. Ihre Lippen bewegten sich, während sie Beschwörungen rezitierte, bevor ihr Körper starr wurde. Magie erfüllte die Luft, nicht nur ihre. Vertraute Magie, aber anders als die von Blu, Kalen und sogar die, die ich beim letzten Mal gespürt hatte. Blu heulte vor Schmerz auf und wurde so hart gegen die Wand geschleudert, dass Putz um sie herum bröckelte, als sie zu Boden sackte. Ihre Atemzüge kamen in kurzen Stößen.

Ein weiterer magischer Schwall schoss durch die Luft und hämmerte auf ihren regungslosen Körper ein. Ich zog das Messer aus meiner Knöchelscheide und stürmte zur Tür hinaus. Ich wünschte, ich hätte die Zwillinge, doch genau wie mit einem Schwert wäre es wirklich schwer, damit die Main Street hinunterzugehen, ohne zu riskieren, seltsame Blicke und möglicherweise eine ungeladene Polizeieskorte zu riskieren, wohin man auch ging. Wenn ich verhindern wollte, dass die Magie gegen die von Blu eingesetzt wurde, musste ich ihr an der Quelle Einhalt gebieten. Draußen ließ ich mich von der Magie überfluten, schätzte ihren Rhythmus und die subtilen Variationen ein, die für jeden Praktizierenden einzigartig waren. Übernatürliche wussten, dass die Quelle aller Magie identifiziert werden konnte, sobald man den Besitzer kannte. So wie jeder Musiker einen Sound hatte, der seine Musik einzigartig machte, so hatte auch ein magischer Benutzer eine Magie, die nur ihm gehörte. Ich hatte diese Art von Magie im *The Haven* gespürt, als Jonathan mich damit gefoltert hatte.

Wo bist du, Bastard?

Flüche und Zauber konnten aus der Ferne gewirkt werden, aber sie waren viel stärker, je näher der Praktizierende dem Ziel war. Doch man musste nah dran sein, um defensive und offensive Magie auszuführen. Man konnte niemanden quer durch den Raum werfen, wenn man Hunderte von Metern entfernt war.

Mit dem Messer in der Hand ging ich um das Haus herum und folgte den Staubpartikeln gebrauchter Magie, die in der Luft hingen. Ich schoss um die großen Bäume der Gegend herum. Die magische Aura wurde zu dünn, um sie zu verfolgen. Er war weg oder hatte aufgehört, Magie zu benutzen. In einem Dickicht im Wald sah ich mich um, lauschte auf Geräusche und versuchte, sie von denen der Natur zu unterscheiden. Ich hörte rechts von mir einen Ast brechen und leise Schritte. Ich rannte los und holte die schattenhafte Gestalt ein, als sie tiefer in den Wald verschwinden wollte. Es war nicht Jonathan – dieser Typ war einige Zentimeter größer und hatte hellbraunes Haar. Je näher ich kam, desto besser konnte ich die magische Silhouette spüren, die ihm zu folgen schien. Stark, aber vertraut. Er schien weniger zu gehen als mit der Anmut und Beweglichkeit eines Vampirs zu gleiten.

Als ich nur noch wenige Zentimeter von ihm entfernt war, wirbelte er herum. Breite, gemeißelte Gesichtszüge und eine Hakennase, seine Lippen zu einer geraden Linie zusammengepresst. Die Magie war vertraut, weil ich sie gespürt hatte, als Blu angegriffen worden war, und die gleiche Magie war vorhanden gewesen, als die Wandler uns angegriffen hatten. Er war weder Fee noch Magier. *Legacy*? Nein, das war nicht meine Magie – sie war anders, reiner als rein. Es war zu viel, eine starke Dosis, die kaum erträglich war. Eine überwältigende Flut von Magie, die verwässert werden musste. Sie musste sich mit etwas vermischen, damit man sie ertragen und tatsächlich überleben konnte. Wer konnte gegen ihn antreten und eine Chance haben? Ich stand da und starrte jemanden an, im Vergleich zu dem ich schwach war. Seine Augen blitzten und mein Körper wurde gepackt, gezwungen stillzustehen. Schweigend glitt er auf mich zu, und bei jedem Schritt erinnerte er mich weniger an einen Vampir als vielmehr an ein angriffsbereites Raubtier im Dschungel.

Ich hasste die Stille, ich fühlte mich darin versunken, als würde die Welt stillstehen, und alles um mich herum schien so klein. Gebannt von seinen Augen konnte ich nicht zurückweichen. Er kam näher. Seine Lippen bewegten sich kaum, doch ich konnte spüren, wie Magie über mich strömte, meinen Verstand vernebelte, an meinen Gedanken zupfte. Er versuchte, etwas herauszuziehen, eine Erinnerung – diese Erinnerung. Die Erinnerung an ihn.

Mein Kopf schmerzte von dem plötzlichen Angriff der Magie. Ich erinnerte mich an jede Übung mit meiner Mutter, als sie mir Umkehrzauber beigebracht hatte, einige der wenigen, die ich lernen durfte. Ich entschied mich für den Stärksten. Mir war beigebracht worden, dass Spezifität wichtig war, wenn ich Zaubersprüche wirke, doch ich hatte keine Zeit, um genau zu sein. Ich drängte meine Magie mit voller Kraft heraus. Härter, stärker als alles, was ich in meinem Leben benutzt hatte. Der Bann brach, doch nicht ohne Folgen. Meine Haut fühlte sich wund an, als hätte ich mich körperlich aus seinem Griff gerissen. Er schauderte, die erste

Spur von Gefühl, die er gezeigt hatte. Er sah sich um. Ich hatte sie auch gehört – Schritte. Dann rief Gareth nach mir. Er versuchte noch einmal, mir die Erinnerung aus dem Kopf zu ziehen, und schleuderte mich mit einer Bewegung seiner Hand gegen einen Baum. Mein Kopf krachte dagegen. Schwindel. Das Summen seiner Magie überwältigte mich. Ziehend. Reißend. Angreifend. Wenn er ein *Legacy* war … war er ein neuer *Legacy*. Hochgestuft auf ein gefährliches Niveau.

Ich knirschte mit den Zähnen und setzte mich zur Wehr. Er stolperte zurück. Ein Lächeln zynischer Wertschätzung und Interesse huschte über seine Züge. Ich zog die Magie ein, formte daraus eine massive Kugel und stieß sie aus. Er stürzte zurück. Gareth rief meinen Namen. Der Mann war wieder auf den Beinen. Drängte mich zurück gegen den Baum. Ein weiterer harter Stoß. Ich sah Farbe, mein Kopf begann zu schwimmen, und noch mehr Farben schossen in leuchtenden Funken an meinen Augen vorbei. Als er es erneut versuchte, wehrte ich es wieder ab. Ich brauchte die Erinnerung. Ich musste mich an ihn erinnern.

Noch mehr Magie – harte Magie – strömte aus mir heraus. Er grunzte. Ich hatte Schaden angerichtet, doch ich konnte nicht sehen, wie viel. Es fiel mir schwer, mich zu konzentrieren. Es dauerte einen Moment. Ich stand mit benebeltem Kopf auf, doch ich würde ihn nicht davonkommen lassen. Mit verschwommenem Blick stolperte ich hinter ihm her. Ich konnte das schwache Lächeln ausmachen, als sich ein Spalt in der Luft öffnete und er hindurchschlüpfte. Nein. Ich musste verletzter sein, als ich dachte. Er konnte nicht einfach die Luft öffnen und hindurch gehen. Ein Schleier. Er war durch einen Schleier geschlüpft.

Ich wollte meine Gedanken klären, den Kopf schütteln, doch es schmerzte zu sehr.

„Livy, geht es Ihnen gut?"

Ich sprach und erkannte den Klang meiner eigenen

Stimme nicht, erschöpft von der Verwendung von Magie, die ich seit Jahren nicht mehr in diesem Umfang losgelassen hatte. Mein Körper schmerzte, als hätte ich zu hart gearbeitet. Mein Kopf pochte von der Abwehr des Zaubers und dem Sturz gegen den Baum. „Wie geht's Blu?"

„Es geht ihr gut – viel besser, als es Ihnen zu gehen scheint. Sie sehen nicht sehr gut aus."

„Ich bin okay." *Das habe ich laut gesagt, oder?*

Ich zog die Decke fester um mich und zuckte mit den Schultern, als ich das unerbittliche Tippen auf meiner Schulter bemerkte, das ärgerlicherweise in immer dichteren Abständen kam. Dann ein sanftes Schütteln. Wieder versuchte ich, die Berührung abzuschütteln.

„Livy, setzen Sie sich auf!" Gareths Stimme war tief und gebieterisch. Streng genug, um mich dazu zu bringen, die Augen zu öffnen, auch wenn es nur war, um ihm einen bösen Blick zuzuwerfen.

„Warum schreien Sie mich so an?"

„Tut mir leid, ich muss Sie alle zwei Stunden wecken. Wenn Sie das nicht wollen, gehen Sie zurück ins *Isles*."

Ich drehte mich um und setzte mich auf die Bettkante. „Zurück?"

„Ja, Sie haben immer wieder gesagt, dass es Ihnen gut geht, aber Sie sind ohnmächtig geworden, bevor Sie mir gesagt haben, ich soll Sie nicht ins Krankenhaus bringen. Also bin ich einen Kompromiss eingegangen. Ich habe Sie dorthin gebracht, Sie untersuchen lassen, und jetzt sind Sie hier."

Ich sah mich in dem großen, schlichten Raum um. Dunkle Möbel: Kommode und Schrank. Kahle cremefarbene Wände. Zugezogene Vorhänge, die ein großes raumhohes Fenster verdeckten, machten den Raum dunkel. Ohne das

Licht, das vom Flur hereinfiel, und das sanfte Leuchten einer kleinen zylindrischen Lampe neben mir, wäre der Raum stockfinster gewesen.

„Okay, gut, ich bin wach. Sie können mich nach Hause bringen."

Er lachte. Die sanfte Beleuchtung warf kleine Lichtflecken über seine Augen, gerade genug, um sie amüsiert glänzen zu lassen. „Das ist nicht Teil des Deals."

„Sie haben einen Deal mit einer Person gemacht, die kaum bei Bewusstsein war? Ziemlich fragwürdig."

Er zuckte mit den Schultern, das Lächeln lag immer noch auf seinem Gesicht, die Lippen verzogen. „Gut, dann eben das *Isles*."

Ich funkelte ihn an. Mein Kopf schmerzte so sehr, dass Augenverdrehen nicht in Frage kam.

„Schlafen Sie wieder, Aspirin liegt auf dem Nachttisch. Der Arzt sagt, es ist okay, sie zu nehmen. Und das Sandwich ist auch für Sie, wenn Sie es wollen." Dann schloss er die Tür hinter sich. Es war fast dunkel. Ich berührte das Metall der kleinen zylindrischen Lampe, und sie wurde heller. Ich sah gern, was ich aß. Ich biss in das Sandwich. Es war schwer, böse auf ihn zu sein, während ich ein Croissant mit Truthahn und Käse und einem köstlichen Frischkäse verschlang. Sein Kindermädchen, die Haushälterin oder welchen Titel er ihr auch immer gab, hatte sich gerade den Titel der weltbesten Sandwich-Künstlerin verdient. Und als ich die selbstgebackenen Kekse auf dem Teller auf dem Nachttisch sah, erklärte ich sie zu meiner neuen Freundin.

Als ich das nächste Mal aufwachte, hatte ich keine Ahnung, wie lange ich geschlafen hatte. Das Zimmer war völlig dunkel; Jemand hatte das kleine Nachtlicht ausgeschaltet. Ich tippte dagegen, und es spendete genug Licht, um mein Handy auf dem Tisch zu finden. Nur eine SMS von Savannah, was bedeutete, dass sie mit Gareth gesprochen haben musste.

Ich setzte mich für einen Moment auf und ließ die Bilder von heute, die geschlummert hatten, lebendig werden. Angst durchströmte mich, als ich mich an die Stärke seiner Magie erinnerte, mächtig und vertraut. Magie, die über meine Haut strich, um mir wieder die Erinnerung zu stehlen. Ein Zauber, der meine Erinnerungen an sein Gesicht entfernen sollte, damit ich es niemandem sagen konnte. Er war vertraut, aber kein *Legacy*. Da war etwas ganz anderes. Hatte er Angst, so wie es mir in der Höhle ergangen war und als ich zum ersten Mal einen Tracker gesehen hatte? Hatten ihn Erinnerungen daran, wie seine Familie von einem ermordet worden war, dazu gebracht, aus seinem Selbsterhaltungstrieb heraus zu reagieren? Ich konnte nicht glauben, dass ich von dieser merkwürdigen, selbstverständlichen Allianz mit einem Mann zerrissen wurde, den ich nur Augenblicke gesehen hatte, als er mich angegriffen hatte. Ich schloss meine Augen, und alle Gedanken und Erinnerungen verschmolzen miteinander. Ich versuchte, es zu verstehen.

Es war offensichtlich der Mann aus dem Wald gewesen, der mir meine Erinnerungen genommen hatte; aber wieso? War es, um mich zu beschützen? Er hätte mich in dieser Nacht töten können. Hatte ich etwas gesehen, und er befürchtete, es würde mich in Gefahr bringen? Jonathan, was war seine Rolle? Es gab zu viele Unbekannte und Variablen, die es zu schwierig machten, es zu verstehen.

Nachdem ich fertig gegessen hatte, schlief ich weiter. Gareth kam wieder herein, um mich aufzuwecken. Er stellte mir ein paar Fragen und ließ mich dann weiterschlafen. Es war kurz nach zweiundzwanzig Uhr, als ich mich endlich ausgeruht genug fühlte, um aufzustehen. Als ich an die Bettkante rutschte, erwartete ich Kopfschmerzen, doch zum Glück waren sie weg, obwohl ich immer noch Schmerzen hatte. Ich war definitiv gegen einen Baum gekracht, und ich war nicht ganz sicher, ob ich nicht doch einen Zusammenstoß mit einem Auto gehabt hatte. Strecken half auch nicht, doch es schien meine angespannten Muskeln so weit zu lockern, dass ich mich besser bewegen konnte.

Die Stille störte mich. Oft bedeutete sie Gefahr. Raubtiere und Tracker bewegten sich lautlos. Ich rief Gareths Namen, als ich durch das Haus ging; nur am Ende des Flurs brannte ein Licht, doch es reichte, um den langen Gang zu erhellen. Ich hatte das Wasser in meinem Zimmer ausgetrunken und sogar im Halbschlaf das Croissant und alle Kekse gegessen. Ich ging in die Küche, um etwas zu essen, wurde aber schnell von der Aussicht draußen abgelenkt – der Wald, der sich so weit erstreckte, dass ich in der Ferne gerade noch ein Stück vom Dach des Nachbarhauses sehen konnte. Gareth kam zwischen den Bäumen hervor, ein Hauch von Mondlicht, der ausreichte, um zu erkennen, dass er nackt war, bevor er seine Jeans anzog. Wieder einmal hatte ich seinen entblößten Körper gesehen. Ich sah zu lange hin und konzentrierte mich auf seine Brust, breit und definiert, seine starken Gesichtszüge und fesselnden Augen. Ich war von mir selbst enttäuscht, weil ich ihn anstarrte. Ich wandte den Blick ab, doch nicht, bevor er mich ertappte.

Ein Hauch eines Lächelns umspielte seine sinnlichen Lippen und blieb, als er sich dem Haus näherte, ohne den Blickkontakt abzubrechen. Es fiel mir schwer, wegzusehen. Er war leise, als er das Haus betrat und sich mir näherte, langsame Bewegungen, als würde er sich seiner vor Angst gelähmten Beute nähern. Ich wich nicht zurück, doch vielleicht hätte ich es tun sollen, nur um mich abzulenken. Ich brauchte eine Ablenkung. Und als er die Hand ausstreckte, um mich zu berühren, zuckte ich zurück, als wäre er Feuer und ich versuchte, mich aus der Gefahr zu retten. Lächelnd strich er mir mit der Hand über den Hinterkopf, dort wo er annehmen musste, dass ich ihn mir angestoßen hatte. Ein Hauch von Eichenduft ging von ihm aus, und ich atmete ein, atmete *ihn* ein.

„Keine Beule. Ihr Schädel ist so dick, wie ich vermutet hatte."

„Behandeln Sie so einen Gast in Ihrem Haus? Wirklich nett, Mr. Gareth."

Er bewegte sich nicht. Stattdessen blieb er in meiner Nähe und hielt meinen Blick auf die gleiche Weise fest, wie er es auf dem Weg zum Haus getan hatte. Und ich fand mich genauso verzaubert davon. *Schau weg.* Savannah würde eine Entschuldigung dafür bekommen, dass sie ein Vamp-Fangirl war, weil ich das Gefühl hatte, selbst einen Wandler-Fangirl-Moment zu erleben. Ich war mir dessen bewusst, was geschah, eine Anziehung, die wahrscheinlich urtümlicher war als alles andere. Sie war nicht echt. Es war nur seine Anwesenheit, die einen fleischlichen Teil von mir ansprach – das wollte ich mir zumindest einreden. Ob es die Wahrheit war oder nicht, ich musste es ignorieren.

„Wie fühlen Sie sich?"

„Okay. Keine Kopfschmerzen. Gar nichts. Wieder ganz die Alte." Aber war ich das? Die *alte* Livy hatte ignorieren können, wie gut Gareth aussah. Die *alte* Livy starrte nicht auf seine Lippen und fragte sich, wie es sich anfühlen würde, sie zu küssen. Die *alte* Livy würde nicht zulassen, dass unangemessene Gedanken in meinem Kopf auftauchten und blieben.

Er presste seine Lippen sanft auf meine. Dann noch einmal, etwas gebieterischer, härter. Meine Reaktion war, näher zu kommen und meine Finger in seine Taille zu graben. Sein Körper presste sich gegen meinen; Eine Hand um meine Hüfte geschlungen, die andere in mein Haar vergraben, zog er mich fester an sich. Dann ließ er abrupt los.

„Jetzt, wo das aus dem Weg is, können Sie sich vielleicht konzentrieren." Er trat zurück und lehnte sich mit dem selbstgefälligsten aller selbstgefälligen Grinsen an die Theke.

Darum bin ich nicht von ihm begeistert – hochmütig, selbstge-

fällig, narzisstisch. Wie konnte ich das auch nur für einen Moment vergessen?

„Was?"

„Sie haben auf meine Lippen gestarrt, und ich bin mir sicher, dass Sie sich gefragt haben, wie sie sich anfühlen. Jetzt wissen Sie es."

Ich war froh, dass es jetzt nicht mehr wehtat, die Augen zu verdrehen, weil ich genau das tat, und zwar ausgiebig.

„Brauchen Sie noch einen, oder reicht es? Ich kann Ihnen noch einen geben."

Ich warf ihm einen abweisenden Blick zu, der ihn nur zu ermutigen schien. „Nicht nötig."

„Was ist heute passiert?", fragte er, seine Stimme etwas rauer, tiefer als gewöhnlich. Er hielt meinen Blick für einen Moment fest, dann richtete er seine Aufmerksamkeit an mir vorbei, wanderte jedoch immer wieder zu mir zurück und dann zu meinen Lippen, bevor er seinen Blick wieder abwandte. Es schien, als musste Gareth den Kuss eher hinter sich bringen als ich.

„Irgendein Esel hat mich magisch ausgeknockt."

„Wie sah er aus?"

„Dünn – sehr dünn. Groß, über zwei Meter. Braunes Haar, scharfe Gesichtszüge, kalte, leere graue Augen. Ich habe ihn noch nie gesehen. Seltsam gekleidet, langer Mantel, bestickt. Stoffhose und ein weißes Hemd. Ich weiß nicht, ob er derjenige war, der zuvor mein Gedächtnis gestohlen hat, doch heute hat er auch versucht, es zu stehlen. Ich –" Ich hielt abrupt inne. Ich hätte ihm fast alles erzählt. Sogar, wie ich ihn abgewehrt habe.

„Sie haben was? Was haben Sie getan?"

„Ich habe ihn abgewehrt." Ja, ich hatte den Teil über die Magie ausgelassen, aber was machte das schon?

„Haben Sie Jonathan gesehen?", fragte er. „Ich habe ihn in der Nähe des Hauses gerochen."

„Nein." Meine Worte waren knapp, und ich zwang mich,

nicht mehr zu sagen, obwohl ich beinahe gesagt hätte, dass ich seine Magie gespürt hatte. In der Nähe von Gareth wurde ich unvorsichtig und verlor meine Wachsamkeit. Er war einer der Letzten, bei denen ich unvorsichtig werden sollte.

„Glauben Sie etwa, dass er in all das verwickelt ist?", fragte ich.

Ich erwartete eine nachdrückliche Ablehnung; immerhin war er ein Mitglied des Rats. Es war nicht so, als wären sie unfehlbar, doch Status und Ehre gingen mit der Position einher, und ich konnte mir nicht vorstellen, dass es viele Dinge gab, die ein Ratsmitglied dazu bringen würden, den Ruf des Rates zu beschmutzen oder seine Position darin zu gefährden. Doch offensichtlich war Gareth sich da nicht so sicher.

„Ich weiß nicht", gab er schließlich zu und fuhr mit den Fingern über sein Gesicht, dann durch sein Haar. Ich wandte meinen Blick von ihm ab und richtete ihn auf die wunderschöne Aussicht. Der Wasserfall, sein sanftes Plätschern und das Schimmern des Mondes, der sich im Wasser spiegelte, wirkten beruhigend. „Ich habe ihn mehrmals angerufen, ohne eine Antwort zu bekommen. Was auch gut so ist, denn ich würde ihn lieber persönlich befragen."

Ich wusste, dass er das bevorzugte, da er so feststellen konnte, ob er die Wahrheit sagte oder nicht. Er sah zu seinem Handy hinüber, das zu vibrieren begonnen hatte. Ich nahm an, dass es Jonathan war, der endlich zurückrief. Er runzelte die Stirn und sah mich an. „Sagen Sie Savannah, dass ich ohne Zögern ihre Nummer sperren werde. Ist sie sich der Tatsache bewusst, dass ich nicht Ihr vom Gericht bestellter Vormund bin?"

Ich zuckte mit den Schultern und versuchte angestrengt, seine Lippen zu ignorieren, die ich vor wenigen Minuten auf meinen gespürt hatte. *Konzentriere dich auf das Problem*, schalt ich mich, doch es fiel mir schwer, meine Gedanken in die richtige Richtung zu lenken. Es war mir peinlich, dass er eine solche Wirkung auf mich hatte.

Er stieß sich von der Theke ab und drehte sich um, sein Körper so nah an meinem, dass ich die Muskeln an seinem Bauch spüren konnte. „Ich würde Sie einladen, über Nacht zu bleiben, aber ich glaube nicht, dass ich Savannahs Telefonterror ertragen kann." Er verschwand im Flur und kam mit einem Hemd und dem Autoschlüssel in der Hand zurück.

KAPITEL 12

Savannah hielt die Klinge mit der Geschicklichkeit von jemandem, der wirklich wusste, was er damit tat. Doch sie blieb in der Nähe, als wir den dichten Wald beim Haus betraten, in dem Blu gezaubert hatte. Jeder ihrer Schritte war gemessen und langsam.

„Warum rufen wir nicht Gareth an und warten auf Verstärkung?"

„Weil ich nicht für die Gilde arbeite und nicht glaube, dass ich Verstärkung anfordern kann." Meine Stimme war leise wie ihre. Ich wäre das gerne allein angegangen, doch in dem Moment, als ich ihr von meinen Plänen, den Mann zu finden, der versucht hatte, mein Gedächtnis zu stehlen, erzählt hatte, ließ sie es nicht zu. Mir wurde klar, dass ihre Geschwister wahrscheinlich Universitäten außerhalb der Stadt gewählt hatten, um dem Geglucke ihrer großen Schwester zu entkommen. Ich war nur sechs Monate jünger, und sie erstickte mich fast mit ihrer „Hilfe".

„Nur um sicherzugehen, dass ich das richtig verstehe: Du willst allein in den gruseligen Wald gehen, mit mir als Verstärkung, um einen magischen Schleier und einen Mann zu finden, von dem du gesagt hast, dass er dir – und ich zitiere, ‚einen magischen Arschtritt verpasst hat‘?"

Ich blieb stehen und schmunzelte. „Ja, das klingt ungefähr richtig."

Sie zückte ihr Handy, und ich wusste, wen sie gleich anrufen würde. „Savannah", zischte ich durch zusammengebissene Zähne.

Erschrocken von meiner wütenden Reaktion zuckte sie zusammen, dann stemmte sie ihre Hand in die Hüfte. Zeit für einen Vortrag. „Er hat einen Sitz im Magischen Rat und ist der Commander der Gilde der Übernatürlichen, warum rufst du ihn nicht an?"

Ich seufzte schwer und tief. „Aus genau diesen Gründen." Ich trat auf sie zu. Selbst im einsamen Wald fühlte ich mich nicht sicher genug, um es laut auszusprechen. „Du weißt, was ich bin. Er nicht. Je weniger Zeit ich also in seiner Nähe bin, desto besser."

„Er scheint in Ordnung zu sein."

„Bist du bereit, mein Leben darauf zu verwetten?", fragte ich ernst. „Schließlich hat er einen Job zu erledigen. Er hat gedroht, mich wegen Behinderung der Justiz ins *The Haven* zu bringen, was denkst du, was er tun wird, wenn er das herausfindet?" Ich ging weiter. „Und alle Küsse der Welt werden ihn nicht davon abhalten, seinen Job zu machen."

„Küsse? Wer … hey, was erzählst du mir nicht?" Sie eilte mir nach und ging neben mir her, als sie mich eingeholt hatte.

Ich hatte vergessen, dass ich diesen Teil der Geschichte ausgelassen hatte. Es war albern. „Ich erzähl's dir später", sagte ich, und als ich weiterging, spürte ich, wie sie mich anfunkelte. Ich ignorierte die Bemerkung, die sie brummte, als wir weiter in den Wald vordrangen. Ich wurde langsamer, als mir die Gegend bekannt vorkam und die Magie stärker wurde. Zuerst streichelte sie mich, eine vertraute Berührung, doch als ich näherkam, vernebelte sie die Luft, wurde dicker und prickelte auf meiner Haut. Das einzigartige Gefühl und der Duft sprachen zu mir. Meiner Magie so ähnlich und doch so ganz anders. Wenn ich es als Farben beschreiben würde, wäre es Eierschale und Weiß. Sehr subtil, doch der Unterschied war da, und nur wenn man beide Farben im Vergleich sah, konnte man ihn sehen.

Meine Magie war neben seiner, nahm gleichzeitig die gleiche Frequenz ein, fast identisch mit seiner. Ich blieb abrupt stehen und spürte die starken Wirbel.

Savannah blieb stehen, nah. Zu nah. Sie hatte Angst. Die Schuld brannte tief und nagte an mir. Ich war froh, dass ich ihr gesagt hatte, was ich war. Sie musste es wissen. Doch auf einer gewissen Ebene hatte ich sie in Gefahr gebracht, und das gefiel mir überhaupt nicht.

„Savannah, geh bitte ein paar Meter zurück, hinter mich. Ich werde versuchen, den Schleier zu öffnen." Sie tat es und sah erleichtert aus, so weit wie möglich von der Magie entfernt zu sein.

Ich strich mit meiner Hand über die Nähte der unsichtbaren Wand und tastete nach einer Schwachstelle, an der ich sie leichter durchbrechen könnte. Ich fand sie. Ich drückte meine Hände dagegen und stieß, was dazu führte, dass sie schwankte, sich aber nicht öffnete. Eine weitere Ladung Magie, und sie gab weiter nach. Gerade als ich ihr einen weiteren Schlag versetzen wollte, wurde ich hineingezogen und auf der anderen Seite ausgespuckt. Ich stolperte hindurch und kam mit einem Sai in der Hand auf die Füße, gerade rechtzeitig, um das Schwert mit dem Griff des Sai abzufangen. Mit dem anderen stach ich zu; Der magische Fremde wich aus, und ich verfehlte ihn. Ich trat ihn mit dem Fuß, er stolperte, und sein Schwert rutschte aus dem Sai, fiel aber ein paar Meter von ihm entfernt zu Boden. Er rollte ab, hob es auf und sprang auf, sein schlanker Körper agil, als er erneut angriff. Er traf nicht. Ich wirbelte herum. Diesmal traf ich ihn mit dem Sai in die Seite, und zog ihn über seinen

Bauch. Er stolperte zurück und machte ein überraschtes Gesicht, als Blut aus dem Schnitt floss und sein hellblaues Hemd befleckte. Er wich zurück und beobachtete mich, während seine Waffe an seiner Seite ruhte.

Meine Hände ruhten auch, doch ich behielt eine defensive Haltung bei, bereit, wenn nötig anzugreifen. Als er mit der Hand über die Wunde strich, schloss sie sich, und das Blut verschwand. Er lächelte, hob sein Schwert und griff mich an. Ich wirbelte um ihn herum und rammte das hintere Ende meines Sai in seinen Rücken. Doch ich verschaffte ihm einen Positionsvorteil: Er schlang seinen Arm um meine Hüfte und warf mich zu Boden, wodurch ich ein Sai verlor. Es landete neben seinen Füßen und hob ihn auf. „Durch die eigene Waffe zu sterben ist bei weitem der schlimmste Tod."

Ich sprang auf und benutzte den einen Sai, um das Schwert abzufangen, das auf mich zukam, doch er stieß den anderen Sai auf mich, heulte dann vor Schmerz auf und ließ ihn fallen. „Es ist verzaubert. Ich habe keine Angst, durch meine eigene Waffe sterben zu müssen." Das hatte ich meiner Mutter zu verdanken. Sie hatte mir beigebracht, damit zu kämpfen. Und da sie auch der Meinung war, dass der schlimmste Tod der durch die eigene Waffe war, hatte sie dafür gesorgt, dass mir das niemals passieren würde.

Er blieb auf den Knien. Wenn ich es nicht besser wüsste, hätte ich gedacht, er würde sich vor mir verneigen. „Eine *Legacy* und eine Kriegerin. Wir werden mehr von deiner Sorte brauchen", sagte er, seine Stimme jetzt sanft, ohne die Schärfe, die er hatte, als er angekündigt hatte, dass ich durch meine eigene Waffe sterben würde.

„Du bist auch einer."

„Ja und nein."

„Es kann nicht ja und nein sein. Entweder das eine oder das andere."

„Dann ja", sagte er mit einem schiefen Lächeln.

Dabei versuchte er, sich zu entspannen, und es sah nicht

so aus, als würde er noch einmal angreifen. Ich betrachtete das Land, das fast so aussah wie der Wald, den ich gerade verlassen hatte, aber weiter entfernt gab es Gebäude – nicht viele, drei, soweit ich sehen konnte –, doch es gab keine Menschen.

„Du hast deine eigene Welt. Das muss verdammt gut fürs Ego sein."

Der musikalische Klang seines Lachens erfüllte die Luft. Ich hätte gedacht, dass es ein schöner Klang war, wenn er nicht erst vor wenigen Minuten versucht hätte, mich in mundgerechte Stücke zu schneiden.

Er rappelte sich auf und stand gerader da, gekleidet wie zuvor, in einen langen Mantel, ein weißes Hemd und eine dunkle Hose. Er sah majestätisch aus, kämpfte aber weit weniger grazil, als er aussah.

„Wer hat vor, hier zu leben?"

„Unsere Verbündeten und andere, die unsere Diener sein werden."

„Und als was betrachtest du mich?"

„Du bist eine *Legacy*, eine von uns."

„Deine Magie fühlt sich anders an. Du und ich sind nicht gleich."

„Dann nein, ich bin keiner."

Ich verdrehte die Augen. Mit diesem Typen würde ich nicht weiterkommen.

Er musterte mich lange. „Du bist schrecklich jung und besitzt zu viel Magie, um so zu kämpfen, wie du es tust. Deine Waffe sollte deine Magie sein und nicht das Schwert."

„Sai, Zwillingssai."

Er lachte, und ich schätzte den leichten Hauch, den sanften Klang, der noch lange anhielt, nachdem er aufgehört hatte. Er erinnerte mich an ein Blasinstrument und den trällernden, schönen Klang, der noch Momente nach dem Ende der Note blieb.

Achselzuckend entließ er mich. „Du weißt, was ich meine."

„Ich musste lernen zu kämpfen, um mich da draußen zu schützen." Ich wies mit meinem Daumen hinter mich, dorthin, von wo ich gekommen war.

„Und deine Eltern?"

„Weg." Der Schmerz nicht weniger, auch wenn ich es schon oft gesagt hatte. Auch Jahre später schien es, als wäre mein Herz genauso schwer wie damals, als ich sie gefunden hatte. Mein Mund war trocken, doch zumindest flossen die Tränen nicht mehr wie damals.

„Du bist gut beraten, dich zu verstecken, doch das wirst du nicht mehr lange tun müssen", erklärte er stolz.

Ich zögerte zu fragen, weil ich das Gefühl hatte, zu wissen, was er sagen würde. Wie viele dieser ‚Legacy und doch nicht' gab es? Ich schüttelte langsam den Kopf. „Nicht." Meine Kehle war trocken, und ich brachte ein krächzendes Flüstern heraus. „Nicht." Ich wich langsam zurück. Es waren fast hundert Legacy nötig gewesen, um einen Zauber auszuführen, der Millionen getötet hatte. Ich wusste nicht, wie viele es gegeben hatte. Wie viele hatte er gefunden? Wie viele waren geboren worden?

„Wie heißt du?"

„Conner." Meine Überzeugungsgabe war nicht sonderlich gut ausgeprägt, doch ich wusste, dass ich ihn zuerst kennenlernen musste. Mit ihm reden und mehr über seinen Wahnsinn herausfinden, denn nur jemand, der wahnsinnig oder machthungrig ist, würde so etwas in Betracht ziehen. Ich war davon überzeugt, dass Machthunger der brutale Verwandte des Wahnsinns war.

„Conner, erinnerst du dich, was das letzte Mal passiert ist? Das war der Grund, warum wir uns verstecken müssen und die Welt uns fürchtet. Sie haben uns in den Arsch getreten. Warum nochmal? Warum das Risiko eingehen, dass wir alle getötet werden?"

„Wir sind eine neue Generation. Wir haben aus den Fehlern unserer Vorgänger gelernt. Sie waren dumm, eine Massensäuberung durchzuführen, wenn sie Verbündete hätten einsetzen können. Wir werden nicht so dumm sein. Sie wurden besiegt, weil Menschen Zauberer hatten, die ihnen helfen konnten."

„Und die Bomben? Die kommen vielleicht nicht in den Nacherzählungen anderer vor. Red es nicht schön."

Er schenkte mir ein schwaches Lächeln und schien mich einschätzen zu wollen, wahrscheinlich genauso, wie ich ihn einzuschätzen versuchte. Ich nahm an, dass er mich als potenzielle Verbündete sah; Ich war zu dem Schluss gekommen, dass er der Feind war. „Ich muss mich nicht fragen, ob die Nacherzählungen wahr sind, ich weiß, was passiert ist. Ich war da."

Ich wich langsam zurück und versuchte, mich der Öffnung im Schleier zu nähern, damit ich gehen konnte. Er streckte seine Hand aus und hielt das Schwert locker in der anderen. Ich ließ mich nicht dazu verleiten zu glauben, dass er harmlos war. Es würde nur einen Sekundenbruchteil dauern, bis er zur Verteidigung bereit war. „Komm mit, *Legacy*."

Ich wusste nicht, ob er meinen Namen kannte und ob er ihm egal war. Er konnte mich *Legacy* nennen, doch er würde mich niemals Verbündete nennen.

„Ich gehe nirgendwo mit dir hin. Lass mich gehen."

„Ich wünschte, das wäre möglich."

In meiner Hand formte sich eine magische Kugel, die ich gegen die Wand schmetterte. Wie auf der anderen Seite schwankte sie. Wie viele von ihnen benutzten ihre Magie, um sie aufrecht zu halten? Ich warf eine weitere und entfesselte alles, was ich unterdrückt hatte, darin. Ich beulte sie aus, fast bis zur Naht, eine Ausdünnung in der Wand. Ich wollte es gerade wieder tun, als Conner sich auf mich stürzte und mit seinem Schwert ausholte. Ich sprang beiseite, wirbelte herum und rammte den Sai bis zum Anschlag in ihn, bevor ich ihn mit Magie flutete. Er biss die Zähne zusammen und knurrte.

„Lass mich gehen!", zischte ich und stieß erneut zu. Er würde mich entweder rauswerfen oder so viel Schmerz empfinden, dass er sich wünschte, er wäre tot. Oder vielleicht würde ich ihn töten. „Der andere wird an einer Stelle landen, die schmerzhafter ist und von der du dich nicht so schnell erholst."

Ich packte den Sai, riss ihn heraus, drehte mich um und zwang all die Magie, die ich in mir hatte, auf den Schleier, während ich auf ihn zu rannte. Mein Körper brannte und prickelte, als ich ihn durchschlug. Ich stürzte zu Boden. Orientierungslos rollte ich herum und kam auf meine Füße, Sai in der Hand, bereit zuzuschlagen. Keuchend blickte ich zu Savannah auf, die mich mit weit aufgerissenen Augen anstarrte.

„Bist du okay?", fragte sie, doch sie hielt Abstand von mir, ein panischer Ausdruck im Gesicht, egal wie sehr sie versuchte, es zu entspannen. Ich vermutete, es war das Blut auf den Sai, also sah ich sie an und stellte fest, dass sie so sauber waren wie bevor ich durch den Schleier getreten war, und meine Kleidung auch. Doch ich fühlte mich nicht so wie zuvor. Ich war ein stromführender Draht, da ich es nicht gewohnt war, dass Magie durch meinen Körper floss. Ich trat von Savannah zurück. Ich ließ die Zwillinge fallen und berührte den Baum neben mir. Bevor ich mich dagegen lehnen konnte, begann er zu beben, Rinde platzte ab, und dann splitterte der Stamm und explodierte, sodass Baumstücke in alle Richtungen regneten. Ich dankte dem Universum für kleine Gefälligkeiten, während die Magie in der Luft hängenblieb. So viel davon, doch die Magie von Blu und die der anderen Hexen, die das Haus benutzten, um zu zaubern, würde meine maskieren.

Ruhe überkam mich, als ich mich langsam entspannte. Die Magie ballte sich und zog sich in mir zurück.

„Was zur Hölle ist passiert? Du warst zwei Stunden weg", fragte Savannah mit ruhigerem Gesicht, obwohl sie misstrauisch aussah, als sie auf mich zu kam. Ich hob die Sai auf, steckte sie in die Scheide und ging zum Auto.

„Ich muss später darüber reden. Wir sind am Arsch. Sowas von am Arsch", war alles, was ich sagen konnte.

Wir schafften es fast aus dem Wald. Er war größer, als ich ihn in Erinnerung hatte.

„Olivia", sagte Lucas, als er sich in einen Anzug gekleidet näherte. Ich fragte mich, ob er so etwas wie Freizeitkleidung besaß. Oder bestand seine Garderobe aus Anzug und weniger förmlichem Anzug? Er trug einen dunklen, maßgeschneiderten Anzug, ein pfirsichfarbenes Hemd, ein Einstecktuch und Manschettenknöpfe, von denen ich sicher war, dass ich damit mehrere Jahre lang meine Miete bezahlen könnte.

„Was machen Sie ohne Einladung auf meinem Land?"

„Ihr Land? Das ist das Land der Hexen."

Er zeichnete eine unsichtbare Linie. „Ihnen gehört alles rechts, mir links der Straße."

„Tut mir leid, ich wusste nicht, dass Ihnen der Wald gehört", sagte ich trocken, als ich an ihm vorbeiging. Müdigkeit und Frustration machten mich immer ein bisschen zickig. Es war jedoch unnötig, es an ihm auszulassen. „Ich bin müde."

„Sie scheinen sich ausruhen zu müssen. Vielleicht sollten Sie nach Hause gehen und das tun, und ich werde Sie" – dann richtete er seine Aufmerksamkeit auf Savannah – „und Sie zum Abendessen treffen."

Das schon wieder. Wie oft durfte jemand fragen, bevor ich

unhöflich sein und sagen konnte: „Kusch, geh weg, verschwinde"?

„Haben Sie von weiteren Angriffen oder ferngesteuerten Vampiren gehört?", fragte ich und machte einen subtilen Versuch, das Thema zu wechseln.

„In unserer Stadt gibt es sehr wenige junge Vampire. Diejenigen, die ich aufgehalten habe" – *du meinst wohl getötet, aber bitte, sprich weiter* – „waren die Jüngsten. Seitdem habe ich die Kontrolle über die wenigen übernommen, die unter fünfundzwanzig sind. Sie scheinen die größten Schwierigkeiten zu haben, Widerstand zu leisten."

Ich wünschte wirklich, ich wüsste mehr über sie. Für einen kurzen Moment überlegte ich, ob ich sein Angebot annehmen sollte, und sei es nur, um mehr über die Vampire zu erfahren.

„Ich versichere Ihnen, wenn ich derjenige bin, der ihre Gedanken kontrolliert, wird niemand sonst in der Lage sein, an sie heranzukommen." Ob er mich mit Lügen und falschem Vertrauen fütterte oder nicht, er beruhigte mich definitiv damit.

„Danke", sagte ich, doch bevor ich es bis zum Auto schaffen konnte, wo Savannah bereits auf dem Fahrersitz auf mich wartete, packte er mich am Handgelenk.

„Versprechen Sie mir, dass Sie mein Angebot annehmen werden." Wieder einmal war seine Stimme wie Seide, die sich über mich legte, eine verführerisch warme und tröstende Decke. Ich wurde mir seines Daumens bewusst, der in einem langsamen, gleichmäßigen Rhythmus über meine Haut streichelte. Ich hoffte immer noch, dass er vom Abendessen sprach, denn mein Eindruck war ein anderer. Seine Augen wanderten immer wieder zu meinem Hals. Lust und Verlangen in seinen Blicken luden die Luft zwischen uns auf.

„Wenn Sie wollen, dass ich Ihnen vertraue und auch nur in Erwägung ziehe, mit Ihnen zu Abend zu essen, müssen Sie aufhören, so auf meinen Hals zu starren", sagte ich und erwiderte seinen Blick, eingehüllt in Durst und Sehnsucht.

Er riss seine schwarzen Augen von mir ab, doch der silberne Ring kreiste um seine Pupillen. „Tut mir leid. Ich werde nicht leugnen, dass ich großes Verlangen danach empfinde, ihn und Sie zu haben."

„Also das macht es nicht ansatzweise besser."

Er lächelte und nickte höflich. „Dann nehmen Sie bitte meine Entschuldigung an, falls ich Sie beleidigt habe. Ich glaube daran, keinen Hehl aus meinen Absichten zu machen. Es macht den Umgang miteinander weniger kompliziert. Trotz meiner Sehnsucht nach Ihnen werde ich immer ein perfekter Gastgeber sein. Sie werden nie etwas zu befürchten haben. Ich hoffe also, Sie nehmen mein Angebot an."

Ich nickte, obwohl ich nicht vorhatte, das Angebot bald anzunehmen. Lucas war kein Mann, der Zurückweisungen akzeptierte, also konnte ich seine Annäherungsversuche entweder noch eine halbe Stunde lang ablehnen oder zustimmen, darüber nachzudenken, mich aber nie auf einen Tag oder eine Uhrzeit festlegen. Letzteres schien die einfachere der beiden Herangehensweisen zu sein.

Ich hatte es fast geschafft. Mit einem Bein war ich bereits eingestiegen, als er sagte: „Ich erwarte Sie morgen um acht. Ich schicke Ihnen beiden um acht einen Wagen." Er war auf der Beifahrerseite seines Land Rover eingestiegen, bevor ich antworten konnte.

Das lief überhaupt nicht so, wie ich es erwartet hatte.

Mit einem Seufzer ließ ich mich auf den Sitz fallen. Ich wollte nur, dass er dafür sorgte, dass es keine weiteren Vampirangriffe gab.

KAPITEL 13

Ein paar Stunden nach meiner Begegnung mit Conner wartete Kalen im Wohnzimmer auf uns, eine Tasse Kaffee in der Hand und ein sehr stolzes, zufriedenes Lächeln auf den Lippen, während ich zerknirscht erwartete, Abbitte leisten zu müssen.

Er streckte seine Hände zu den Stühlen ihm gegenüber aus und goss uns eine Tasse Kaffee ein. Nach dem Tag, den ich gehabt hatte, wünschte ich mir, er hätte mir etwas Stärkeres gegeben. Ich hätte wirklich einen Schluck Whisky gebrauchen können; Das würde zumindest den Schmerz in meinem Körper betäuben. Oder die Vibration beruhigen, die ich auch nach der Explosion des Baumes noch spürte. Die Magie pumpte nicht mehr durch meinen Körper, aber ich spürte sie jetzt mehr als je zuvor. Doch ich hatte sie auch noch nie zuvor so intensiv verwendet.

Er wartete geduldig darauf, dass ich sprach, und es fiel mir schwer, die Worte zu finden. Als ich angerufen hatte, um zu fragen, ob Savannah und ich vorbeikommen könnten, um Artefakte zu besprechen und ihm ein paar Fragen zu stellen, hatte er nicht gezögert, uns einzuladen.

Einige Schlucke später fing ich an. „Gareth hat gesagt,

dass der Nekrospeer verschwunden ist, kannst du mir etwas darüber sagen?"

Er trank einen Schluck aus seiner Tasse und lehnte sich in seinem Stuhl zurück, und mir wurde klar, dass wir gleich die erweiterte Version der Geschichte bekommen würden. Gut. Ich war mir sicher, dass Nuggets nützlicher Informationen darin enthalten sein würden.

„Es ist eines der wenigen Objekte, die auf Magie zurückgeführt werden können, die entweder auf *Legacy*- oder eine ähnliche Magie basiert."

„Ähnlich?", fragte ich.

Er nickte. „Ja, Magie entweder von einem *Legacy* oder einem Vertu. Obwohl das eigentlich egal ist, oder?"

„Warum?", fragte Savannah.

„Vertu gelten als die originale Quelle der Magie. Wir alle können auf irgendeine Form ihrer Magie zurückgeführt werden. Ihre engsten Verwandten sind die *Legacy*, die ihnen sehr am Herzen lagen – ihre Kinder und ein direktes Abbild der Reinheit ihrer Magie. Sie sind die ursprüngliche magische Macht. Es ist allgemein anerkannt, dass sie diejenigen waren, die bei der *Säuberung* unerbittlich waren, um sicherzustellen, dass danach nur die reinste Form der Magie existiert: sie und die *Legacy*." Er runzelte die Stirn und zog sich für einen Moment in seine Gedanken zurück.

Als er schließlich fortfuhr, schien seine Stimme vor Verachtung zu triefen. „Die meisten Berichte über sie sind nicht wohlwollend, und nicht wenige Leute fürchteten sie. Während es für *Legacy* den Befehl gibt, sie bei Sichtkontakt zu töten, sollten Vertu auf den ersten Blick getötet, ihre Leichen angezündet, die Asche begraben, ein Schutzzauber errichtet und dafür gesorgt werden, dass sie nie wieder zum Leben erweckt werden würden. Sie waren wegen ihrer großen Macht gefürchtet. Selbst die *Legacy* konnten nicht wandeln, doch die Vertu konnten es. Sie konnten sich ohne Einschränkung in jedes Tier wandeln, was sie noch gefährlicher gemacht hat. Sie waren nicht unsterblich, doch wenn man sie töten wollte, könnte man meinen, sie wären es."

Ich sah zu Savannah hinüber; Sie sah bleich aus. Mehrmals blickte sie in meine Richtung. Als sie schließlich lange genug aufblickte, damit ich ihren Blick einfangen konnte, stand „Warum hast du mir das nicht gesagt?" in ihr Gesicht geschrieben. Doch ich konnte ihr schlecht Dinge erzählen, von denen ich nichts wusste. Warum hatten meine Eltern mir nichts davon erzählt? Hatten sie geglaubt, sie wären alle getötet worden und existierten nicht mehr? Wenn das das Werk der Vertu war, war die Lage noch schlimmer, als ich angenommen hatte.

„Sie haben unzählige Menschen getötet, nur damit sie die Einzigen mit Magie sein können?", fragte Savannah.

Er nickte. Savannahs Gesicht wurde noch blasser, als sie etwas lernte, das in den Schulen nie besprochen wurde. Wenn *Legacy* beängstigend waren – waren die Vertu der ultimative Alptraum.

Er fuhr fort: „Doch es gab so wenige Vertu, dass sie die *Legacy* nicht nur als nur ihre Kinder tolerierten, sondern als gleichwertige Verbündete."

Ich trank einen weiteren Schluck von meinem Kaffee, und meine Gedanken wanderten zu Conner. Ich glaubte nicht, dass er ein Vertu war. Er hätte wandeln und ein Tier werden können, das zu besiegen ich keine Chance gehabt hätte. Ich atmete tief durch. Über die *Säuberung* zu sprechen, erfüllte mich immer mit Trauer. Das Leben meiner Eltern hatte sich dramatisch verändert, andere hatten ihre Familien verloren und die Welt, wie wir sie kannten, hatte sich für alle verändert. Geschichte ist nicht ganz befriedigend, wenn man sie aus dem falschen Grund schreibt. Ich stellte meine Tasse ab. Ich hatte sie so fest gehalten, dass ich Angst hatte, sie würde zerbrechen.

„Vertu oder *Legacy*, ihre Macht war groß, und wenn nicht die vielen Magier und Hexen der Regierung zu Hilfe gekommen wären, um den Schleier zu überwinden und den Bann zu brechen, hätten sie es nie geschafft. Es war nicht die Stärke, die wir auf unserer Seite hatten, es war die schiere Menge. Wenn die *Säuberung* schnell genug gewirkt hätte, hätte sie die Stärksten unserer Art getötet, und wir hätten keine Chance gehabt. Es waren schnelle und blutige zwei Tage. Viele Tote, doch ich glaube immer noch nicht, dass wir sie alle erwischt haben."

Mir war ein bisschen schwindelig, weil ich die Luft angehalten hatte. Ich hätte nicht gedacht, dass Kalen mich jemals verraten würde, wenn er es herausfand, doch es würde ihn auch in Gefahr bringen. Als ich das Entsetzen auf Savannahs Gesicht sah, wünschte ich mir, ich könnte, was sie gehört hatte, zurücknehmen, ihr Gedächtnis löschen. Für einen kurzen Moment überlegte ich, es zu tun – sie wäre besser dran. Doch ich bezweifelte, dass sie dem zustimmen würde, und ich würde es ihr niemals aufzwingen.

Wenn der Rat erwog, den Tötungsbefehl gegen die *Legacy* aufzuheben, würden Conner und seine Leute sicherstellen, dass sie es nicht tun würden.

„Du glaubst nicht, dass sie alle tot sind?", fragte Savannah und starrte ihn über den Rand ihrer Tasse hinweg an.

„Nein. Es wäre einfach zu sauber. Es ist nie so sauber. Ihre Stadt wurde zerstört, doch es gab Tunnel. Vertu konnten teleportieren und wandeln. Wie Feen können sie verschiedene Gestalten annehmen und ihr Aussehen verändern. Wir Feen können das nicht sehr lange tun und können auch nicht jemand Größeres werden."

Kalen rutschte auf seinem Stuhl herum, als ob er versuchte, die Tristesse der Geschichte abzuschütteln.

„Der Nekrospeer, kann seine Magie nachgeahmt und ihm genommen werden? Magier können das, nicht wahr?", fragte ich.

Die verständnislose Miene auf Savannahs Gesicht ließ mich erkennen, dass ich vielleicht die Einzige war, die diesen

Schluss gezogen hatte. Magie, die auf verschiedenen Frequenzen wirkte, der Grund, warum die *Säuberung* funktioniert hatte, jeden zu Fall gebracht hatte, Hexen, Magier, Feen, Vampire und Wandler, weil wir alle welche besaßen. Ich dachte immer wieder darüber nach, was Conner gesagt hatte – Verbündete. Jetzt hatte er Verbündete. Wer würde die seinen verraten, und wofür? Die Wandler, Hexen, Feen und Magier, die tot aufgefunden worden waren?

Ich sprang auf. „Du warst eine große Hilfe. Ich glaube, ich weiß, wer den Nekrospeer hat. Ich rufe dich später an." Er sah erschrocken aus, als ich ihn umarmte. Ich war nicht jemand, der große Emotionen zeigte, doch mir war klar geworden, womit wir es zu tun hatten. Und es könnte allein daran gelegen haben, dass er geredet hatte und den Teilen erlaubt hatte, sich zu entfalten. Ich war aus dem Haus, bevor er weitere Fragen stellen konnte.

Sobald wir im Auto saßen, versuchte ich, Savannah alles zu erklären. Ihre Stirn war gerunzelt, und sie hatte viel Farbe verloren während ich noch einmal sagte, dass nicht nur die Übernatürlichen betroffen waren; Auch Menschen waren ums Leben gekommen. Diejenigen mit schlummernden übernatürlichen Kräften, die nicht genug in sich hatten, um sich als wahre Magie zu manifestieren.

„Sie haben mich für eine Hexe gehalten", sagte ich, nachdem ich sie angewiesen hatte, zur Gilde zu fahren. „Als wir im Club angegriffen worden sind, war es, um das Blut zu testen. *Mein Blut.* Sie haben mich fälschlicherweise als Hexe identifiziert, weil so gut wie niemand weiß, wie sich eine *Legacy* anfühlen sollte. In jener Nacht im Park muss er herausgefunden haben, dass ich keine Hexe bin." Ich sprach schnell, doch Savannah nickte, während sie eilig durch die

Straßen fuhr. Ich hätte sie gebeten, langsamer zu fahren, doch wir mussten so schnell wie möglich zur Gilde.

„Woher weißt du das?"

„Weil man unsere Magie nicht stehlen kann. Und ich wette, es war dieser Hurensohn Conner, der mein Gedächtnis gelöscht hat."

Jetzt war ich wütend, dass ich ihn nicht getötet hatte. Savannahs Hände waren weiß, weil sie das Lenkrad so fest umklammert hielt, und ihre Haut hatte eine seltsame Pergamentfarbe angenommen.

„Savannah, geht's dir gut?", fragte ich. Sie schüttelte heftig den Kopf.

„Auch wenn der Typ nicht so stark ist wie ihr alle und den Zauber nicht weltweit wirken kann, kann er eine Stadt erobern – diese Stadt."

Ich versuchte, sie zu beruhigen, obwohl mir klar war, dass nichts, was ich ihr sagte, dazu beitragen würde, ihre Sorge zu mindern. Angst stand ihr ins Gesicht geschrieben, und so fahl, wie sie war, sah sie aus, als müsste sie sich übergeben.

Sie ließ das Fenster herunter, und der Wind, der ihr ins Gesicht peitschte, schien seltsamerweise genau das zu sein, was sie brauchte. Zehn Minuten Fahrt bei heruntergelassenem Fenster schienen sie zu beruhigen. Obwohl sie immer noch blass war und flach atmete, schien es ihr besser zu gehen. „Also was machen wir jetzt?", fragte sie.

„Wir müssen den Nekrospeer finden und an uns bringen. Ohne ihn geht gar nichts."

„Warum du?"

„Das war nur Zufall. Denke ich." Doch ich war mir nicht sicher, und der Zweifel spiegelte sich in meiner Stimme wider. Savannah runzelte die Stirn.

Ich nahm mein Handy und rief Gareth an, und als er antwortete, fragte ich: „Haben Sie irgendwelche Hinweise auf den Nekrospeer?"

„Nein? Warum?"

„Ich muss mit Ihnen reden. Ich glaube, ich weiß, was vor sich geht. Wir sind in etwa fünf Minuten in Ihrem Büro."

Savannah war in höchster Alarmbereitschaft und betrat die Gilde mit einem Dolch in der Faust, als wäre sie bereit, jeden damit zu schlagen, der ihr zu nahekam. Sie war nervös, und der Kaffee, den wir bei Kalen getrunken hatten, war definitiv nicht gut für ihren Gemütszustand gewesen.

„Steck den Dolch weg", sagte ich aus dem Mundwinkel, als wir auf die Rezeptionistin zugingen, dieselbe Frau mit dem Plastiklächeln wie bei meinem letzten Besuch.

Ich schüttelte den Kopf und nickte zu Savannahs Handtasche.

Als sie den Dolch in ihre Handtasche steckte, während wir uns dem Aufzug näherten, fragte sie: „Was denkst du, wird mit uns in der Gilde passieren?"

Ich zeigte auf ein Büro voller Angestellter. Nicht einer dort sah *nicht* so aus, als würde das Leben ziemlich unangenehm werden, wenn jemand es wagte, es sich mit ihm zu verscherzen. Sie alle sahen aus, als würden sie nur wenige Augenblicke brauchen, einen Menschen zu überwältigen – und das auf äußerst schmerzhafte Art und Weise.

„Wir sind in einem Gebäude mit übernatürlichen toughen Jungs und Mädels, du bist hier sicher."

Sie sah sich um. Ihr finsterer Blick schwankte und wurde dann zu einem Stirnrunzeln. „Die gleichen ‚übernatürlichen toughen Jungs und Mädels', die zugelassen haben, dass der Nekrospeer gestohlen wurde."

„Nein, er wurde Gareth gestohlen."

„Inwiefern ist das besser?"

„Ist es nicht. Doch die Gilde existiert separat vom Wandlerrat. Die Gilde kümmert sich um alles Übernatürliche. Der Rat kümmert sich nur um Wandler."

Wir waren gerade aus dem Aufzug gestiegen und gingen zu Gareths Büro. Ich versuchte schnell und leise zu sprechen, da ich mir seines scharfen Gehörs bewusst war. Ich war noch nicht fertig, als er aus seinem Büro trat, die Arme vor der Brust verschränkt, während er auf unsere Ankunft wartete.

„Ah, Savannah, Sie haben entschieden, dass eine visuelle Überwachung am besten ist, wie ich sehe."

Sie schenkte ihm ein süffisantes Lächeln, und ich sah das irritierte Funkeln in ihren Augen, das mir sagte, dass sie die Bemerkung überhaupt nicht lustig fand.

„Wem verdanke ich dieses Vergnügen?", fragte er und führte uns in sein Büro. Er lud uns ein, auf den Stühlen direkt vor seinem Schreibtisch Platz zu nehmen, während er sich auf die Kante setzte. Obwohl seine Haltung entspannt war, bemerkte ich die Anspannung entlang seiner Stirn.

„Wann wurde der Nekrospeer gestohlen?", fragte ich.

Er musste nicht einmal nachdenken. „Am selben Tag, an dem ich ihn von Kalen bekommen habe." Er rollte mit den Schultern und beobachtete mich interessiert, seine kühlen Augen zusammengekniffen. „Warum?"

„Was wissen Sie darüber?", fragte ich.

Er zuckte mit den Schultern, runzelte die Stirn. Seine Augen ruhten immer noch mit eifriger Neugier und Sorge auf mir. Ich fragte mich, ob er mich für einen Menschen hielt. Ich war immer beunruhigt, wenn er mich ansah, und heute noch mehr als sonst.

„Wenn wir von ihm durchbohrt werden, verlieren wir die Fähigkeit, zu wandeln, solange wir mit ihm Kontakt haben, und unser magischer Historiker sagt, dass er unsere Immunität gegen Magie beeinträchtigt."

„Wissen Sie, warum er das tut?", fragte ich.

„Ja." Doch er ging nicht näher darauf ein.

Ich musste es ihm sagen, doch selbst während der langen Fahrt hierher war mir keine vernünftige Geschichte eingefallen, mit der ich mich nicht outen würde. Ich konnte ihm nichts von Conner erzählen, obwohl ich vorhatte, diesen Bastard zu finden.

„Wir glauben, dass jemand die *Säuberung* noch einmal

versuchen will. Im Kleineren. Wir wissen nicht warum, doch sie stehlen Magie und benutzen den Nekrospeer, um sie zu sammeln."

„Und wie sind Sie zu diesem Schluss gekommen?" Er hob eine Augenbraue, als sein Blick in Savannahs Richtung wanderte, kehrte aber schnell wieder zu mir zurück. Ich senkte den Blick. *Verdammt. Wie sage ich es ihm?*

„Haben Sie mit Jonathan gesprochen?"

Er sah auf seine Uhr. „Vor ein paar Minuten."

„Und?"

Gareth holte tief Luft. „Ich vertraue nicht darauf, dass er an alldem unschuldig ist, doch ich habe keine Beweise. Ich kann ihn nicht ohne triftigen Grund beschuldigen."

„Aber Sie haben einen Grund. Das sind zu viele Zufälle. Wer hat den Bann auf dem Nekrospeer gewirkt?"

Wieder herrschte Schweigen. Ich war mir nicht sicher, was ihm durch den Kopf ging, und als er sich zum Gehen wandte, dachte ich, ich würde es nicht erfahren. „Ich muss nochmal mit ihm reden."

Ich folgte ihm und den vier anderen Leuten, die er bei sich hatte, drei davon Magier. Er blieb an einem großen Geländewagen stehen, der außerhalb der Gilde geparkt war, drehte sich um und sah Savannah und mich direkt hinter sich.

„Wohin gehen Sie?"

Bevor ich antworten konnte, platzte Savannah heraus: „Mit Ihnen allen. Ich will sehen, wie Sie dieses Arschloch festnehmen. Sie können mir nicht weismachen, dass er nicht schuldig ist, und nach allem, was er Livy angetan hat, macht es mir nicht allzu viel aus, wenn Sie ihn verprügeln müssen."

Gareth lächelte. „So nett ein paar Cheerleader wären … wir können keine mitnehmen. Das könnte gefährlich werden."

Ich öffnete meinen Mund, um etwas zu sagen, doch er unterbrach mich. „Nein, Livy."

Wir gaben nach, weil sie uns daran hindern konnten, in den SUV einzusteigen, doch sie konnten uns nicht davon abhalten, ihnen hinterherzufahren. Dachten wir jedenfalls.

Fünf Blocks lang folgten wir ihnen in einiger Entfernung, als hinter uns Blaulichter aufblitzten und Sirenen aufheulten. Savannah blickte verwirrt auf den Tachometer. Als der Beamte zum Auto kam, hielt sie ihren Führerschein und ihre Zulassung bereit.

„Das brauche ich nicht. Gareth sagte, jemand müsse vor sich selbst gerettet werden, also haben wir uns bereit erklärt einzugreifen. Wir begleiten Sie nach Hause."

„Und wenn wir ablehnen?"

Er lächelte, sein kantiges Gesicht gerötet, doch er brachte ein kühles Leuchten in seinen Augen zustande. „Das werden Sie nicht, oder?"

Wir wollten es wirklich tun, doch stattdessen akzeptierten wir widerwillig die freundliche Eskorte nach Hause und sogar die Tatsache, dass sie es sich vor dem Haus bequem machten. Savannah ging auf und ab, und die Tochter des Anwalts in ihr war aufgebracht. Worte wie *Freiheitsberaubung* tauchten auf, *bürgerlicher Ungehorsam, Amtsmissbrauch* und eine Menge anderer Dinge, die nicht wirklich nach Recht und Gesetz oder überhaupt echten Worten klangen. Eher wie die Tiraden einer Jurastudentin, die mehr Rechtsbegriffe kannte als deren Definitionen.

„Ich kann nicht glauben, dass er uns das angetan hat."

Der Rollentausch gefiel mir nicht. Sie war in der Regel die Stimme der Vernunft, die Logische. Die große Schwester. Ich mochte meine Rolle, und jetzt musste ich davon abweichen, um sie zu beruhigen. „Du kannst nicht glauben, dass er nur dafür gesorgt hat, dass wir aus dem Weg sind, falls es wirklich gefährlich wird?"

„Nun, da waren noch drei andere bei ihm", schnaubte sie

und blickte wieder einmal aus dem Fenster auf die Polizeiautos vor unserem Haus.

„Ja, und mindestens einer von ihnen wäre nötig gewesen, um sicherzustellen, dass uns nichts passiert."

Sie schnaubte. „Wir können selbst auf uns aufpassen. Und du bist sowas wie eine Halbgöttin."

Es schien ihr zu gefallen, mich so zu nennen. Ich hasste diesen Namen wirklich, obwohl ich bereit war, Conner Halbgott zu nennen. Es schien angemessen.

„Eine Halbgöttin, die nicht vor anderen zaubern kann", betonte ich.

Die Erkenntnis schien ihren Ärger zu besänftigen, denn sie hielt inne und setzte sich.

„Ich habe Angst", gab sie schließlich zu.

Ich wusste warum. Wenn Jonathan eine neue *Säuberung* durchführen wollte, wer wäre davon ausgenommen? Menschen wussten nichts von ihrer schlummernden Magie, bis sie starben. Savannah könnte einer dieser Menschen sein.

Ich versuchte, sie zu beruhigen. „Wir werden demnächst mehr wissen."

Es war nicht demnächst. Nur wenige Minuten später rief Gareth an und sagte uns, dass Jonathan verschwunden sei. Sein Ton war professionell schroff und ließ mir keinen Raum, Fragen zu stellen. Augenblicke nach dem Anruf verschwand unsere Polizeieskorte.

Verdammt. Die Situation war beschissen.

KAPITEL 14

$\mathcal{E}$s mochte Einbildung gewesen sein, doch der Geruch von Tod und Blut lag in der Luft, der Film der Magie war auch noch da. Ich hatte nicht vorgehabt, jemals in die Höhle zurückzukehren, sondern ein neues Versteck zu finden, doch es war immer noch das, was einer sicheren Zuflucht am nächsten kam, obwohl sowohl Gareth als auch Lucas davon wussten. Der Nekrospeer musste gefunden werden, und ich war mir sicher, dass Jonathan nicht weit wäre, wo immer er auch war. Finde ihn, und die *Säuberung* würde nicht passieren, doch die Anspannung und Angst waren da, eng um mich geschlungen wie ein Kokon. Wie viele *Legacy* und Vertu gab es noch? Ich musste es wissen. Sobald ich den Nekrospeer gefunden hatte, musste ich zum Schleier zurück und es herausfinden. Doch ich arbeitete mit vielen Annahmen, und eine davon war, dass alle dahinter sein würden. Was, wenn sie sich zerstreuten und Allianzen auf der ganzen Welt bildeten, um sich langsam und geduldig darauf vorzubereiten, es wieder zu tun und diesmal sicherzustellen, dass es funktionierte? Ich schüttelte die Gedanken ab, weil ich mich konzentrieren musste.

Ich stach mir mit einem Sai in den Finger und beobachtete, wie das Blut auf den Boden tropfte. Ich führte meine Beschwörung durch und schöpfte aus allem, was ich gelernt hatte und was so lange ungenutzt geblieben war. Mein Atem ging zuerst langsam, als ich die Gegend absuchte und all die Variationen und Frequenzen der Magie spürte, die nicht meine eigene war. Es würde sein wie beim letzten Mal. Wirbel von Farben, jeweils eine für jede Form der Magie. Stück für Stück wanderte ich durch die Stadt. Ich musste nah dran sein. Es musste so sein.

Das Atmen fiel mir schwerer, als mir alles bewusst wurde: das winzige Geräusch der Erde unter meinen Füßen, die Gerüche, die zurückblieben, Restmagie vom letzten Mal, als ich hier gewesen war, Ströme anderer Magie, die vorbeizogen. Und dann sah ich ihn. Nur den Nekrospeer. Mein Kopf dröhnte. Ich wusste nicht, warum das Gefühl der Magie so stark war, dass es sich anfühlte, als wäre ich dort. Es wurde vorbereitet, Zaubersprüche wurden darüber gesungen. Verdammt, er würde bald benutzt werden.

Ich kletterte aus der Höhle und rannte zu meinem Auto, schnappte mir mein Handy und ließ gleichzeitig den Motor an. „Gareth, Sie müssen mir glauben. Sie sind dabei, es jetzt zu versuchen. Bringen Sie Magier und Hexen mit. Sie werden einen Schutzzauber wirken müssen." Ich fuhr schneller die lange Straße in der Nähe von Lancing Territory entlang, einem Gebiet, das mehr als jeder andere Teil der Stadt von Übernatürlichen geprägt war.

Ich fuhr zu der verlassenen Gegend, die ich gesehen hatte, und die Magie war so stark, dass sie meine Sinne überschwemmte. Ich schickte Gareth eine SMS mit der Adresse und stieg dann aus. Ich war zuversichtlich, dass ich ihre Schutzzauber auflösen konnte. Doch war Jonathan allein? Ich glaubte nicht, gegen Conner *und* Jonathan antreten zu können. Doch ich tröstete mich mit der Tatsache, dass er Jonathan als Verbündeten betrachtete. Er setzte sicher sein Vertrauen in ihn, den Zauber zu wirken, während er sich hinter einem Schleier versteckte, geschützt vor der Wirkung der *Säuberung*, obwohl ich mich fragte, ob sie überhaupt eine Wirkung auf ihn haben könnte.

Zehn Minuten vergingen, und niemand kam. Ich stieg aus dem Auto und ging auf das graue Gebäude zu. Dicke Türen, von denen ich sicher war, dass sie mit einem Brett und sehr stabilen Schlössern gesichert waren. Die kleinen Fenster waren zu hoch, um sie zu erreichen. Als ich langsam um die Barriere herumging, spürte ich ein Prickeln, warm und stark streifte es die Haare auf meinem Arm. Meine Möglichkeiten waren beschränkt, doch mich als das zu outen, was ich war, schien nicht so schlimm zu sein, wenn Tausende von Leben auf dem Spiel standen. Meine Sai in den Händen, rief ich Magie, und Wärme begann, sich durch die Sai auszudehnen. Sie brach den Schutzzauber. Ein lauter Knall, und die Türen flogen auf. Magie lag in der Luft, dick und mächtig. Jonathan stand in der Mitte des Raumes, zu seiner Linken drei Männer in der gleichen schwarzen pseudomilitärischen Aufmachung wie die Männer von HF. Mein Blick huschte über die Gesichter der Männer, und einer stach heraus – Clive. Das war die große Sache, über die er gesprochen hatte. Er hatte einen Deal mit den Kreaturen gemacht, von denen er glaubte, dass sie nicht in der Nähe von Menschen sein sollten, um genau das umzusetzen.

Sie kamen sofort auf mich zu. Der erste stürzte sich auf mich, aber nicht schnell genug. Ein schneller Tritt traf seine Nase, und Blut spritzte. Er stolperte zurück, und Tränen liefen über sein Gesicht. Ich traf ihn erneut mit dem Knauf meines Sai und wirbelte herum, um ihm einen Tritt in die Rippen zu verpassen. Ich spürte, wie die Knochen unter dem Aufprall brachen, und er sank auf die Knie und rang nach Luft. Jemand schlug mir hart gegen den Kiefer. Mein Kopf schnellte zur Seite, der Schmerz kreischte in meinem Gesicht. Ich musste den Kiefer bewegen, um sicherzustellen, dass er nicht gebrochen war. Bevor er einen weiteren Schlag landen konnte, riss ich den Sai hoch und rammte ihn ihm in den Bauch. Er heulte, und ich packte einen Arm und schleuderte ihn auf den Rücken. Die anderen Männer griffen von beiden Seiten an. Eine schnelle Drehung, und sie krümmten sich, als die Sai in sie eintauchten. Ich hörte Beschwörungen, und Magie strömte in den Raum, turbulent und stark. Jede Sekunde, die verging, wurde sie stärker und stärker und überwältigte den Raum.

Ich ging schnell auf Jonathan zu, als Clive sagte: „Livy, bleiben Sie stehen." Ich ging weiter, bis ich das Klicken einer Waffe hörte. „Ich sagte Stopp. Zwing mich nicht."

Ich starrte auf den Lauf der Waffe, die auf mich gerichtet war, und fragte mich, ob ich Magie einsetzen könnte, um Clive zu entwaffnen. Sein entschlossener Blick sagte mir, dass er wusste, wie man sie benutzte, und keine Angst davor hatte. „Lassen Sie bitte Ihre Waffen fallen."

Na ja, wenn du so nett bittest. Doch ich tat es nicht. Ich sah mich um – Jonathan war abgelenkt. Er hatte Angst und versuchte, diesen Zauber zu wirken, während er die verletzten und blutenden Körper am Boden betrachtete.

„Ich werde mich nicht wiederholen. Ihre Waffen, Livy."

Ich legte sie vor mir auf den Boden. Seine Augen waren besorgt auf mich gerichtet. „Jetzt legen Sie Ihre Hände hinter den Kopf, und gehen Sie auf die Knie."

Ich blieb stehen, mein scharfer Blick bohrte sich in ihn. Trotzig. Als er seinen Finger an den Abzug legte, sah ich Gleichgültigkeit, ob ich lebte oder starb, in seinem Gesicht. Ich ging auf die Knie und verschränkte meine Finger hinter meinem Kopf.

„Clive, Sie wollen nichts damit zu tun haben. Woher wissen Sie, dass Sie nicht zu denen gehören, die sterben werden? Sind Sie bereit, Ihr Leben darauf zu verwetten, ganz Mensch zu sein, ohne übernatürliches Blut?" Ich versuchte es mit Vernunft. Vielleicht würde er die Waffe auf Jonathan richten und ihn aufhalten.

Seine Miene blieb unbewegt, hart und streng. „Ja. Wenn ich nicht ganz Mensch bin, dann bin ich damit einverstanden, mein Leben für die Sache zu opfern, denn dann wäre ich das Problem und nicht die Lösung."

Was? Clive war ein hoffnungsloser Fall. Es war schwer, gegen radikalen Glauben zu argumentieren, doch ich konnte das rationale Denken nicht aufgeben. Jemand hier musste vernünftig sein und die Katastrophe verhindern.

„Sie sollten sich schämen", sagte ich zu Jonathan. Er blickte auf, seine Erscheinung hart und abweisend.

Der finstere Blick verschwand nur für einen Moment. „Wollen Sie mir einen Vortrag darüber halten, dass ich besser bin als das? Dass ich es dem Rat und meinesgleichen schulde, Widerstand zu leisten? Ob es Ihnen gefällt oder nicht, es wird passieren. Doch ich bleibe verschont. Ich erhalte Kräfte, die meine Vorstellungskraft übersteigen. Nein, ich schäme mich überhaupt nicht." Kalte, grausame Augen hefteten sich auf mich, erfüllt von einem Machthunger, der geradezu unheimlich war.

Da ich nicht am Treffen der Verräter teilgenommen hatte, war ich mir nicht sicher, was ihm versprochen worden war, doch ich konnte mir immer noch nicht vorstellen, dass es gut genug war, um den Rat und alle Magier zu verraten. Er wandte sich wieder dem Zauber zu, doch die Worte waren anders. Er musste neu anfangen. Zauber können nicht unterbrochen werden, weshalb es schwierig war, sie in einer nicht optimalen Umgebung auszuführen.

Clive hatte seinen Finger nicht vom Abzug genommen, und sein Hass auf mich warf einen dunklen Schatten über sein Gesicht, als er den Blick über seine verwundeten Männer schweifen ließ. „Sie sind eine sehr gefährliche Frau, Livy." Faszination und Wut lagen in seinen Worten, und ich war mir nicht ganz sicher, wie er sich dabei fühlte. Wahrscheinlich wusste er es selbst nicht.

Jonathan musste die gleiche Sorge gehabt haben. „Du kannst sie nicht töten."

Und genau das würde dafür sorgen, dass er es tun würde. Clives Kopf fuhr in Jonathans Richtung herum. „Ich glaube, du hast deine Rolle vergessen. Ich unterstehe nicht –"

Ich sprang auf und trat gegen den Arm, mit dem er die Waffe hielt. Es war nicht genug, um sie ihm aus der Hand zu treten, doch er stolperte nach rechts. Bevor ich ihn noch einmal treten konnte, landete ein Hammerschlag an meiner Schläfe. Schmerz tobte, und Farben flackerten vor meinen Augen. Als er versuchte, die Waffe auf mich zu richten, blieb ich nahe genug, um sie zu halten. Er schlug mir in die Rippen und gegen das Bein, sodass ich zu Boden stürzte. Mir wurde klar, dass ich ihn als hübschen Agentenjungen unterschätzt hatte. Ohne nachzudenken, schob ich ihm einen mächtigen Magiestoß gegen die Brust, und er flog zurück und krachte gegen die Wand auf der anderen Seite des Raumes. Die Waffe ging los, und eine Kugel zischte an mir vorbei, als die Waffe ein paar Meter von ihm entfernt zu Boden fiel.

Jonathan sah mich mit aufgerissenen Augen an. „Conner hatte recht, ein paar von euch sind unter uns."

„Und niemand wird es jemals erfahren", sagte ich und schleuderte ihm eine weitere magische Kugel entgegen, stark und tödlich. Er richtete einen Schutzzauber auf, stark, aber nicht undurchdringlich. Meine Magie durchdrang ihn und schleuderte ihn mehrere Schritte zurück. Ich wollte gerade eine weitere auf ihn abfeuern, als Conner hereinschoss, seine Augen auf den Nekrospeer gerichtet. Bevor er ihn erreichen konnte, schnappte ich ihn mir und wich mehrere Schritte zurück.

Er verschwand und tauchte erneut auf, diesmal vor mir. Ich lächelte. „Er mag magisch sein, aber er ist immer noch ein Dolch", sagte ich, als ich ihn ihm in den Bauch rammte. Er schwieg, bis ich ihn herausriss. Er grunzte vor Schmerz. Ich wünschte, es wäre ein Schwert, denn in der Zeit, die ich brauchte, um mich für einen weiteren Angriff zu positionieren, war er zurückgewichen. Die Wunde und das Blut, das sich über sein pfirsichfarbenes Hemd ausgebreitet hatte, waren verschwunden. Was sollte diese Besessenheit mit Pastellfarben?

Er grinste nur, als ich einen weiteren Stoß Magie abfeuerte, die stärkste Magie, die ich in seine Richtung geschickt hatte. Er fing sie ein, wie jemand einen Ball fing, hielt sie und schien sie zu bewundern wie einen entzückenden, flauschigen Welpen, dann schleuderte er sie auf mich zurück. Sie raste in meine Brust, nahm mir die Luft und schleuderte mich zurück. Ich umklammerte den Nekrospeer und weigerte mich, ihn loszulassen. Ich wurde flach auf den Boden geworfen und hielt den Nekrospeer so fest, dass meine Finger taub waren. Ich war diese magischen Tritte in den Hintern langsam leid. Es dauerte einen Moment, bis ich mich aufrappeln konnte. Sekunden, die einen hohen Preis hatten, denn kaum stand ich, waren sowohl Conner als auch Jonathan verschwunden. Ich schwor mir, dass Conner mehr als nur einen Tritt in den Arsch bekommen würde, wenn ich ihn das nächste Mal sah.

Doch ich hatte größere Probleme – fünf verletzte HF-Schergen. Clive war bewusstlos. Ich könnte mich später um ihn kümmern, doch ich musste die Erinnerungen der anderen löschen.

Ich ging auf einen der Verwundeten zu, als eine Gruppe bewaffnete Wächter der Gilde, angeführt von Gareth, durch die Tür stürmte. Er hatte eine kleine Armee mitgebracht, die alles trug, von Schwertern bis zu Gewehren und allen Variationen dazwischen. Und ihnen folgten einige der mächtigsten Magier, eine Hexe, die ich nicht kannte, und Blu.

Ich sah die Kavallerie an, ging zu Gareth, sprach leise und hoffte, dass nur er mich hören konnte. „Ihnen ist klar, dass Sie hier sind, um *eine* Person festzunehmen, oder?"

Er kniff die Augen zusammen, und sein streitlustiger Blick streifte mich.

Ich bin wahrscheinlich nicht annähernd so lustig, wie ich denke.

Er befahl ihnen, Clive und seine Männer rauszubringen.

Clive war immer noch bewusstlos, als ein Wächter ihm Handschellen anlegte und ihn mit einer Hand hochhob und über seine Schulter warf. Das Leben ist einfacher, wenn man ein Wandler ist.

Die Verletzten wurden ein wenig vorsichtiger behandelt, aber nicht viel.

Ich hielt immer noch den Nekrospeer, doch das Blut war verschwunden, so wie es mit meinem Sai passiert war, nachdem ich Conner damit verletzt hatte. Ich wünschte, ich wüsste, wie man diesen Zauber wirkte. Es war ein Partytrick, der sich oft als nützlich erweisen könnte – Blut enthielt Macht und Informationen.

Gareth war in einer wirklich beschissenen Stimmung. Er streckte die Hände aus und verlangte: „Den Speer, Miss Michaels."

Mach jetzt keine dumme Bemerkung. Nur keine dumme Bemerkung machen. „Bewahren Sie ihn diesmal sicher auf, ich will ihn nicht wieder aufspüren müssen." Verdammt. Ich lächelte zuckersüß. Er wandte sich ab und sah sich langsam um. Ich hörte ein leises Geräusch, ein Grollen, so tief, dass sich die Haare auf meinem Arm ein wenig aufstellten. Hatte er gerade geknurrt? Kätzchen hat schlechte Laune.

Eine weitere Gruppe von Leuten kam herein. Ich nahm an, dass es eine Art Spurensicherung für Übernatürliche war. Doch anstatt mit Kühltaschen und Ausrüstung ausgestattet zu sein, hatten sie die Supersinne von Wandlern, die kognitiven Kräfte von Feen und die magischen Fähigkeiten einer Hexe oder eines Magiers. Bevor ich meine Sai einsammeln und gehen konnte, hob einer von ihnen einen auf.

„Warten Sie. Den können Sie nicht mitnehmen."

„Da ist Blut dran.“

„Natürlich, ich habe ein paar Leute damit verletzt.“

„Dann müssen wir ihn mitnehmen“, erklärte er und entließ mich mit einem beiläufigen Achselzucken.

Gareth ging gerade zur Tür hinaus, als ich ihm folgte und sagte: „Ich brauche meine Sai.“

Seine Stimme war kühl, distanziert. Er ging weiter, ein Eisberg, als er auf sein Auto zuging. Ich wiederholte meine Bitte.

„Sie können ihn nach unserem Treffen mitnehmen. Bitte kommen Sie in einer Viertelstunde in mein Büro.“

Er brachte eine trotzige Natur in mir zum Vorschein, von deren Existenz ich nicht gewusst hatte. Doch er hatte auch viel Macht und meinen Sai, den ich wirklich brauchte. „Reicht in einer Stunde? Ich brauche dringend eine Dusche. Ich habe ja schon zugegeben, dass ich diese Typen verletzt habe.“ Ich streckte meine Arme aus, damit er meine Bluse sehen konnte. Ich hatte genug Polizeishows gesehen, um zu wissen, dass das wahrscheinlich nicht passieren würde. Die Regeln der übernatürlichen Welt waren anders, doch ich wusste nicht, um wie viel. Er blieb stehen, bevor er in sein Auto stieg, und blickte mit einem Stirnrunzeln in meine Richtung.

Er bewegte kaum seinen Kopf, doch ich erkannte es als Nicken. „Eine Stunde, und ziehen Sie keine passiv-aggressive Nummer ab, indem Sie noch später kommen. Das könnte wenig Freundlichkeit nach sich ziehen.“

„Der letzte Teil war einfach unnötig“, murmelte ich und vergaß dummerweise, mit wem ich es zu tun hatte. Ich riskierte einen Blick in seine Richtung. *Ja, das hat er definitiv gehört.*

Ich winkte nur, als ich an der Rezeptionistin vorbeiging. Ich war in letzter Zeit so oft hier gewesen, dass es mir unangenehm war, dass ich ihren Namen nicht kannte. Es schien, als sollte ich anfangen, sie mit Namen zu grüßen, da sie immer dieses wirklich ansteckende Lächeln hatte, so sehr, dass ich mich immer ein bisschen ruhiger fühlte, wenn ich an ihr vorbeiging. Auf halbem Weg durch den Flur war ich tatsächlich entspannt. Ich war ruhig – zu ruhig. Ich blieb stehen und durchbohrte ihren Rücken mit einem Blick. Verdammte Feen. Ich war nicht ruhig und sollte es auch nicht sein, doch dank ihres Feen-Mojo war ich entspannt – viel zu entspannt. Ich musste wachsam und scharfsinnig sein, weil mir keine vernünftige Geschichte eingefallen war, um einen Großteil von dem, was passiert war, zu erklären. In dem Moment, in dem Clive und seine Gruppe von HF-Anhängern anfingen zu reden, würde es Löcher in die fadenscheinige Geschichte reißen, die ich hatte. Ich konnte mir vorstellen, es Gareth etwa so zu sagen: *Jonathan hatte vor, eine Säuberung mit dem Nekrospeer durchzuführen, den er benutzt hat, um eine Menge Magie zu nutzen, die es ihm möglich gemacht hat, die Magie eines Legacy nachzuahmen. Aber zerbrechen Sie sich deswegen nicht das hübsche Köpfchen, denn es wäre nur im kleinen Maßstab passiert. Keine Pandemie. Übrigens, habe ich Ihnen gesagt, dass es ein paar Legacy in der Gegend gibt? Ach ja, und ich denke, Conner ist ein Vertu. Nein, kein Legacy. Er ist sowas wie ihr knallharter Daddy. Natürlich wollen sie wieder eine Säuberung durchführen, aber sie planen, hier eine Art Betatest durchzuziehen. Aber keine Sorge, Mr. Höhlenlöwe, es gibt nicht genug, um tatsächlich einen globalen Zauber zu wirken, also outsourcen sie es. Dafür müssen sie jetzt nur noch mehr Leute finden, die bereit sind, ihresgleichen zu verraten, so wie Jonathan, um mehr Macht zu bekommen.*

Ich war sowas von am Arsch.

Als ich Gareths Büro betrat, blickte er auf die Uhr und ich auch. Ich war etwa eine Minute zu früh. Ich griff nach meinen Sai, die beide neben ihm lagen. Seine Hand schoss vor, um mich aufzuhalten, dann dirigierte er mich zu dem Stuhl vor seinem Schreibtisch.

„Sie glauben nicht, dass ich bleibe, nachdem ich meine Sai habe?"

Er schnaubte, ein eindeutig amüsiertes Geräusch. „Oh, Sie bleiben. Doch es ist wahrscheinlich am besten, wenn es einvernehmlich ist."

Ich atmete tief durch und suchte nach einer Ruhe, ähnlich der vorgetäuschten, in die Miss fröhliche Fee mich zuvor versetzt hatte. Ich sollte nicht mit Gareth streiten und wollte es auch nicht. Ich beschloss, der Erwachsene im Raum zu sein.

„Miss Michaels ..."

„Livy."

„Miss Livy Michaels."

Er macht das Erwachsensein überhaupt nicht leicht

Er atmete ein, ein schwaches Lächeln ersetzte den finsteren Blick. „Sie haben das Shampoo gewechselt. Das Neue gefällt mir besser."

Hmm. Und jetzt wird es auch noch gruselig. Toll.

„Können Sie mir sagen, was passiert ist?"

Ich gab ihm eine detaillierte und stark editierte Version dessen, was passiert war, wobei ich jede Beteiligung von Magie ausließ, obwohl sich das ein bisschen anders anhören würde, wenn sie Clive und seine Schergen interviewen würden. Doch es würde berechtigte Zweifel aufkommen lassen, und das war genau das, was ich brauchte. Ich erzählte ihm von Conner, doch er war der Typ, den wir als Fremden bezeichneten, der aufgetaucht war und Jonathan bei der Flucht geholfen hatte.

„Was ist mit Clive und den anderen passiert?", fragte ich und versuchte, Gareth abzulenken. Er war tief in Gedanken, als würde er meine Geschichte analysieren, sie auf Löcher und Ungereimtheiten untersuchen. Es gab wahrscheinlich eine ganze Reihe davon.

Er nahm einen der Sai in die Hand und ließ ihn mit anmutigen Bewegungen seines Handgelenks kreisen. Er ging damit um, als wäre es nicht sein erstes Mal. Wenn dem so war, hatte ich das Gefühl, dass ich härter trainieren musste.

„Weil sie keinen Übernatürlichen angegriffen haben, haben wir keine Chance, sie hierzubehalten. Sie werden mit einer vollständigen Ausfertigung ihrer Aussage an die menschliche Polizei übergeben." Er wandte den Blick von dem kreisenden Sai ab, der ihn zu unterhalten schien, und sein Blick fiel auf mich, wo er blieb. „Es sei denn, Sie haben andere Informationen."

Ich schüttelte den Kopf und trat näher an den Schreibtisch, um meine Sai zu nehmen. Ich schnappte mir den auf dem Schreibtisch und griff nach dem, den er in der Hand hatte. Meine Hand ruhte auf seiner und wartete darauf, dass er ihn mir übergab. Anstatt ihn loszulassen, trat er auf mich zu. Ich atmete seinen Duft ein, einen fein-würzigen Duft, der an Erde und Eiche erinnerte. *Oh verdammt, ich bin auch gruselig.*

Wir standen einige Augenblicke da. Ich war mir seiner Gegenwart immer bewusst, wenn er mich so überragte. Hypnotisierende, kühle, kristallblaue Augen bohrten sich in meine. Seine andere Hand berührte meine, sein Daumen streifte meinen. Ich konnte den Wunsch nicht unterdrücken, seine Lippen wieder auf meinen zu spüren. Es war fleischlicher, reiner Hedonismus, geboren aus animalischen Trieben, die seine Wandlermagie in mir entzündete. Eine brodelnde Anziehungskraft, die zu einem unbestreitbaren Funken wurde. Es war einfach diese Magie, seine Urbestie, die sich auf einer anderen Ebene mit mir verband – unvermeidlich. Das versuchte ich mir einzureden. Ich schnaubte angesichts der Logik, denn ich war schon anderen Wandlern begegnet und hatte nichts dergleichen gefühlt. Nicht ein einziges Mal habe ich sie mir nackt und um mich gewickelt vorgestellt, doch das war alles, woran ich bei Gareth denken konnte.

Wieder küsste er mich. Warme, weiche Lippen senkten sich auf meine. Schließlich ließ er den Sai los, grub seine Hand in meine Bluse und zog mich an sich. Der Kuss wurde leidenschaftlicher, und als er endete, schmiegte ich mich an ihn und wollte mehr.

Es dauerte einen Moment, bis sich meine Atmung wieder normalisiert hatte. Die Hand, die den Sai hielt, entspannt an meiner Seite.

„Was machst du heute Abend?"

„Ich habe was vor", log ich.

Hatte ich nicht, obwohl ich wusste, dass ich die meiste Zeit damit verbringen würde, über Jonathan und Conner nachzudenken. Sie hatten den Nekrospeer nicht mehr, also war die Gefahr einer Mikro-*Säuberung* ausgeschaltet. Und selbst wenn ich nichts zu tun hätte, würde ich keine Pläne mit Gareth machen.

Ich sagte eine Weile nichts, denn wenn ich den Mund geöffnet hätte, hätte ich es zurückgenommen und allem zugestimmt, was er vorschlug. Doch ich konnte nicht, denn er war immer noch Gareth, Commander der Gilde der Übernatürlichen und Mitglied des Magischen Rats. Da dieser Vertu, möglicherweise ein Kader von *Legacy* und ein verräterischer, hinterhältiger Magier auf freiem Fuß waren und versuchten, die *Säuberung* noch einmal durchzuziehen, war das Letzte, was ich tun sollte, Gareth näherzukommen.

Ich ging in Richtung Tür und löste schließlich meinen Blick von ihm.

Als ob er spürte, wie sehr ich *nicht* ablehnen wollte, grinste er. „Okay. Vielleicht ein andermal."

Ich nickte und weigerte mich immer noch zu sprechen, weil die Lippen, die noch vor wenigen Augenblicken von seinen liebkost worden waren, mich sicherlich verraten würden.

Gerade als ich aus der Tür trat, rief er: „Natürlich werden

Sie sich von jetzt an nicht mehr in diesen Fall einmischen, nicht wahr, Miss Michaels?"

Ich strahlte. „Würde mir nicht im Traum einfallen."

Zügig ging ich den Flur entlang. Es fiel mir schwer, zu gehen, doch ich musste langsam genug sein, um der Fee einen schmutzigen „Ich weiß, was du mit mir getan hast"-Blick zuzuwerfen. Und das tat ich, und sie erwiderte ihn mit einem sehr freundlichen Lächeln, das von einem „Und?"-Blick unterbrochen wurde. Oder vielleicht sollte es auch so viel heißen wie: „Mein Boss hat mich dazu gezwungen." Wem versuchte ich, etwas vorzumachen? Ich wusste nicht, was ihre Blicke sagten. Ich konnte keine Blicke lesen.

KAPITEL 15

Eine Situation war wirklich schrecklich, wenn man froh war, dass sie nur *weniger schlimm* war. Und das war ziemlich genau, was ich empfand. Gareth hatte den Nekrospeer. Ich bezweifelte, dass er noch einmal gestohlen werden würde, doch es gab immer noch Leute, die eine zweite *Säuberung* wollten. Ich kam nicht umhin, mich zu fragen – wenn sie den Nekrospeer hätten verwenden können, um die *Säuberung* durchzuführen, wie viele weitere *Legacy*-Objekte gab es da draußen? Anstatt nach Hause zu fahren, hielt ich an und rief Kalen an. Ich brauchte meine KUI. Ich musste diesen Spitznamen ändern, weil er praktisch keine nutzlosen Informationen mehr lieferte. Seine Informationen waren überaus nützlich.

Kalen wirkte außergewöhnlich selbstzufrieden, als er die Tür öffnete, lässiger gekleidet, als ich ihn je gesehen hatte, in einem dunklen T-Shirt und Jeans. Als ich weiter hineinging, bemerkte ich vier große Kisten am Boden. Er reichte mir eine Flasche Wasser und gestikulierte mit der Hand dorthin. „Lass uns arbeiten und reden.“

Er begann mit der Kiste neben mir und fragte: „Was kann KUI für dich tun?“ Er warf mir einen gespielt finsteren Blick zu und die Hitze der Verlegenheit stieg in meine Wangen. Mit einem schiefen Grinsen neckte er: „Wusstest nicht, dass ich das wusste, oder?"

Ich beschäftigte mich damit, eine Kiste zu durchsuchen, Stücke herauszuziehen und sie in Kategorien einzuteilen, wie wir es immer taten. „Ich habe keine Ahnung, wovon du sprichst", sagte ich unschuldig.

„Natürlich", sagte er und bespritzte mich mit Wasser.

Ich lachte. „Du weißt, dass ich nur ein begrenztes Maß dieser Misshandlung ertragen werde, bevor ich gehe. Vielleicht bewerbe ich mich um eine Stelle bei der Gilde, sie scheinen gut zu bezahlen. Du solltest dir Gareths Haus ansehen."

„Ich glaube nicht, dass sie Menschen einstellen, nicht einmal streitsüchtige, kluge unzufriedene wie dich." Er grinste. „Du warst also bei Mr. Gareth zu Hause? Erzähl mir davon."

Ich tat es mit einem Winken und einem schiefen Lächeln ab. „Nichts zu sagen. Ich wurde von Wandlern angegriffen, war blutverschmiert und bin mit ihm nach Hause gefahren, um zu duschen."

Er warf mir einen zweifelnden Seitenblick zu. „Und?"

„Und nichts. Sein Zuhause ist wunderschön."

„Das sollte es sein. Weißt du, wie hoch sein Vermögen geschätzt wird?"

„Nein, aber ich weiß, wie herablassend und lästig er sein kann."

Ich ignorierte den vorwurfsvollen Blick, den er mir zuwarf. „Seine Mutter ist Jennifer Chase-Reynolds. Weißt du, die Frau, der unser Kabelunternehmen gehört, drei Einkaufszentren" – er warf mir wieder einen seiner vorwurfsvollen Blicke zu und begutachtete mein Outfit – „vielleicht willst du eines besuchen und das austauschen." Seine Hand bewegte sich dramatisch von Kopf bis Fuß, während er sein Gesicht missbilligend verzog, als ich mein zu großes, blaues Hemd betrachtete, Jeans, die bald in die Kleidersammlung wandern würden, und mein Lieblingspaar blauer Chucks.

Ich sprang auf meine Füße, drehte mich im Kreis, warf meinen Kopf in den Nacken und nahm meine beste Model-Pose ein. „Das ist Retro-Chic. Aber ich verstehe, dass deine einfachen Sensibilitäten meine avantgardistische Mode nicht zu schätzen wissen", antwortete ich in einem verspielten, hochmütigen Ton, bevor ich mich wieder neben die Kiste setzte. Ich wollte nicht über Gareth oder meine Garderobe sprechen. Ich brauchte Antworten.

Er verdrehte die Augen. „Und ich werde nicht einmal über ihre anderen Vermögensgegenstände sprechen."

Warum arbeitete Gareth überhaupt? Wurde er von der Gefahr angezogen? War er so machtsüchtig? Ich hatte keine Zeit, über Gareth zu sprechen. Er war keine Priorität. Ich musste Jonathan und Conner finden, und nicht unbedingt in dieser Reihenfolge.

„Magier, was weißt du über sie?", fragte ich und wechselte das Thema.

Er hörte auf, in einer anderen Kiste herumzustöbern, und blickte geradeaus, sein Mund verzog sich, und seine Stirn war nachdenklich gerunzelt. „Was musst du wissen? Ihre Geschichte oder ihre magischen Fähigkeiten?"

„Gareth sagte, es geht das Gerücht um, dass Magier Nekromanten-Fähigkeiten haben, ist das wahr? Können sie Vampire kontrollieren?"

Er nickte. „Sie können die dunklen Künste ausüben, doch die meisten von ihnen haben Angst davor."

„Warum, ist es illegal?", fragte ich.

„Nicht, wenn man sie nicht aus schändlichen Gründen verwendet, doch wenn man sie verwendet, um Vampire zu kontrollieren, ist es das. Und es ist sehr anstrengend für ihre Kräfte, und es kann Tage dauern, bis sie sich davon erholt haben. Die meisten Übernatürlichen mögen es nicht, schwach und verletzlich zu sein. Warum fragst du?" Er machte sich wieder daran, die Kiste zu durchwühlen und ihren Inhalt herauszuholen. Ich war immer erstaunt, was die Leute einfach in Kisten packten und verkauften. Doch das war unser Geschäft und es lief gut. Einiges davon war Schrott, zumindest hielt ich es dafür, wie das Atari-System, das er aus der Kiste zog. Manche Dinge jedoch nicht, wie eine Erstausgabe von Keats. Ich konnte nicht glauben, dass es aus demselben Haushalt stammte. Und dann zog er einen großen zinngrauen Stein heraus. Ich konnte die Magie daran spüren. Wir bekamen solche Dinge nur von Menschen – sie konnten die Magie nicht spüren. Es war ein Herdstein, ein Stein, den Hexen benutzten, um Magie von ihren Vorfahren zu sich zu ziehen. Sehr wertvoll. Ich würde wahrscheinlich Blu anrufen und ihn ihr zuerst anbieten. Ich hatte Schuldgefühle, wenn ich an sie dachte.

„Weil ich glaube, dass ein Magier dafür verantwortlich war, dass Savannah und ich im Crimson angegriffen wurden. Und derselbe Magier hat gestern versucht, seine Version der *Säuberung* durchzuführen."

Kalen riss die Augen auf, als er seine Kiste beiseiteschob und dann meine wegstellte. „Genug der Arbeit! Was?"

Also erzählte ich ihm die komprimierte, modifizierte Version, die ich Gareth schon erzählt hatte, und ließ jegliches Zaubern meinerseits aus. Ich freute mich darauf, Savannah zu sehen, damit ich endlich über die unbearbeitete Version der Geschichte sprechen konnte.

„Er hat sieben Menschen ermordet, um diese *Säuberung* durchzuführen. Wieso das? Warum sollte er so etwas tun?"

„Ich glaube, er wurde bestochen", sagte ich. Ich wusste, dass er bestochen worden war. Äußerster Ekel und Verachtung breiteten sich angesichts des Verrats auf Kalens Gesicht aus. „Und der Mann, der ihn gerettet hat, war ein *Legacy* oder vielleicht sogar ein *Vertu*, denke ich." Ich hoffte, er würde keine weiteren Fragen stellen, denn ich hatte mir noch keine

Geschichte ausgedacht, die erklären würde, warum ich das wusste.

Als die Wut und der Ekel verschwanden und eine sehr unheilvolle Atmosphäre hinterließen, seufzte er. „Niemand weiß, wie viele magische Objekte genommen wurden. Sie sind nie vollständig katalogisiert worden. Der Magische Rat hat einige, doch was ist mit denen, die wahrscheinlich während des Übergangs verloren gegangen sind oder gestohlen wurden?"

Meine Eltern sprachen oft über ihre Geschichte, doch wenn ich an die vielen Dinge dachte, die sie mir erzählt hatten, konnte ich mich an keine Einzelheiten über magische Artefakte erinnern. Das meiste davon musste in meinen Hinterkopf verbannt sein, gespeichert mit den Erinnerungen an meine Eltern, weil sie alle denselben Schmerz brachten. Ich war es leid gewesen, mein Leben davon beherrschen zu lassen und ihn fast täglich neu zu erleben, darum hatte ich sie tief vergraben. „Ich nehme an, für die *Säuberung* war viel Magie nötig, die schwer zu replizieren war, weshalb er den Nekrospeer brauchte. Magie ist Magie, wie du schon tausendmal gesagt hast. In ihrer Essenz und ihrem Kern" – ich hielt inne, und er dachte wahrscheinlich, es sei eine dramatische Pause oder um meine Gedanken zu sortieren, doch ich hätte beinahe „wir" gesagt, mich eingeschlossen – „seid ihr alle gleich, doch manifestiert sie unterschiedlich, oder? Ich glaube nicht, dass es ohne all die Teile funktionieren kann, die den Kern der Existenz von Magie ausmachen. Ich sage nicht, dass du nicht nervös sein solltest; Solange es Nekrospeere gibt, besteht die Möglichkeit. Doch wir kennen das Muster, und nur sehr wenige können es tun. Die Gilde ist sich dessen bewusst, und ich bin zuversichtlich, dass sie es aufhalten können, selbst wenn sich jemand dafür entscheidet, es nochmal zu versuchen."

In meinem Versuch, Kalen zu trösten, beanspruchte ich einen Teil des Trostes für mich. Ich wollte Jonathan immer noch töten und dann einen Nekromanten finden, der ihn von den Toten auferweckte, damit ich ihn noch einmal töten könnte. Und ich wollte Conner so unbedingt tot sehen, dass ich bei der Erwähnung seines Namens oder jedes Mal, wenn ich an ihn dachte, mit den Zähnen knirschte. Ich würde alle Nekrospeere finden müssen, und es würde helfen, wenn ich wüsste, wie viele es gab.

Er nickte, seine Neugier war geweckt. „Woher weißt du so viel darüber?"

„Alle halten mich für eine Hexe; Ich glaube, ich könnte eine Verbindung zu ihnen haben." Es war irgendwie die Wahrheit. „Wenn es also zu einer *Säuberung* kommt, werde ich wahrscheinlich auch davon betroffen sein." Das war die Wahrheit. Ich würde mit allen anderen sterben; Wir wurden beim letzten Mal verschont, weil wir hinter einem undurchdringlichen Schleier, der uns geschützt hat, in Sicherheit waren, während die Welt außerhalb unserer eigenen magischen zusammenbrach.

„Ich muss los; Ich komme morgen ins Büro."

„Ja, gut, ich werde die ganzen fünfzehn Minuten Arbeit, die du heute geleistet hast, zu deinem Gehaltsscheck hinzurechnen", war seine bissige Bemerkung, als ich zur Tür hinausging.

„Eher dreißig Minuten. Und vergiss nicht die Gefahrenzulage für das Bespritzen mit Wasser. Ich hätte ertrinken können."

Sein herzliches Lachen erfüllte das Haus, und ehrlich gesagt brauchte ich es. Das Gewicht der Welt war immer noch da, und obwohl ich Kalen nur einen Teil der Geschichte erzählt hatte, bearbeitet und neu verpackt, fühlte ich mich trotzdem besser. Ich freute mich darauf, bei Savannah über mehr sprechen zu können.

Ich näherte mich unserer Wohnungstür und hielt die Zwillinge fester. Ich konnte die Magie spüren, die in der Luft hing. Mein Herz raste, und meine Atmung zu regulieren wurde unmöglich. Unsere Tür war nur angelehnt. Ich ging hinein, und die Magie überflutete mich. Jonathan. Der Tisch war umgeworfen, der Fernseher zerbrochen am Boden. Savannahs Lieblingssessel lag auf der Seite. Ich rief ihren Namen mit angestrengtem, trockenem Krächzen, weil ich wusste, dass ich keine Antwort bekommen würde. Doch ich sah trotzdem nach und hoffte, dass ich mich irrte. Vielleicht versteckte sie sich irgendwo. Ich kontrollierte die Schränke, unter dem Bett, überall dort, wo sich jemand ihrer Größe verstecken konnte.

Fuck. Sie hatten Savannah mitgenommen.

Ich sah mich um, suchte nach einer Nachricht oder irgendetwas in der Art und fand nichts. Welche Art von Bastard hinterließ keine Nachricht? Jonathan. Denn der egoistische Bastard wusste, dass ich wissen würde, dass er es war. Als ich mein Handy aus der Tasche holte, hatte ich eine Nachricht von Savannah mit einer Adresse. Und eine einfache Nachricht: „Lass es dort."

Ich rief Gareth an und sobald er abnahm, sagte ich: „Sie haben Savannah entführt."

Er fluchte ins Telefon, und ich war froh, dass ich nichts mit meiner rauen, zitternden Stimme erklären musste, die kurz vor dem Brechen stand. Tränen stiegen mir in die Augen, mehr aus Wut als aus irgendeinem anderen Grund. In mir brodelte eine Wut, die neu für mich war, und ich wusste nicht, wie ich sie unterdrücken sollte. Mein Rachedurst wuchs. Gareths gebieterische Stimme riss mich aus meinen Gedanken.

„Ich kann ihnen den Nekrospeer nicht geben, Livy. Nicht einmal für Savannah", sagte er. „Lass mich –"

Ich legte auf. Ich hatte gewusst, dass das nicht passieren würde, und ich war mir nicht sicher, warum ich ihn überhaupt angerufen hatte. Ich konnte Jonathan finden, doch ich brauchte etwas von ihm. Er hatte den Nekrospeer berührt, doch das war nicht genug. Ich brauchte mehr. Etwas Intimes – Blut, Kleidung, Haare, etwas, das ihm gehörte. Meine Wut und der Durst nach Rache machten es mir schwer, mich zu konzentrieren, doch das Klingeln meines Handys riss mich aus meinen Gedanken.

„Leg nicht schon wieder auf", dröhnte Gareths gebieterische Stimme durch das Telefon. *Eindeutig ein Löwe.*

Ich hatte keine Zeit, mich mit Gareth zu streiten. Ich murmelte eine Entschuldigung.

„Ich habe vier Magier, die daran arbeiten, ihn aufzuspüren. Komm so schnell wie möglich in die Gilde. Wir werden sie finden, okay?"

„Danke." Doch bevor er auflegen konnte, musste ich fragen: „Wie? Hast du irgendetwas, das ihm gehört?"

„Ja, sein Blut. Es ist eine Anforderung des Rates, und es ist eine gute Sache für Zeiten wie diese. Es wurde eingeführt, um uns aufspüren zu können, falls wir jemals vermisst werden sollten, normalerweise in einer Entführungssituation, aber –"

Meine Lunge entspannte sich beim Ausatmen. *So fühlt sich Atmen an.* Das eingeschränkte Gefühl war verschwunden. „Ich bin in ein paar Minuten da", sagte ich und fügte dann „Bis gleich" hinzu, als ich mich daran erinnerte, dass er mich angebellt hatte, weil ich einfach aufgelegt hatte. Er hatte meine Kooperation verdient.

Ich schloss unsere Haustür ab, und als ich mich umdrehte, stand Lucas nur Zentimeter vor mir. Erschrocken wich ich einen Schritt zurück. Das mochte ich an Vampiren definitiv nicht.

„Was ist?", fragte er besorgt.

„Savannah ist verschwunden", sagte ich und ging an ihm vorbei zu meinem Auto.

Er packte mich am Arm und drehte mich zu sich um. „Was?"

„Sie ist verschwunden. Ich muss zur Gilde. Ich habe wirklich keine Zeit, Ihnen alles zu erklären." Ich riss mich los und unternahm einen weiteren vergeblichen Versuch, zu meinem Auto zu kommen.

„Wenn Zeit ein Faktor ist, kann ich Sie schneller dorthin bringen." Er führte mich zu einem Motorrad, das vor dem Haus geparkt war. Ich warf einen Blick zu meinem Focus, von dem ich nicht ganz sicher war, ob er starten würde. Die Chancen standen fifty-fifty, und er war definitiv langsamer als ein Motorrad. Doch ich fragte mich ernsthaft, wer in einem Anzug Motorrad fuhr. *Okay, diesmal ist es kein Anzug.* Er trug ein schwarzes Hemd, dessen Ärmel ein Stück hochgekrempelt waren. Wir stiegen auf, und ich schlang meine Arme um ihn. Sobald ich sicher saß, fuhr er los, die Straße hinunter.

Wir sausten durch die Stadt. Ich vergrub mein Gesicht an seinem Rücken, schloss meine Augen, weil mir schlecht wurde, die Welt vorbeirasen zu sehen. Er würde mich vielleicht schneller an mein Ziel bringen, aber ich war mir nicht sicher, ob es in einem Stück sein würde. Als er vor der Gilde anhielt, sprang ich vom Motorrad und wir stürmten ins Gebäude. Mein Handy hatte zum zweiten Mal in meiner Tasche vibriert. Ich zog es heraus und sah, dass es Gareth war, doch gleichzeitig stieg er aus dem Aufzug. Als er den Flur hinunterging, gesellten sich fünf weitere Wächter zu ihm. Harrah joggte beinahe, um mit ihm Schritt zu halten.

„Gareth." Ihre Stimme war sanft und eindringlich, als sie neben ihm hereilte. „Du musst dem so schnell wie möglich ein Ende setzen. Heute wird von dir erwartet, dass du eine Pressekonferenz abhältst. Du weißt, dass ein abtrünniges Mitglied des Rates furchtbar aussehen wird. Sag nichts über eine *Säuberung*, da das nicht bestätigt wurde und es keinen Grund gibt, jemanden zu beunruhigen."

Sein Gesicht war fast ausdruckslos, doch seine Stimme war messerscharf. „Harrah, ich habe dich die ersten beiden Male gehört. Unser Image ist im Moment meine letzte Sorge. Ich muss einen Mörder und Entführer festnehmen. Es ist mir egal, wie die Öffentlichkeit darüber denkt."

Doch Harrah war es nicht egal, weil es ihre Aufgabe war. Sie beruhigte die Menschen und ließ Magie harmlos erscheinen.

„Ich mache die Pressekonferenz, aber wenn du erwartest, dass ich Märchen erzähle, würde ich vorschlagen, dass du sie selbst hältst", knurrte er.

Ihre Arme waren vor ihrer Brust verschränkt, als sie mitten im Flur stehenblieb. Gareth ging weiter. Ich wollte ihr im Zweifel recht geben; Sie hatte das beste Interesse der Gemeinschaft im Sinn. Sie hatte nicht kalt gewirkt, doch dann sagte sie: „Wenn du sicher bist, dass er schuldig ist, will ich nicht, dass er am Leben bleibt. Wir werden die Optik dafür entwickeln. Ich muss es ansprechen, damit die Menschen uns weiterhin vertrauen – und uns nicht für gefährlich halten. Das ist ein Problem, und wir müssen richtig damit umgehen. Und mit ihm auch."

Mein Kopf ruckte in ihre Richtung. Ich hatte vermutet, dass diese sanfte Fassade ihre beste Seite war. Mir war nicht klar gewesen, dass es genau das war, eine Fassade, die eine Person verbarg, die rücksichtslos und pragmatisch war, wenn es darum ging, das öffentliche Image der übernatürlichen Gemeinschaft aufrechtzuerhalten. Ich fragte mich, wie oft Situationen auf diese Weise gehandhabt wurden. Eis kroch mir den Rücken empor, als mir klar wurde, dass ich genauso gefühllos und pragmatisch behandelt werden würde, wenn ich aufflog. Ich versuchte, nicht zu ihr zurückzublicken, doch ich konnte nicht anders. Alles an ihr wirkte so sanft und ruhig wie ein sich windendes Bächlein – außer ihren Augen, in denen dunkle Schatten von Tücke und Gnadenlosigkeit lagen.

Als Gareth auf ihre Bitte hin nur nickte, verwandelte sich das Eis in Anspannung, die meinen Körper erfasste. Es war dieser Hoffnungsschimmer, dass er es verstehen würde, falls er herausfand, was ich war. Doch er war immer noch der Kommandant der Gilde und dort lag sein Engagement und seine Treue. Ich trauerte nicht um Jonathans Leben, er verdiente den Tod. Er hatte sieben Übernatürliche aus Machtgier getötet. Es gab keinen Platz für Sympathie für ihn. Doch es machte mir noch mehr Angst, entdeckt zu werden. Die Alpträume, dass jemand es herausfand, und ich Sekunden später in einer Blutlache am Boden lag, ohne dass jemand auch nur einen Moment lang darüber nachgedacht hatte, dass ich es verdienen könnte, verschont zu werden.

Lucas schien genauso überrascht wie ich, als Gareth ihm beim Einsteigen in sein Auto im Vorbeigehen die Adresse nannte. Jemand stieg auf die Beifahrerseite ein und der Rest in eine Limousine der Gilde, ähnlich wie Polizeiautos, nur, dass sie schwarz waren und die Beschriftung dunkel und kaum sichtbar war, was offensichtlich gewollt war.

An Lucas' Rücken gepresst fühlte ich mich seltsam, nichts zu hören: weder Atmen oder Herzschlag. Doch das war wahrscheinlich nicht so schlimm, weil ich schwer genug für uns beide atmete und mein Herz raste, als er die Straße hinunterraste, sich durch den Verkehr schlängelte und meine Umgebung auf Farbflecken und das Knurren des Motors reduzierte.

Wir erreichten das kleine Häuschen fast eine Stunde entfernt, mitten auf einem kahlen Feld. Nur Gras drum herum und sonst nichts. Magie lag dick und schwer in der Luft.

Nur wenige Meter vom Haus entfernt krachten wir gegen einen Schutzzauber. Lucas stieß fester dagegen, doch er prallte mit gleicher Kraft ab und wurde mehrere Schritte zurückgeschleudert. Jonathan trat aus dem Haus auf die Veranda, seine Lippen zu einem grausamen Lächeln verzogen. Ich stand Zentimeter vom Schutzzauber entfernt und begegnete seinem Blick.

„Geben Sie sie mir.“

„Hast du den Nekrospeer?“ Er trat näher an die Barriere heran, während er mir hasserfüllte Blicke zuwarf. „Wenn du das für mich ruinierst, werde ich sie töten und dann dich.“

Gareth näherte sich dem Schutzzauber mit zwei Magiern an seiner Seite. Magie leuchtete an ihren Händen, und der Stoß traf die Barriere. Sie schwankte, blieb aber aufrecht. Sie würden sie nicht zu Fall bringen, weil es nicht seine Magie war. Und wenn es seine war, hatte Conner eins draufgelegt. Jonathan schüttelte den Kopf und ging zurück ins Haus. Ein Blick zurück, und ein Wolf griff an und krallte sich in den Rücken eines der Gildenmagier. Blut spritzte, als er an seinem Fleisch riss. Seine Augen waren geweitet und leer, sein Angriff von jemand anderem kontrolliert. Er stürzte auf den anderen Magier zu. Bevor ich mich bewegen konnte, schoss Lucas an mir vorbei und griff den Wolf an; Seine Hand schloss sich um seinen Hals, als er ihn zu Boden warf. Er wollte ihm gerade das Genick brechen, als ich schrie: „Bitte nicht! Er wird von einem anderen kontrolliert.“

Er versetzte ihm einen Schlag und dann noch einen und noch einen, bis er sich nicht mehr bewegte. Er war bewusstlos, doch das war immer noch besser als tot.

Vier weitere Tiere näherten sich uns. Gareth rannte auf sie zu, wandelte mitten im Laufen und wurde der gewaltige Löwe, schlug mit der Tatze zu und schleuderte sie zurück. Lucas nahm sich einen weiteren Wolf vor. Die anderen Wächter der Gilde hatten Waffen. Ich sah genau hin. Ich dachte, es wären Betäubungsgewehre. Da fühlte ich mich ein bisschen besser. Ich hatte ein Problem damit, jemanden für etwas sterben zu lassen, worüber er oder sie keine Kontrolle hatte. Das kam meiner Situation einfach zu nah.

Der verbleibende Magier arbeitete immer noch an der Aufhebung des Schutzzaubers. Ich ging herum und verlor mich im Chaos. Mit dem Sai in der Hand rief ich so viel Magie, wie ich brauchte, um die magische Wand zu zerschmettern. Überreste ihrer Existenz schwebten in der Luft. Ich rannte ins Haus; Jonathan war auf der einen Seite des Zimmers, Savannah am Boden. Ihre Augen waren geschlossen, und ich beobachtete sie, um zu sehen, ob sie atmete. *Komm schon. Savannah, bitte.* Ihre Brust hob sich, doch nur schwach. Ich konnte aufatmen, bevor der magische Angriff meine Brust traf und mich gegen die Wand warf, wobei meine Sai herunterfielen. Ich hechtete nach ihnen, doch ich wurde von einem scharfen Schmerz in meinen Rippen getroffen. Jonathan hatte mich getreten. Hart. Er war außer sich vor Wut, dem Wahnsinn nah, als er sah, wie das Leben, das ihm versprochen worden war, durch seine betrügerischen Finger glitt. Er versuchte es mit einem weiteren Tritt. Ich wirbelte am Boden herum und traf sein Bein. Als er neben mir zu Boden ging, zerschmetterte ich mit meinem Ellbogen seine Luftröhre. Er rang keuchend nach Luft. Er stieß eine magische Welle aus, doch ich stolperte nur ein paar Meter zurück und winkte sie weg. Ich hatte die Sai gepackt, bereit, es zu beenden, als Lucas an mir vorbeischoss. Gerade noch hatte Jonathan nach Atem gerungen, jetzt war sein Hals in einem seltsamen Winkel verdreht; er atmete nicht mehr und lag regungslos da.

Bevor ich ganz begreifen konnte, was passiert war, war er bei Savannah, seine Finger auf dem Puls an ihrem Hals …

KAPITEL 16

Savannah in Lucas' Armen war das Letzte, was ich sah, bevor ich verschwand. Conner hielt mich an seine Brust gepresst, doch ich riss mich los. Ich hielt die Sai an meinen Seiten, die Hände fest um die Tsuka, die Daumen bereit, sie herumzuwirbeln. Ich hatte sie perfekt positioniert, um zuzuschlagen.

„Anya, bitte entspann dich."

Ich blieb in Position. Er lächelte, freundlich und entwaffnend, und für einen kurzen Moment konnte ich sehen, welche Wirkung der charismatische Fremde haben konnte. „Anya Kismet. Du hast den Namen so lange aufgegeben, dass er fremd ist. Er bedeutet dir nichts." Ein Hauch von Traurigkeit begleitete seine Worte. Er streckte die Hand aus, um mein Haar zu berühren, und ich wehrte ihn mit der Tsuka ab. Mit einem schiefen Lächeln zog er seine Hand zurück. „Du hast deine Haare verändert."

Ich war so lange brünett, dass ich vergessen hatte, dass die Legacys rote Haare hatten – nicht nur rot, sondern feuriges Kupfer. Ein verräterisches Merkmal. Von den blassesten bis zu den dunkelsten unserer Art waren wir mit der gleichen Haarfarbe verflucht oder gesegnet, je nachdem, wen man fragte. Unsere Krone, die alle wissen ließ, wer wir waren.

Ich starrte auf seine dunkelbraunen Haare. „Heuchler."

„Ja, ich muss mich auch unter die Schwachen mischen." Er fuhr mit dem Finger durch sein Haar, und es nahm seine natürliche Farbe an. Rot passte zu ihm. Ich konnte mich nicht einmal an meine natürliche Farbe erinnern.

Er sah auf meine Hände und verdrehte die Augen. „Bitte, Anya, steck die Waffen weg. Ich werde dir nichts tun, ich gebe dir mein Wort."

„Dann werde ich dir auch nichts tun", sagte ich und steckte sie zurück in die Scheide.

Er schmunzelte und fand Humor anstelle des Zorns, den ich in meine Worte gelegt hatte.

„Warum bin ich hier?", fragte ich und blickte über das Brachland. Die kleinen Grasflecken waren kaum lebendig. Das karge Land erstreckte sich meilenweit. Es gab nur vier kleine, einfache weiße Häuser im Landhausstil. Nichts von der Extravaganz, von der meine Mutter gesprochen hatte, wenn sie beschrieb, wo sie aufgewachsen war und gelebt hatte. Empyrean, wie die Legacy ihre kleine Stad genannt hatten, war der Himmel, fünfzig Meilen von Chicago entfernt, Meilen und Meilen ungenutztes Land, das sie von den anderen trennte. Die Übernatürlichen, denen sie sich überlegen fühlten, und den Menschen, denen sie wenig bis gar keine Beachtung schenkten. Sie hatte so liebevoll von den palastartigen Häusern gesprochen, dem magisch frucht- baren Grasland, den exotischen Blumen, die rankten und sich um die Gitter der Tore am Eingang von Empyrean wanden und die sich meilenweit ausdehnten, bevor man die Stadt betrat. Die Barriere, die sie von allen anderen trennte. Leute reisten nach Empyrean, nur, um es sich anzusehen, obwohl sie nie Zugang zur Stadt bekommen würden. Das hier war nicht das Nirvana, das ich erwartet hatte.

Er starrte mich einen Moment lang an, blickte dann über

seine Schulter und nahm scheinbar die düstere Kulisse aus meiner Perspektive wahr. „Wie ich sehe, entsprechen meine Unterkünfte nicht deinen Standards. Da wir so wenige sind und nur vorübergehend hier sein werden, haben wir uns nicht viel Mühe gemacht, sondern nur für das Wichtigste gesorgt."

Ein Lächeln breitete sich auf seinem Gesicht aus, erhellte seine Augen und seine Stimme. „Bitte, lass uns gehen und reden." Ich blieb wie angewurzelt stehen. Ich wollte mich nicht weiter vom Schleier entfernen.

„Ich muss nicht von der Schönheit deines Hauses beeindruckt sein; Du kannst mich mit Ehrlichkeit beeindrucken. Also sag mir, warum tust du das?", fragte ich.

Er ging los, doch ich blieb, wo ich war.

Er seufzte. „Anya, das ist dein neues Zuhause, bitte gib den Gedanken auf, du könntest wieder gehen." Er streckte seine Hand aus. „Bitte, komm mit mir."

„Ich werde nicht hierbleiben."

Sein Lächeln schwand, als er sagte: „Ich werde deine Neugier stillen und erwarte im Gegenzug, dass du hier an meiner Seite bleibst."

„Warum sagst du mir nicht einfach, was du sagen willst, damit ich gehen kann, sobald du fertig bist?"

Er neigte den Kopf, doch er lächelte nicht mehr. Es war aus seinem Gesicht und seinen Worten gewichen. „Es tut mir leid, wenn ich den Eindruck vermittelt habe, dass du gehen kannst. Das wirst du nicht. Ich bin froh, dass du Gelegenheit hattest, Savannah bei deiner Abreise zu sehen, denn du wirst hier bleiben."

Eher friert die Hölle zu. Ich dachte, ich hätte es nur gedacht.

Er atmete empört aus. „Ich muss deinen Verstand übernehmen, dich kontrollieren und dafür sorgen, dass du es nicht tust. Ich würde es vorziehen, wenn du bleibst und mir aus freien Stücken folgst, doch wenn nötig, werde ich es tun.

Ich bin stärker als du. Du kannst mich herausfordern, doch du wirst scheitern."

„So wie du es mit den Vampiren und Wandlern gemacht hast?"

„Nur mit den Wandlern. Jonathan hat sich um die Vampire gekümmert, obwohl es ihm widerstrebt hat, dunklere Künste zu praktizieren. Ich denke, mehr Macht und Status als Belohnung waren das Risiko wert."

Er ging wieder los, wohl wissend, dass meine Neugier mich zwingen würde, ihm zu folgen. Während ich es tat, erblühte der Baum, den er gerade geschaffen hatte. Er pflückte eine Blüte und hielt sie mir entgegen. Ich starrte sie nur an. Er runzelte die Stirn über meine Weigerung und ließ die Blüte fallen. Sie verschwand, bevor sie den Boden berührte.

Sein Ton war sanft und wehmütig. „So sollte es nicht sein. Jonathan dachte, du wärst eine Hexe, und als er bemerkte, dass er gegen deine Magie nicht ankam, rief er mich."

„Und du hast mich einfach dort zurückgelassen, damit ich für die drei Morde verantwortlich gemacht wurde?"

„Ja", sagte er mit emotionsloser Stimme, als ob er mir nicht aussprechen wollte, dass er mich der Gefahr ausgesetzt hatte, geoutet und möglicherweise getötet zu werden. „Ich hätte nicht geglaubt, dass du für unschuldig befunden wirst." Er runzelte die Stirn. „Wenn ich auch nur einen Funken Hoffnung und Respekt für sie entwickle, enttäuschen sie mich immer."

„Ich bin froh, dass sie dich enttäuscht haben und ich tatsächlich lebend da rausgekommen bin. Doch lass das nicht deine Sorge sein."

Conner blieb stehen und drehte sich zu mir um. „Ich hätte dich nicht da drinbleiben lassen. Doch deine Treue hätte mir gegolten. Loyalität ist verdient. Wenn ich dich vor dem sicheren Tod gerettet hätte, hätte ich sie mir von dir verdient. Du wärst nachgiebiger gewesen, als du jetzt bist.

Die drei, die ich jetzt habe, sind mir treu, weil ich es mir verdient habe. Ich werde mir auch deine Treue verdienen."

„Es gibt noch drei andere, wo?"

„Zwei wurden ausgesandt, um weitere zu rekrutieren."

„Kann ich den dritten treffen?" Ich musste zumindest ihre Gesichter sehen und wissen, mit wem ich es zu tun hatte.

„Mit der Zeit wirst du sie alle kennenlernen."

Die Arme hinter dem Rücken verschränkt, ging er weiter. Er wurde langsamer, als er bemerkte, dass ich ihm nicht gefolgt war. Ich blickte zurück zum Portal; Ich war fast zwanzig Meter entfernt. Weiter wollte ich nicht, doch mein Wissensdurst überwog meine Vorsicht. Ich folgte ihm, ging langsam und zwang ihn, ebenso langsamer zu gehen, wenn er in meiner Nähe bleiben wollte. Ich hatte den Eindruck, dass er genauso sehr reden wollte, wie ich die Informationen wollte.

„Warum sollten wir gezwungen sein, uns vor Angst zu verstecken und hinter Schleiern zu leben? Ich will so leben wie früher."

„Die *Legacy* und Vertu haben früher hinter Schleiern gelebt", bemerkte ich.

„Weil wir wollten, nicht weil wir mussten. Ich werde so nicht leben."

„Wir leben jetzt so wegen der schrecklichen Scheiße, die wir früher getan haben. Unsere Art hat Menschen getötet. Hast du nicht aus ihren Fehlern gelernt?" Ich versuchte, ruhig zu bleiben, doch ich konnte nicht, und plötzlich wurde mir bewusst, dass ich ihn anschrie. Das würde nicht funktionieren. Diplomatie war gefragt. Ich beherrschte meine Wut, und als ich wieder sprach, war mein Ton weich und ruhig. „Wenn du das durchziehst, machst du alles nur noch schlimmer, nicht besser. Lerne aus den Fehlern deiner Vorfahren."

„Oh, ich habe aus ihren Fehlern gelernt. Sie waren dumm, etwas von so globalem Maßstab zu versuchen – es hat zu viel ihrer Macht verbraucht und sie geschwächt, als die Zeit gekommen war zu kämpfen. Viele sind entkommen, und jahrelang haben wir uns versteckt und uns fortgepflanzt und mehr produziert, als getötet wurden. Leute wie Jonathan und seinesgleichen werden uns helfen. Kleine *Säuberungen*, bis die übernatürliche Welt schwächer ist, dann schlagen wir zu. Es ist kein kurzfristiger Plan, den ich im Sinn habe. Alles wird besser denn je zuvor. Wir werden stärker sein, etwas, das alles übertrifft, was sie jemals geschaffen oder wovon sie geträumt haben."

Was ist das für eine verblendete Scheiße?

Ich versuchte es noch einmal mit Vernunft. „Ich bin … *wir* sind gezwungen, zu verstecken, was wir sind, unsere Haare zu ändern, Schilde tätowieren zu lassen, damit wir ein einigermaßen sicheres Leben führen können, damit wir nicht von Trackern gejagt oder von der Gilde der Übernatürlichen entdeckt werden, und deine Antwort darauf ist genau das zu tun, was uns zu Parias unter den Übernatürlichen und unseresgleichen gemacht hat?"

Sein strenger, sturer Blick ließ mich erkennen, dass ich nichts sagen konnte, was ihn vom Gegenteil überzeugen würde.

„Ich werde dich aufhalten."

„Meine Gefährtin, meine Kriegerin. Ich denke, es ist klug, dass ich auf eine gute Gefährtin gewartet habe. Wir werden ein großartiges Paar abgeben und zusammen gut regieren, weil die Leute uns respektieren werden. Unsere Kinder werden eine beeindruckende Abstammung haben. Ein Vertu und eine *Legacy*."

„Wie bitte? Was?" Ich musste mich verhört haben. „Was meinst du mit ‚unsere Kinder werden eine beeindruckende Abstammung haben'? Weil es so klingt, als würdest du mich für eine Zuchtstute halten, und das wird nicht passieren."

„Ich halte dich für nichts dergleichen! Doch du bist ein Vollblut, das schöne, starke Kinder hervorbringen wird. Ich bin froh, dass ich gewartet habe. Du wirst eine angemessene Gefährtin sein."

Ich schnaubte. „Ich werde dich sicher nicht in meine Nähe lassen."

Dünne Lippen verzogen sich zu einem bezaubernden Halblächeln. „Ich finde es seltsam, dass du mich ablehnst, wo so wenige Frauen dazu in der Lage sind."

„Dann versuch einfach mal, ihnen zu sagen, dass du vorhast, die halbe Welt zu töten, das wird ihrer Begeisterung sicher einen Dämpfer versetzen."

Er tat es mit einem Winken ab. „Wir haben zwei beeindruckende *Legacy*-Frauen, die ich hätte auswählen können. Ich bin froh, dass ich gewartet habe, weil ich eine Verbindung zu dir spüre."

„Das nennt man *Verachtung*, nicht Verbindung", schnaubte ich. „Erstens, du und ich wird nicht passieren, nur, weil du es gerne hättest. Zweitens, ich lasse das auf keinen Fall zu. Ich werde dich aufhalten."

„Ich bin mir ziemlich sicher, dass du es versuchen wirst. Ich hoffe, du entscheidest dich, freiwillig an meiner Seite zu bleiben, als meine Gefährtin, meine bessere Hälfte. Ich hätte lieber einen Partner und eine Vertraute, die mich begleitet, wenn ich meine hochgesteckten Ziele erreiche. Wenn ich deine Gedanken die ganze Zeit kontrollieren muss, fürchte ich, dass ich dich brechen werde. Ich will keine gebrochene Frau an meiner Seite haben."

„Dann wirst du mich brechen müssen, denn nur so bekommst du mich."

„Anya, kämpfe nicht dagegen an. Ich habe Stärkere gebrochen und Leute überzeugt, die viel sturer sind als du."

„In deiner Überzeugung steckt keine Kraft, nur Fehler in deinem Plan. Diejenigen, die du angeblich gebrochen oder überzeugt hast, haben ihre Seelen für Macht verkauft. Und so wie sie die ihren verraten haben, werden sie es auch mit dir tun."

Frustriert seufzte er. „Ich hasse es, dass du mich für dumm und meine Absichten für grausam hältst. Woran wir arbeiten, ist zivilisiert. *Humans First* und ich haben das gleiche Ziel. Trennung von Menschen und Übernatürlichen.”

„Es tut mir leid, aber ich *hasse* es, dass ich durch deine BS waten und die Wahrheit sehen kann. Du willst keine einfache Trennung, du willst keine Gleichheit. Die Übernatürlichen, die die ihren verraten, um dir zu helfen, werden einen Platz haben. Die anderen werden tot sein. Das heißt, wenn du dich jemals dazu entschließen solltest, deinen Mist durchzuziehen, kannst du dich hinter einem Schutzzauber verstecken und wirst für die Menschen unantastbar sein. Sie werden nicht in Harmonie leben; wenn sie auch nur eine Spur Verstand besitzen, werden sie in Angst leben.”

Mit ihm zu reden, würde nichts ändern. Ich musste das Feuer an der Basis löschen. Er war der Anführer, der Kopf der Bewegung. Wenn ich ihn aufhielt, würde ich Zeit haben, die anderen aufzuhalten, während sie mobilisierten und sich neu formierten. Ich konnte das schaffen.

Ich packte meine Sai und rammte ihm einen in den Bauch, wobei ich einen Zauber beschwor, um zu versuchen, zu verhindern, dass er sich heilen konnte. Ich musste ihn genug schwächen, damit der Schleier verblasste. Er hatte recht – Magie gegen Magie würde er mir in den Hintern treten. Das hatten wir schon festgestellt. Ich stach ihm mit der anderen Sai in den Hals. Er schnappte nach Luft. Ich stach erneut zu. Er fing an zu würgen. Ich würde keine schlaflosen Nächte verbringen, wenn ich ihn tötete. Ich zog den Sai heraus und versetzte ihm einen Tritt. Er taumelte nicht so weit, wie ich wollte, doch ich würde nehmen, was ich kriegen konnte. Ich rannte auf den Schleier zu, die Magie wallte in mir auf. Sie war stark und stieg in Wellen in mir auf. Ein Tsunami der Magie, bereit, ausgestoßen zu werden. Ich hatte vor, alles auf den Schleier abzufeuern. Als ich näherkam, konnte ich die Stärke von Conners Magie spüren.

Er war vielleicht verletzt, doch der Schleier war immer noch stark. *Ich kann das.* Ich hoffte es zumindest. Mit den Sai in der Hand hoffte ich, dass Conners Blut an ihnen vielleicht helfen würde. Doch meine Zuversicht war nicht sehr groß. Ich improvisierte verdammt nochmal, doch ich schleuderte die Magie dorthin, wo ich dachte, dass die Barriere begann, zwang meine Magie hinein und riss sie auf. Eine Welle aus Magie – Conners Magie – traf meinen Rücken, als ich durch die Öffnung fiel und mit dem Gesicht voran zu Boden krachte. Es war mir egal. Ich war außerhalb des Schleiers. Zu Hause. Okay, nicht zu Hause, sondern mit dem Gesicht im Dreck auf irgendjemandes Land. Doch ich war frei.

Steh auf, befahl ich mir. Aber ich konnte nicht. Ich hatte alle Kraft benutzt. Ich musste mich ausruhen, doch ich war dem Schleier zu nahe. Sobald Conner geheilt war, konnte er mich wieder holen. Ich zwang mich, aufzustehen und vorwärtszustolpern und hatte es nur ein paar Meter weiter geschafft, bevor ich wieder zusammenbrach. Ich schloss die Augen nur für ein paar Sekunden. *Das ist alles, was ich brauche.*

„Livy." Die tiefe Stimme kam aus einiger Entfernung. *Nicht Anya. Ja, Livy.* Ich öffnete meine Augen. „Hey", flüsterte ich Gareth zu, der über mich gebeugt stand.

„Bist du okay?"

„Natürlich. Ich liege immer mit dem Gesicht nach unten im Dreck. Das ist mein Ding", sagte ich mit gedämpfter Stimme.

Er seufzte. „Ja, dieser Sarkasmus. Ich bin sicher, jemand findet ihn ansprechend."

Er hob mich auf.

„Oh Gott, behandle mich nicht wie eine Jungfrau in Nöten. Bitte lass mich runter."

„Sicher." Er senkte mich, und als ich ein paar Zentimeter vom Boden entfernt war, ließ er mich fallen.

Ich ächzte. „Du bist ein Arsch."

„Ich bin zu sehr Gentleman, um dich auch so zu nennen. Bist du jetzt bereit, dich tragen zu lassen? Oder soll ich dich so positionieren, dass dein Gesicht wieder im Dreck liegt, so wie ich dich gefunden habe?"

Als ich seine Augen auf mir spürte, versuchte ich, die Entschlossenheit zusammenzukratzen, um aufzustehen. Doch ich schaffte es nicht. Ich war zu erschöpft. Meine Augen flatterten, und es fiel mir schwer, sie offen zu halten.

„Du bist so verdammt stur", sagte er und hob mich hoch. „Eine dumme Bemerkung, und ich lasse dich wieder fallen."

Ich bewegte meine Lippen, um genau das zu tun, bevor ich mir auf die Zunge biss. Ich hatte andere Schlachten zu schlagen. Ich hielt meinen Mund und legte meinen Kopf an seine Brust, als er mich durch den Wald zu seinem Auto trug. In dem Moment, als mein Kopf die Ledersitze berührte, schlief ich ein.

Jedes Mal, wenn ich meine Augen öffnete, löcherte er mich mit Fragen. Die Erschöpfung machte es schwierig, die Wahrheit anzupassen, damit meine Geschichte einen Sinn ergab, und das war wahrscheinlich der Punkt.

„Sein Name ist Conner und du bist sicher, dass er ein *Legacy* ist?", fragte er.

„Nein, ich bin mir in nichts sicher. Ich sage dir nur, was er gesagt hat." Ich wollte, dass Gareth an meiner Geschichte zweifelte, bis ich mir klar war, was ich tun würde. Ich sagte ihm, dass ein *Legacy* existierte. Nun, ein Vertu. Würde es lange dauern, bis er die Information zusammensetzte?

„Warum wollte er dich?"

„Ich weiß nicht?", log ich. Ich schloss die Augen, und als er weitere Fragen stellte, tat ich so, als würde ich schlafen. Die kreisenden Gedanken bereiteten mir Kopfschmerzen, und ich war zu müde, um vernünftige Entscheidungen zu treffen.

KAPITEL 17

Savannah saß auf dem Bett, ein Bein zappelte ungeduldig über dem anderen. Ihre Arme waren verschränkt, und sie schüttelte den Kopf über ein weiteres Outfit, das ich aus meinem Schrank zog und ihr zeigte. Ich wusste, dass sie darauf wartete, dass ich etwas Ähnliches wie ihr blaugrünes Kleid mit Trägern herauszog, das ihre Kurven betonte. Ihr Haar war offen und fiel über ihre Schultern, und ihr Make-up verstärkte das Strahlen einer Frau, die immer auf einem Endorphin-Hoch surfte. Sie sah wunderschön aus. Fast war ich überzeugt, ihrem Kult beizutreten.

„Ich kann nicht glauben, dass du denkst, es sei akzeptabel, das zu tragen. Das ist okay, um auf einen Flohmarkt zu gehen, aber nicht, um mit dem Master der Stadt zu Abend zu essen."

Ich betrachtete mein Outfit: eine weinrote Chinohose und ein weißes Top. „Sowas Schönes würde ich nie auf einem Flohmarkt tragen." Dann grinste ich und musterte ihre Kleidung. „Und du denkst, es ist in Ordnung, so viel Hals zu zeigen, wenn man mit einem Vampir zum Abendessen geht?"

„Er ist Hunderte von Jahren alt, ich bin mir sicher, dass er

Hunderte von exponierten Hälsen erlebt hat und sich gut beherrschen kann."

Sie beugte sich vor, riss mir das schlichte blaue Kleid, das ich gerade anziehen wollte, aus der Hand und warf es aufs Bett. Dann ging sie zum Schrank und zog ein schwarzes Etuikleid mit doppelten Neckholder-Trägern heraus und hielt es mir an die Brust. „Jetzt zieh dich an, in weniger als einer Stunde schickt er jemanden, der uns abholt."

Als ich mich auszog und anfing, das Kleid anzuziehen, warf ich ihr meine bösesten Blicke zu, während sie es ignorierte. „Hältst du das für eine gute Idee?", fragte ich.

„Ja. Er hat mir das Leben gerettet. Wenn er jeden Tag der Woche mit uns zu Abend essen will, werden wir es tun." Ich schlüpfte in das Kleid und ein Paar Schuhe, von denen ich wusste, dass sie ihr gefallen würden. Silberne Riemchensandalen. Ich wollte nicht diskutieren, doch meine bequemen Ballerinas waren so viel einladender.

„Ich weiß, aber ich muss so viel erledigen. Ich kann nicht so tun, als hätte ich das, was Conner mir gesagt hat, nie gehört. Ich muss etwas dagegen unternehmen." Und das würde ich. Doch um zehn Uhr am Abend würde ich nichts dagegen tun.

Sie brauchte lange, um zu antworten. Ich hatte ihr Bruchstücke davon erzählt, nachdem Gareth mich nach Hause gebracht hatte. Und ich hatte mehr als zwölf Stunden geschlafen, war einmal aufgestanden, um Essen zu holen, und dann wieder ins Bett gekrochen, um weiterzuschlafen. Ich war vier Stunden aus dem Bett, als ich erfuhr, dass sie zugestimmt hatte, dass wir mit Lucas zu Abend essen würden.

„Ich weiß", sagte sie leise. „Wir haben viel zu tun. Aber heute Nacht will ich nicht den gestrigen Tag noch einmal durchleben, oder dass Jonathan mich fast umgebracht hätte. Oder wie beschissen du ausgesehen hast, als Gareth dich nach Hause gebracht hat. Oder die schrecklichen Dinge, die du mir heute erzählt hast. Wir werden uns darum kümmern, was auch immer es ist. Wir werden die Nekrospeere finden, wenn es noch mehr gibt, und jeden übrig gebliebenen *Legacy* aufspüren, um sie zu warnen oder zumindest herauszufinden, in wessen Team sie spielen. Ich werde sogar lernen, mit deinen verdammten Stöcken zu kämpfen."

„Sai."

Sie winkte mit einem Augenrollen ab. „Ach, was auch immer. Deine scharfen Stichstöcke. Lass uns heute Abend ein großartiges Abendessen und teuren Wein genießen und Lucas' erstaunliche Geschichten anhören – er lebt schon ewig, sie müssen interessant sein. Okay?"

Ich nickte. „Woher willst du wissen, dass er uns nicht McDonald's mit einer Flasche Aldi-Wein serviert? Nur, weil er alt ist, heißt das nicht, dass er erstaunliche Geschichten hat. Vielleicht hat er so lange gelebt, weil er langweilig ist, und das Aufregendste an ihm ist, dass er ein Vampir ist."

Gereizt verzog sie ihre Lippen zu einem schiefen Lächeln. „Was soll ich nur mit dir machen?" Sie verließ mich, damit ich mich fertig anziehen kann. Gerade als sie aus der Tür war, beugte sie sich wieder herein. „Und du wickelst dir besser keinen Schal um den Hals, das wäre eine Beleidigung."

Sie kannte mich zu gut, denn ich hatte vorgehabt, einige Momente der Suche nach dem besten Schal für das Outfit zu widmen.

Sie war weg, bevor ich darauf hinweisen konnte, wie oft ich ihn dabei erwischt hatte, wie er meinen Hals angestarrt hatte, als wäre ich eine Option auf der Speisekarte.

Als es an der Tür klingelte, erwartete ich, dass einer von Lucas' Anzugträgern vor der Tür stand, nicht Gareth. Er warf mir einen Blick zu und lächelte. „Ist das für mich?"

„Ich wusste nicht, dass du kommst, wie kann es dann für dich sein?"

Er zuckte die Achseln, spähte an mir vorbei zu Savannah und wieder zu mir zurück. „Ich weiß nicht, vielleicht hast du mich an deine Tür kommen sehen und beschlossen, dich umzuziehen. Wenn ja, weiß ich das zu schätzen."

„Du bist ganz schön von dir eingenommen."

Er lachte. „Die Dame, wie mich dünkt, gelobt zu viel."

Sieht Gareth ähnlich, Shakespeare zu zitieren, um mich zu beleidigen.

„Ich kann deinen Puls hören. Entweder ich mache dich wirklich so wütend, dass du dich nicht mehr beherrschen kannst, oder – nun, ich denke, ich muss den Rest nicht aussprechen." Sein schiefes Grinsen war genauso schadenfroh wie sein Ton. „Und das Atmen" – er machte ein Geräusch mit den Zähnen – „ich bringe dich wirklich in Schwung, nicht wahr?"

„Ich glaube nicht, dass eine Frau jemals denken wird, dass du so heiß bist, wie du glaubst. Warum bist du hier?"

„Ich war in der Gegend und wollte sehen, wie es dir geht."

„Du warst in der Gegend? Warum?"

Wir wohnten nicht in einer schlechten Gegend, doch sie war langweilig und in unserer Nähe war nicht viel los. Leute wie Gareth hingen nicht auf dieser Seite der Stadt herum.

Er zuckte mit den Schultern. „Warum nicht? Wie geht's dir?"

„Gut."

Die Stille dehnte sich von Sekunden auf gefühlte Minuten. „Ich sollte gehen", sagte er. Doch er bewegte sich nicht; stattdessen stand er einen Moment lang da. „Vielen Dank für deine Hilfe bei dem Fall."

„Gern geschehen."

Dann trat er näher. Direkt vor mich. Und als er sich vorbeugte, schloss ich meine Augen und erwartete, seine Lippen auf meinen zu spüren. Stattdessen streiften sie mein

Ohr, während er sprach. Mit einem gehauchten Flüstern sagte er: „Ich habe es genossen, mit dir zu arbeiten, Anya Kismet."

Dann drehte er sich um und ging, bevor ich den Atem ausstoßen konnte, den ich in dem Moment angehalten hatte, als er meinen richtigen Namen gesagt hatte. Gedanken schossen durch meinen Kopf, als ich überlegte, wie er es herausgefunden hatte und was er mit der Information anfangen würde. Savannah spürte die Veränderung meiner Stimmung und war innerhalb von Sekunden neben mir. „Was ist los?"

„Er weiß, wer ich bin", keuchte ich.

„Hat er gesagt, ob er etwas sagen oder deswegen etwas unternehmen wird?", fragte sie besorgt, ihre Stimme war genauso angespannt wie meine.

Wir starrten ihm beide hinterher, als er zum Auto ging. Ich überlegte, ihm nachzulaufen und herauszufinden, was er sonst noch wusste. Doch wenn er meinen richtigen Namen kannte, wusste er wahrscheinlich genau, was ich war. Und vielleicht noch viel mehr.

Bevor er in sein Auto stieg, lächelte er mich an. Dann hob er seinen Finger an die Lippen.

„Ich glaube nicht, dass er das tun wird."